Das Geheimnis der Verschwundenen

Tamara Diekmann

Das Geheimnis der Verschwundenen

*Bibliografische Information der Deutschen National-bibliothek:
Die Deutsche Nationalbibliothek verzeichnet diese Publikation in der Deutschen Nationalbibliografie; detaillierte bibliografische Daten sind im Internet über http://dnb.dnb.de abrufbar.*

*© 2015 Tamara Diekmann
Internet: www.tamara-diekmann.de
Titelblatt: Tamara Diekmann*

Herstellung und Verlag:
BoD – Books on Demand, Norderstedt
ISBN 978-3-7386-3856-1

1

Mandy betrat gerade das Zimmer im Polizeirevier und es war wieder so ein Fall, der ihr nahe ging. Seit Vorgestern wurde eine Jugendliche vermisst. In den vergangenen Monaten häuften sich solche Fälle und bisher wurde keiner aufgeklärt. Mit jedem neuen Verschwinden wurde die Angst größer, dass das eigene Kind das nächste sein konnte und daher war sie froh, dass sie kinderlos war. Dennoch fühlte sie mit den Eltern mit.

Es war eine bedrückende Stimmung, die ihr entgegen schlug, was sie jedoch nicht verwunderte. Vielleicht, so hoffte sicherlich nicht nur sie, würde dieses Mal alles ein gutes Ende haben. Die meisten Anwesenden kannte sie von anderen Pressekonferenzen, aber immer wieder erblickte sie neue Gesichter. Es waren nicht nur die kleinen Zeitungen vertreten, sondern auch das ein oder andere Überregionale Blatt hatte Vertreter geschickt und sogar ein paar Fernsehreporter entdeckte sie.

Schweigend setzte sie sich auf einen freien Platz, holte Notizblock, Stift und Kamera hervor und wartete. Immer wieder wunderte es sie, dass noch relativ viele Kollegen mit den altbewährten Utensilien arbeiteten und nur hin und wieder Laptop oder Netbook gezuckt wurden.

Aber es störte sie auch nicht, da sie selber besser mit Stift und Papier arbeiten konnte. Man konnte sich rasch Notizen, Skizzen oder Fragen aufschreiben, ohne lange tippen zu müssen. Vereinzelt grüßte man sich stumm mit einem Kopfnicken, aber selten wechselte man vorher Worte. Jeder wollte seinen Bericht schreiben, seine Informationen für sich behalten. Vielleicht tauschte man sich danach noch kurz aus, aber auch das kam selten vor. Es war ein Wettbewerb, wer schrieb den besten Text, erhöhte so die Verkaufszahlen und konnte womöglich eine Prämie einstreichen.

Auch das Letzte Gemurmel erlosch, als der Pressesprecher und ein Kommissar den Raum betraten und es herrschte banges Schweigen. Nur das quietschen der zurückgeschobenen Stühle und das Tastaturgetippe waren Zeichen, dass sich etwas tat.

"Meine Damen und Herren" begann der Pressesprecher "mein Name ist Walter Miller und ich bin Pressesprecher der Landeskriminalamtes. An meiner Seite sitzt Kriminaloberkommissarin Gertrud Wörner"

Die angesprochene erhob sich kurz, nickte den Anwesenden zu und setzte sich wieder. Sie war nervös, sortierte ihre Unterlagen und daraus schloss Mandy, dass es keine guten Nachrichten waren, die hier in kurzer Zeit mitgeteilt werden würden.

"Wie Sie bereits wissen, wird seid ein paar Tagen die 14 jährige Elena von ihren Eltern vermisst. Leider gibt es immer noch keine heiße Spur, die uns helfen könnte. Alles weitere wird Ihnen Frau Wörner sagen. Bitte." Er nickte ihr zu, ließ sich nieder und blickte über das Publikum.

"Ich begrüße Sie und bedanke mich für Ihr zahlreiches Erscheinen" Mandy schmunzelte, da sie nicht der Meinung war, dass viele Medienvertreter den Weg hierhin gefunden hatten, konzentrierte sich aber wieder auf die Kommissarin.

"Es stimmt, wir haben noch keine weiteren Hinweise zum Verschwinden des Mädchens. Zeugenaussagen werden weiterhin aufgenommen und nachgegangen, was bisher aber noch zu keinem Ergebnis geführt hat. Auch zu den anderen Vermissten der letzten Monate gibt es nichts neues. Ob ein Zusammenhang zwischen den Fällen besteht, können wir nicht bestätigen, aber leider auch nicht ausschließen. Ungewöhnlich ist, dass es sich dabei um Personen verschiedenen Geschlechts und Alter handelt, was vermuten lässt, dass es sich dabei um unabhängige Fälle handelt."

Da musste Mandy ihr zustimmen. Die Personen, um die es gerade ging, waren wirklich ganz verschiedene Typen. Sie waren zwischen 6 und 54 Jahre alt, sowohl männlich als auch weiblich. Selbst das Aussehen konnte anders nicht sein. Das Einzige, was auf den gleichen Täter hindeuten könnte, war die Nähe der Orte, an denen die Leute verschwunden waren. Es folgte ein kurzer Rückblick auf die bisherigen Ermittlungen, auf die Suchtrupps, die immer wieder aufs Neue durch Wälder, Felder und Parks geschickt wurden. Natürlich wurde die Personenbeschreibung des Mädchen wiederholt, aber all das war der Journalistin bereits bekannt. Ernüchternd und ohne neue Infos machte sie sich schließlich auf dem Weg nach Hause. Endlich Feierabend.

Der nasse Spätsommertag Anfang September begleitete Mandy auf dem Weg in ihre Wohnung. Mit ihrem Kleinwagen quälte sie sich aus dem Innenstadtbereich heraus, mitten durch den Feierabendverkehr. Sobald der Verkehr stockte, schwankten ihre Gedanken zurück zur Konferenz. Es ließ sie einfach nicht los, dass es keine Hinweise gab. Jeder Täter hinterließ doch Spuren, aber vielleicht war es im Fall Elena noch zu früh um auf erste Ergebnisse zu hoffen. Das es aber offensichtlich bei den anderen Angelegenheiten noch nichts Neues gab, verwunderte sie. Da diese aber von der Polizei angesprochen wurden, war Mandy fast davon überzeugt, dass es sich um ein und den- oder dieselben Täter handelt konnte.

Abgelenkt merkte sie fast zu spät, wie die Ampel vor ihr auf Rot umgesprungen war, so dass sie beinahe auf ihren Vordermann aufgefahren wäre. Nach dem kurzen Schreck war sie froh, als sie endlich die Stadtgrenze passiert hatte und sich der Verkehr lichtete. Die umliegende, leicht hügelige Landschaft übersah sie und auch, dass sie hätte abbiegen müssen. Stattdessen fuhr sie einfach weiter. Erst kurz danach bemerkte sie ihren Fehler und stellte fest, dass sie sich in genau dem Gebiet befand, in dem die Jugendliche zuletzt gesehen worden war. Mandy war bekannt, das es in der Nähe einen Wanderparkplatz gab, den sie anfuhr, um zu wenden. Als sie ihn jedoch erreichte, blieb sie stehen und entschloss kurzerhand, ein bisschen durch die Gegend zu laufen. Der Boden war nass, was Mandy aber nicht davon abhielt, auszusteigen. Ihre Regenjacke und der Regenschirm lagen auf der Rückbank. Sie holte beides hervor und machte sich auf den Weg.

Auf dem sandigen Pfad lief sie in den Wald. Es war ein Mischwald, der hin und wieder kleinere Tümpel verbarg, die von einem Bach aus den südlich gelegenen Mittelgebirgen gespeist wurde. Für die nahen Ruhrpottler ein kleines Paradies nur 100 km vor ihrer Haustür. Bei besserem Wetter war es ein hoch frequentiertes Naherholungsgebiet, jetzt aber im Regen traf man nur auf ein paar Läufer, hartgesottene Wanderer oder Hundeführer. Von den Touristen, die besonders im Hochsommer unterwegs waren, war keiner zu sehen.

Während ihres Marsches fiel ihr auf, dass jeder jeden mehr oder weniger genau musterte. Alle waren vorsichtiger und aufmerksamer, seitdem die Vermisstenmeldungen bekannt waren. Sie selber ertappte sich auch dabei. Ob das nun beruflich bedingt oder aus dem gleichen Grund war, konnte sie nicht sagen. Das saftig grüne Moos am Wegesrand und das dämmerige Licht unter dem Laub ließen diesen Ort märchenhaft erscheinen. Als ihr das Märchen von Rotkäppchen in den Kopf kam, musste sie grinsen, aber die Erinnerung daran, dass hier wirklich ein Kind spurlos verschwunden war, ließ sie wieder ernst werden. Ein hölzernes knacken schreckte sie auf, bis sie ein flüchtendes Reh sah, dass in einigen

Metern Entfernung neben ihr fort sprang. Kurz sah sie dem Tier nach, wandte sich aber dann wieder dem Weg zu. Sie entdeckte viele Fußabdrücke im feuchten Boden, bis sie an eine Weggabelung kam, an der Plakate, Blumen und Kerzen platziert waren. An den Bäumen hingen noch Reste des Absperrbandes der Polizei, die auf einen Tatort hindeuteten. Die Plakate mit den Aufschriften "Warum?" oder "Wo bist du?" bewiesen die Vermutung, dass es hier gewesen sein muss. Ein Teddybär mit einem Stück Papier zwischen den Armen erregte Mandys Aufsehen. "Bitte komm wieder. Wir vermissen dich und deine gute Laune. Deine Klassenkameraden" Darunter hatte jedes Kind unterschrieben. Aus einem Bedürfnis heraus pflückte sie eine Wildblume in der Nähe und stellte sie neben dem Zettel in die Arme des Plüschtieres. "Ich hoffe wirklich, dass das ein gutes Ende findet, aber ich glaube nicht daran." Dieser Satz sagte genau das aus, was wahrscheinlich vielen auf dem Herzen lag. Noch kurz verharrte sie, bis sie zurück zu ihrem Auto ging.

Es kam vor, aber nur selten, dass Mandy ohne nachzudenken umher lief. In der Regel war ihr Kopf voller Notizen, Aufgaben und Ideen, die sie in ihrem Beruf verarbeiten wollte, aber nach ihrem Besuch an der Waldgabelung war ihr nicht danach. Sie hätte es nicht beschreiben können, wenn man sie darum gebeten hätte, aber sie empfand gerade etwas, was man vielleicht mit friedlich, entspannend, aber auch bedrückend zugleich umschreiben könnte. In dem Moment drängte es sie nicht nach Hause, sondern weiter umher zu fahren, was sie schließlich auch tat. Unbewusst steuerte sie jeden ihr bekannten Ort an, an dem eine der vermissten Personen das letzte Mal gesehen worden war. Eine Erklärung, was sie sich davon erhoffte hatte sie dafür nicht. Mal war es schwer, die Stelle zu finden, woanders dafür umso leichter. Überall, wo es ihr Verlangen war, pflückte sie eine Blume und legte sie ab. Als letztes kam sie dorthin, wo der 6 jährige Sven verschwunden war. Ein kleiner, wuseliger Kerl, so schien es. Sie hatte sein Foto noch im Kopf, da es der erste Fall dieser Reihe war, mit dem sie es zu tun bekam. Es folgten Eindrücke der Pressekonferenz, als sich die Polizei dazu äußerte, die 23jährige Mutter, die schwer gezeichnet um ein Lebenszeichen ihres Jungen gebeten hatte. Ihr kam der Name der Mutter wieder in den Sinn... Esperanza, spanisch, die Hoffnung... und Mandy spürte, wie ihr eine Träne die Wange hinunter glitt. Nein, sie kannte die Familie nicht, hatte sich nur während ihrer Recherche zu den Familienverhältnissen der Betroffenen intensiver mit ihnen befasst, aber plötzlich spürte sie eine tiefe Verbundenheit zu der ihr unbekannten jungen Mutter.

Es wurde dunkler und der Regen wieder stärker, als Mandy endlich in ihrem Auto saß. Noch sah sie sich nicht in der Lage, nach Hause zu fahren, zu sehr beschäftigte sie das Schicksal des kleinen Sven. Erst Minuten später startete sie den Motor, wendete und schlug die Richtung ein, in die sie eigentlich schon vor Stunden hatte fahren wollen. Ganze drei Stunden war sie umher gefahren, ohne zu wissen warum.

Kurz bevor sie abbiegen musste, kam tatsächlich noch die Sonne raus, was aber keinen positiven Einfluss auf sie hatte. Die feuchte Straße spiegelte das Licht der tiefstehenden Sonne und blendete sie, als sie plötzlich einen Jungen vor ihr Auto laufen sah. Geistesgegenwärtig trat sie in die Bremsen, spürte einen Widerstand und wie ihr Wagen über etwas fuhr. Ein dumpfer Klang begleitete die Sekunden, bis sie stand, sich zitternd abschnallte und ausstieg. Sie lief direkt hinter ihren Wagen und sah eine dunkle, leicht feuchte Spur und schließlich einen kleinen, leblosen Körper. Als sie sich niederkniete um genauer nachzuschauen, wurde ihr schwarz vor den Augen und sie ging zu Boden.

Erst eine kühle und feuchte Männerhand, die ihr durchs Gesicht fuhr, ließ sie wieder zu sich kommen. Irritiert schaute Mandy in das dazugehörige Gesicht, dann in die Richtung, wo der Körper liegen musste.

"Ist alles okay mit Ihnen?", wurde sie gefragt

"Ich.. ich weiß nicht... das Kind, wo ist das Kind?"

"Welches Kind?", wollte der Unbekannte nun wissen.

"Ich... ich hab es nicht gesehen... es lief vor mein Auto und dann... dann lag es da." Mandy deutete mit einem schwachen Kopfnicken an die Stelle.

"Nein, es ist nichts passiert, außer, dass Sie ein Reh überfahren haben"

Darauf folgte Mandy dem Blick des Mannes und sah wirklich nur ein totes Tier.

"Ich versteh nicht...", war alles, was sie hervor brachte. Wenig später fuhr ein Krankenwagen vor.

Nachdem man sie im Krankenhaus untersucht hatte und nichts außer ein Schock und einem Bluterguss am Kopf vom Sturz festgestellt worden war, rief sie sich ein Taxi und ließ sich nach Hause fahren. Ihr Wagen wurde noch in ihrer Anwesenheit verladen und in die Werkstatt gefahren. Nachdem sie sich davon überzeugt hatte, dass da wirklich nur ein totes Tier lag, hatte sie sich entschlossen, anzugeben, dass es tatsächlich ein Wildunfall war, aber selber davon überzeugt war sie nicht. Sie wusste, was sie gesehen hatte und das war ein Junge, der ihr vor das Auto gelaufen war und da dann auch tatsächlich gelegen hatte, bis sie Ohnmächtig wurde. Da es aber keine Beweise oder Zeugen gab, außer sie selber, die in dem Moment wirklich geschockt war, konnte sie das Gegenteil nicht beweisen. Sie fügte sich der Mehrheit und den Fakten, die vorlagen, da ihr anders eh keiner glauben würde.

Zu Hause angekommen, betrat sie den Flur, schmiss ihre Tasche und Jacke auf den Boden, legte ihre Kamera beiseite und ging direkt weiter auf die Couch. Nachdem sie etwas zur Ruhe gekommen war, machte sie sich einen starken Kaffee, deckte sich mit einer Decke zu und starrte Löcher in die Luft. Irgendwann entschloss sie sich, ins Bett zu gehen um wirklich zur Ruhe zu kommen.

Als es knarrte, schrak Mandy hoch. Schweißgebadet saß sie im Bett, in ihrem Kopf schwirrten die Bilder der letzten Monate umher, neben Textauszügen, die sie selber verfasst oder gelesen hatte. Schließlich zwang ein stetiges Klopfen in ihrem Schädel sie wieder dazu, sich hinzulegen. Die erneuten Versuche, zu Schlaf zu kommen, scheiterten daran, dass sie immer wieder diesen Schatten vor ihrem Auto sah. Jung, aufgeweckt, verwegen. Je länger es in ihr herumspukte, umso deutlicher erkannte sie, um wen es sich handelte. Es war der kleine Sven. Aber er schien so lebhaft zu sein, so, als würde er mitten im Leben stehen, sorgenfrei umherziehen, was aber nicht sein konnte. Darauf folgte das Bild des Körpers, den sie überfahren hatte und ihr wurde erneut schwarz vor Augen. Sie meinte, eine Stimme zu hören, eben so jung, aber nicht so fröhlich, wie es zu den Bildern gepasst hätte: "Hier bin ich... Hilf mir..." Dann das Geräusch des dumpfen Aufpralls und das Gefühl, über etwas gefahren zu sein. Irgendwann schlief Mandy wieder ein.

Ihr Wecker holte sie aus dem Schlaf, was ihr im ersten Moment nur recht war, bis ihr Schädel ein deutliches Zeichen gab, dass sie sich an die Vorgaben des Arztes halten sollte und die nächsten Tage nicht in der Lage war, zu Arbeiten. Trotzdem stand sie auf, machte sich was zu essen, kontrollierte kurz ihre E-Mails, legte sich dann aber wieder hin. Zwar nicht auf Grund der anhaltenden Schmerzen, sondern weil die letzte Nacht ihren Tribut forderte und die fehlenden Stunden Schlaf nachgeholt werden wollten.

  Sie konnte es nicht lassen und fragte bei Kollegen nach, ob es irgendwas Neues im Fall Elena gab, wurde aber immer wieder enttäuscht. Auch Sven ging ihr nicht mehr aus dem Kopf und mehrmals hatte sie den Eindruck, dass sie sein Bild immer wieder sah oder seine Stimme hörte. Mit jemandem darüber reden wollte sie nicht, da sie davon ausging, dass ihr keiner Glauben würde, was sie wiederum verstehen konnte.
  Sobald es ihr ein bisschen besser ging, entschloss Mandy, etwas an die frische Luft zu gehen. Wie so oft, wenn sie irgendetwas zu sehr beschäftigte, machte sie sich auf den Weg zu ihrem Platz. Es war eine kleine Lichtung in einem nahegelegenen Wald auf einer Ebene. Einer der Findlinge diente ihr als Sitz und sie genoss die Aussicht über den kleinen See und den angrenzenden, früheren Steinbruch. Da man diesen Tag doch noch als Sommertag bezeichnen konnte, lauschte sie den Bienen und Vögeln, die eifrig umher flogen, summten und zwitscherten.

Die Strahlen wärmten sie, was sie zum träumen anregte und ihre Gedanken drifteten ab, in eine dunkle, aber nicht unangenehme Welt.

Sie befand sich in einem dämmrigen Raum. Um sie herum standen einige Leute, die sie aber nicht bemerkten. Unsicher tastete sie sich vor, bis sich ihre Augen an die Lichtverhältnisse gewöhnt hatten. Es war eine bunt gemischte Truppe, Alte, Junge, Jugendliche standen beieinander und unterhielten sich. Die Gespräche gingen über verschiedene Themen. Teilweise wurde diskutiert, woanders geflirtet. Was Mandy allerdings stutzig machte war, das alles seltsam emotionslos schien. Es wurde zwar gelacht, aber sie würde es nicht als ein 'von Herzen' beschreiben, eher aus Höflichkeit. Die ganze Atmosphäre hatte etwas von Anstand und Benehmen. Keiner unterbrach den anderen, man ließ ausreden und es blieb sachlich, so, wie man es aus früheren Zeiten und Filmen kannte. Selbst Leute, bei denen Mandy sicher war, dass man sich nicht ausstehen konnte, blieb alles normal und freundlich. Sie hatte das Gefühl, dass irgendetwas diese Personen miteinander verband.

Der Schrei eines Bussards holte sie zurück in die Realität. Ihr Blick fiel auf den Steinbruch und sie meinte, eine Person da zu sehen, was doch eher ungewohnt war. Erst beobachtete sie diese noch etwas, aber dann trieb sie eine Innere Kraft an, näher heran zu gehen.

Nach wenigen Minuten erreichte Mandy die ehemalige Einfahrt. In etwas Entfernung parkte ein Kombi, auf dessen Heckscheibe wie bei so vielen anderen Autos auch "Mama's Taxi" aufgeklebt war. Mit einem kleinen Lächeln lief Mandy weiter. Sie konnte sich nicht daran erinnern, jemals den alten Bruch betreten zu haben und spontan fiel ihr auch kein Artikel ein, den sie jemals damit in Verbindung gebracht hatte. So ließ sie sich überraschen und von der Neugierde leiten. Vermutlich hatte man hier früher Basalt abgebaut. Vereinzelt lagen Metallteile oder noch gut erhaltene Transportgefährte umher, die bereits dem Rost zum Opfer gefallen waren. Die Büsche, Bäume und herumliegende Steinbrocken machten ein Vorankommen nicht sehr einfach, dennoch kroch Mandy voran. Immer wieder trat sie in Pfützen, die von Fliegen und Mücken belagert waren und den Störenfried mit Flug- und Stechattacken zu vertreiben versuchten. Müll und weiterer Unrat lag verteilt auf dem Boden, bis aus dem kleinen Dschungel ein weniger stark bewachsener Fleck auftauchte. Auf einem Stein entdeckte Mandy die Person, welche sie von ihrem Platz aus beobachtet hatte.

Bevor sie sich näherte, blieb sie in etwas Entfernung stehen und hielt kurz inne. Bei der Fremden handelte es sich um eine junge Frau, die sehr mitgenommen wirkte und weinte. Bisher schien diese Person sie noch nicht zu bemerken. Erst als Mandy von einem Stein abrutschte, Äste knackten und sie fluchte, wandte sich die sitzende in ihre Richtung.
"Oh, Entschuldigung, ich wollte Sie nicht erschrecken", begann Mandy
"Schon okay.", war die Antwort
Mandy hatte sich mit ihrer Einschätzung nicht getäuscht. Scheinbar trauerte die Fremde.
"Ist alles in Ordnung mit Ihnen?" erkundigte sich Mandy
"Ja, geht schon."
Aber die Journalistin ließ sich nicht täuschen, als sie schließlich erkannte, wer da saß.
"Kann ich Ihnen irgendwie helfen?" Sie versuchte, ein Gespräch in Gang zu bringen, aber ihr schlug nur trauerndes Schweigen entgegen. Schließlich stand sie neben der jungen Frau, die sie mit roten Augen ansah. "Es tut mir Leid", war alles, was Mandy nun hervor brachte. Ihr Gegen-

über wandte den Kopf ab und schluchzte leise. "Wenn ich wenigstens Gewissheit hätte. Dann hätte ich einen Ort, an dem ich trauern kann." Jetzt war es Mandy, die erst betreten schwieg, dann aber doch Worte fand: "Ich wünschte, ich könnte Ihnen helfen."

"Bringen Sie mir meinen Jungen zurück oder sagen Sie mir, wo ich ihn finde. Er ist doch alles, was ich habe."

"Wenn ich was wüsste, würde ich Ihnen das sagen. Aber das kann ich leider nicht."

"Ich weiß. Selbst die Polizei weiß nicht mehr weiter. So bleibt mir nur dieser Platz, an dem er immer mit seinen Freunden gespielt hat. Wir wohnen nicht weit weg, so dass er immer hier in den Wald und in den Steinbruch gefahren ist. Abenteuer erleben." Ein schwaches Lächeln zeichnete sich ab.

"Was für Abenteuer denn?", wollte Mandy nun wissen.

"Naja, Schätze suchen, gegen Drachen kämpfen, Buden bauen. Eben das, was sie in dem Alter so machen. Haben Sie Kinder?"

Die direkte Frage überraschte sie. "Nein. Mein Beruf lässt mir dazu keine Zeit. Außerdem fehlt mir der passende Mann."

"Ich verstehe. Ja, die meisten Männer ziehen den Schwanz ein, wenn es ernst wird. Genau wie Svens Vater. Als ich ihm sagte, dass ich schwanger bin, hat er seine Sachen gepackt, ist ausgezogen und zu seiner Ex zurück. Hat mich sitzen lassen und sich der Verantwortung entzogen. Wie sooft."

Für die Journalistin war es nicht neu, aber es war etwas anderes, selbst davon zu hören, als in Unterlagen zu lesen 'Alleinerziehende Mutter'.

"Weiß er davon, dass Sven weg ist?" Vorsichtig tastete sie sich näher an Infos.

"Ich habe versucht, es ihm zu sagen. Alles was ich zu hören bekam: 'Ist doch nicht mein Problem. Du wolltest das Kind. Ich habe damit nichts zu tun.' Dann hat er aufgelegt. Es interessiert ihn kein bisschen. Nicht mal zu seinen Geburtstagen hat sich der Vater gemeldet."

"Zahlt er Unterhalt?"

Esperanza lachte auf: "Wovon denn? Der hat ja nichts. Lebt von dem, was seine Ex verdient. Nein, alles was ich bekomme, ist das vom Jugendamt und das bisschen, was ich als Verkäuferin verdiene. Aber uns fehlt es an nichts. Wir haben ein Dach über den Kopf, haben Essen und er hat Spielzeug. Auch wenn er immer viel lieber draußen war." Sie holte ein Photo hervor, dass den Jungen zeigt. "Das ist mein Engel mit dem Hund unserer Nachbarn." Es war ein Golden Retriever, der vor dem Kind lag und in die Kamera schaute. "Aber warum erzähle ich Ihnen das alles? Ich verschwende ihre Zeit."

"Dafür brauchen Sie sich nicht entschuldigen. Vielleicht, weil sie einfach jemanden zum reden brauchen. Außerdem bin ich krankgeschrieben und würde sonst nur in meiner Wohnung die Zeit absitzen. Mein Name ist übrigens Mandy."

"Esperanza", stellte sich Svens Mutter kurz vor und wischte sich Tränen aus dem Gesicht.

An einer nahen Steinwand lief ein kleiner Vogel entlang, der vor einem Loch stoppte und sich lautstarke schreienden und hervor reckenden Jungvögeln entgegen stand. Der, der am lautesten war, bekam einen Falter in den Schnabel gestopft und schließlich verschwand das Elterntier wieder.

"Glaubst du, er lebt noch?"

Mandy fuhr erschrocken zusammen. "Ich hoffe es."

"Ich nicht. Sein Körper wird irgendwo unter Laub verscharrt sein. Wenn ich nur wüsste, wo."

"Glaub erst daran, wenn du es weißt. Alles andere macht dich nur kaputt."

"Das bin ich schon. Er war alles, wofür ich gelebt und gearbeitet habe. Sein Lachen fehlt mir so. Die Bilder, die er gemalt und mir geschenkt hat, vermisse ich. Sein Weinen, wenn er sich weh getan hat, höre ich immer wieder im Schlaf. Ich will ihm helfen, aber ich kann nicht. Ich hoffe nur, dass er nicht zu sehr gelitten hat."

"Er wird gefunden und dann kannst du ihn wieder in die Arme schließen."

"Ihn nicht. Nur seine leere Hülle. Kein Lachen, kein Weinen. Nur Kälte."

Die Worte schmerzen Mandy, aber sie ahnte, dass es so kommen würde. Unwahrscheinlich, dass ein Kind nach Monaten des Verschwindens auf ein Mal munter auftaucht, so, als wäre nichts gewesen.

Als die Sonne kurz hinter den aufziehenden, dunklen Wolken verschwand, wurde es plötzlich unangenehm kühl. Mandy begann zu frieren, aber auch Esperanza ging es nicht anders. Ein starker Wind kam auf, so dass beide etwas näher aneinander rückten, sich aber dann doch entschlossen, unter einem Überhang Schutz zu suchen. Nicht viel später öffnete sich der schwarze Vorhang und es begann zu regnen. Ohne ein Wort zu wechseln, warteten sie das Unwetter ab.

Als Esperanza plötzlich laut rief: "Sven, da ist Sven!", und hervor lief, meinte auch Mandy für einen Moment, den Jungen in dem Bruch zu sehen und folgte Esperanza. Diese hielt wenig später mitten im Regen an, ließ die Schultern und den Kopf sinken, und ließ sich auch nicht dazu bewegen, wieder ins Trockene zu kommen, so dass beide Frauen in kürzester Zeit durchnässt waren.

Mandy umfasste die Schultern der anderen und führte sie so wieder dorthin, wo sie vor kurzem noch standen. "Hilf mir... Mama... Bitte... ich brauche dich", hörte sie die Stimme rufen, die sie schon mal vernommen hatte, schaute sich noch ein Mal um, kam aber zu dem Entschluss, dass es eine Täuschung gewesen sein musste, bis Esperanza abrupt stoppte und schrie: "Sven, Engel... Wo bist du? Komm zu mir, bitte!" Nur mit Mühe konnte Mandy die junge Mutter davon abhalten, erneut in das Unwetter zu laufen. Als sie im trockenen waren, half sie Esperanza, sich auf den Boden zu setzen und hoffte, dass sie sich wieder beruhigte. "Mein Junge... da war mein Junge. Ich hab ihn gesehen, er braucht meine Hilfe! Lass mich gehen!"

"Nein. Das war eine Täuschung! Da war niemand!", redete Mandy auf sie ein.

"Doch! Ich hab ihn gesehen! Er hat nach mir gerufen! Er lebt!"
"Dann wäre er hier. Er wäre zu dir gekommen und dir gefolgt, Esperanza. Da war niemand. Wirklich!"
"Sven... Engel..."
Hilflos nahm Mandy Esperanza in den Arm. Ihr fiel nicht ein, was sie sagen konnte, da sie von ihrer eigenen Aussage nicht überzeugt war. Aber das konnte nicht sein! Sie spürte, wie der andere Körper bebte. Nicht aus Angst, nicht aus Kälte, sondern aus Trauer und Verzweiflung.
So plötzlich wie das Unwetter aufgezogen war, so schnell verschwand es auch wieder. Innerhalb weniger Minuten erstrahlte der Steinbruch im warmen Licht. Die Regentropfen fielen zügig von den Blättern und Ästen. Es roch nach Sommerregen, nach der Frische von Natur. Die erwärmten Steine dampften und auch das Leben in der Tierwelt kehrte zurück. Die Vogeleltern flogen Futter im Akkord, zum Wohle des Nachwuchses, der sich lautstark bemerkbar machte.
"Ich glaube, ich fahre besser nach Hause." Damit erhob sich Esperanza und auf wackeligen Beinen verließ sie den Unterstand. Besorgt ließ Mandy sie ein paar Meter gehen, entschied aber dann:

"Ich glaube, ich bring dich nach Hause. So kannst du kein Auto fahren."

"Doch, ich kann das. Sind nur ein paar Meter."

"Nein, nicht in dem Zustand. Das kann ich nicht verantworten!"

Nach etwas zureden sah Svens Mutter schließlich ein, dass ihre Begleiterin Recht hatte, gab ihr die Adresse und Autoschlüssel.

Es war wirklich nicht weit. Nach wenigen Minuten erreichten sie das Haus. Das sechs-Parteien-Haus hatte zwar auch schon bessere Zeiten erlebt, aber sobald sie im Inneren waren, zeugte der Zustand und die Einrichtungen davon, dass es nur äußerlich ungemütlich aussah. Esperanza wohnte im Ersten Obergeschoss und als sie noch im Treppenhaus waren, machte sich der Hund der Nachbarn vom Bild bemerkbar, hörte aber auf, sobald die beiden die Wohnung betreten hatten.

Sobald sie hinter sich die Tür geschlossen hatten, zog Mandy ihre nassen Schuhe aus. Auf der Kommode an der Garderobe lag eine Kinderzeitschrift, die an Sven Böhm adressiert war. Als Thema hatte das Heft "Fledermäuse" angegeben und zeigte auf dem Titelblatt eines der flatternden Nachttiere. "Sowas schaut er sich gerne an.

Ich lese ihm dann immer das vor, was er interessant findet."

 Mandy merkte, wie Esperanza im Zwiespalt war. Einerseits hoffte sie daran, dass er noch lebt, aber andererseits schien sie sich damit abgefunden zu haben, dass er wahrscheinlich nicht mehr lebt. Sie folgte ihr in das Wohnzimmer. In einer Ecke standen Bilder, Kuscheltiere und Kerzen. Aber auch Briefe und Gedichte lagen da. "Das ist seine Ecke", wurde Mandy erklärt. "Immer wenn ich was für ihn habe, lege ich das dazu."

 "Darf ich?", fragte die Besucherin vorsichtig

 "Ja, ich mache uns einen Tee. Oder lieber Kaffee?"

 "Danke, Tee ist in Ordnung." Dann lief sie zu der Ecke. Ihr Blick schweifte über das Geschriebene. Sie zeugten von tiefem Schmerz und Verzweiflung. Hoffnung schien der Verfasser kaum noch zu haben. Die ersten beiden Zeilen eines Gedichtes erinnerten sie an ihren Tagtraum von eben:

 "Die Dunkelheit hält dich gefangen,
 gibt dich nicht mehr frei..."

 Weiter kam sie nicht, da sie sah, wir ihr der Tee gereicht wurde. "Schreibst du die Gedichte?"

 "Ja, vielleicht kann ich so besser damit umgehen."

 "Aber es hilft dir nicht, oder?"

"Ich weiß es nicht. Eher helfen mir die Briefe, die ich ihm schreibe."

"Sind das die in den Umschlägen ohne Namen?"

"Genau. Ich weiß nicht wo er ist. Also kann ich die nicht adressieren."

"Hast du Hilfe oder Unterstützung?"

"Meine Eltern sind für mich da. Die leihen mir auch immer das Auto, wenn ich mit dem Kleinen unterwegs...bin... war... . Wenn ich doch bloß Gewissheit hätte."

"Und von außen?"

"Die Polizeiseelsorger kümmern sich um mich und haben mir einen Termin bei einer Therapeutin besorgt. Ohne weiß ich, schaffe ich das nicht. Es ist so, als würdest du in ein tiefes Tal gehen. Immer tiefer und es wird immer dunkler. Du weißt nicht, wann das ein Ende hat. Wann es wieder bergauf geht. Dir kann keiner sagen, wie es weiter geht. Du spürst nur den Schmerz und die Einsamkeit. Und weniger der Schmerz, sondern die Einsamkeit macht einen krank. Alles Gewohnte wird auseinander gerissen. Vertrautes ist nicht mehr da. Es fehlt an allen Ecken und Kannten, die immer näher kommen und dich zerquetschen wollen. Du willst schreien, entkommen, aber kannst nicht, da du nicht weißt, wie du von dem aktuellen Punkt fort kommst. Jeden seidenen Faden, jeden Strohhalm, alles was nach Halt aussieht, ergreifst du. Aber oftmals fällst du nur weiter hinab, da niemand da ist, der dich auffängt."

Diese Aussage tat weh, aber sie führte dazu, dass Mandy die Person verstand, die auf ein Zeichen ihres Sohnes wartet oder das Ende der Leiter finden wollte. Den anderen Angehörigen, wie die von Elena, wird es nicht anders gehen. Wie schlimm muss es sein, wenn Eltern ihr Kind verlieren und nicht wissen, wo es ist?

2

Erst als es dunkel wurde, kam Mandy los. Esperanza schien froh gewesen zu sein, jemanden zum Reden zu haben, der keine blöden Kommentare los lässt oder Fragen stellt, die alles noch schwerer machen.

"Vielen Dank, dass du da warst. Normalerweise ist das nicht meine Art, aber im Moment weiß ich nicht, wo mir der Kopf steht."

"Keine Ursache. Wenn ich helfen kann, egal ob ich die Leute kenne oder nicht, dann tue ich es. Hätte ich dich im Bruch alleine zurückgelassen, hätte ich ein schlechtes Gewissen gehabt."

"Ja... der Bruch... Was hast du da eigentlich gemacht? Bisher habe ich da noch nie jemanden angetroffen."

"Oberhalb ist der Wald mit einer kleinen Lichtung. Da hat man einen schönen Blick über die Landschaft und den See. Wenn ich nachdenken muss oder einfach mal Ruhe brauche, bin ich oft da. Wie du schon sagtest, ist kaum einer dort, daher war ich auch überrascht, jemanden zu sehen, der da herum läuft. Also habe ich nachgeschaut und dich angetroffen."

"Danke"

"Dafür brauchst du dich nicht zu bedanken. Ich habe das gerne gemacht. Jetzt werde ich aber wirklich nach Hause gehen. Hier sind meine Nummer und Adresse." Sie überreichte ihr eine Visitenkarte. Es war eine mit privaten Daten, da sie es nicht für sinnvoll hielt, ihr eine dienstliche zu geben, um Missverständnisse aus dem Weg zu räumen. Sie war wirklich privat hier und alles, was sie hier erfahren hatte, würde niemals an die Öffentlichkeit gehen, auch wenn es sicherlich eine gute Story geben könnte.

"Du kannst mich immer anrufen oder vorbei kommen, wenn du einen Gesprächspartner brauchst. Also, gute Nacht." Sie drückten sich zum Abschied und schließlich ging Mandy nach Hause.

Nach 15 Minuten war sie angekommen. Esperanza hatte ihre Klamotten zwar in den Trockner getan, aber ihr war nach umziehen zu Mute. Gerade als sie sich der Tür näherte und das Licht anging, sah sie auf der Treppe etwas liegen. Bei genauerem Hinsehen erkannte sie eine Blume. Erst als sie drin war, stellte sie fest, dass es eine war, die sie an Svens letztem Sichtungsort abgelegt hatte. Sie wusste das so genau, da es in der Ecke kaum noch etwas blühendes gab und sie suchen musste, bis sie was gefunden hatte und das war eben diese langstielige, violette Blume.

 Irritiert sah sie sich um, fand aber niemandem, der sie hätte hinlegen können, was auch verwunderlich wäre, da sie ja den ganzen Tag unterwegs war. So schloss sie kopfschüttelnd die Tür, suchte nach einem Gefäß, füllte es mit Wasser und stellte das Pflänzchen rein, was sie schließlich gedankenverloren betrachtete. "Ich will noch nicht... Hilf mir...", waren die Worte, die ihr einen Schauer über den Rücken jagten, der sie frösteln ließ. "Wer ist da?", fragte sie in die Stille, aber bekam keine Antwort. Für einen Augenblick glaubte sie, einen Schatten an der weißen Wand entlang huschen zu sehen, besann sich aber darauf, dass da nichts war. "Oh man. Jetzt sehe ich schon Gespenster, höre Stimmen... Ich glaube, ich habe mir doch mehr bei dem Sturz getan, als ich dachte." Der Unfall, der Sturz, der Junge... seit diesem Tag nach der Konferenz begann alles. Vielleicht hatte sie sich doch zu sehr mit dem Schicksal der anderen befasst und ihr Unterbewusstsein spielte ihr einen Streich nach dem anderen.

 Am nächsten Morgen war es das Handy, was sie weckte. Sie hatte besser geschlafen, als erhofft und es war später Vormittag, als sie den Anruf entgegen nahm: "Hallo Esperanza, wie geht es dir?"

...

"Gibt es denn was Neues?"

...

Mandy richtete sich überrascht auf und rang nach Worten.

"Ähm... nichts zu danken. Weißt du doch. Aber freut mich, dass sie dir gefällt. Komm doch später auf einen Tee vorbei. Dann können wir reden, wenn dir danach ist."

...

"Schade, okay, dann ein anderes Mal. Bis dann."

Zitternd legte sie das Telefon beiseite und ließ sich danach wieder ins Kissen fallen.

"Was geht hier vor???", war alles, was ihr gerade einfiel.

Ein Unbekannter hatte wie ihr, Esperanza die gleiche Blume vor die Haustür gelegt. Diese glaubte daran, dass sie von ihr war, was aber nicht zutraf. Zu erst hatte sie an einen Nachbarn oder an Kinder gedacht, die ihr eine Freude machen wollten, aber dazu passte nicht, dass ihre neue Bekannte ebenso beschenkt worden war. Schließlich verband die beiden nichts, außer der gestrige Tag.

Nachdem Mandy eine Woche krankgeschrieben war und sie auch ihr Auto wieder hatte, fing für sie wieder der Alltag an. Etwas unsicher stieg sie ein, aber nach wenigen Minuten hatte sie die alte Sicherheit wie vor dem Unfall wieder. Wie sie nicht anders erwartet hatte, wurde sie freundlich von ihren Kollegen begrüßt. Das Arbeitsklima war sehr angenehm und keiner kommentiere ihren Crash. Lediglich erkundigte man sich, wie es ihr geht und bot Hilfe an, falls die Arbeit doch noch zu viel werden würde. An dem Artikel zu der Pressekonferenz musste sie nicht mehr arbeiten, da eine Kollegin die Aufgabe übernommen hatte. Es war Mandy nur recht, dass sie sich um anderes kümmern konnte, das nicht so schlagzeilenträchtig war. Sie wollte etwas Abstand zu dem nehmen, was seine Spuren hinterlassen hatte. Daher lehnte sie auch das Angebot eines weiteren Kollegen ab, der zu ihr kam: "Grüß dich. Schön das du wieder an Bord bist. Wie sieht es mit den Vermisstensachen aus? Willst du da dran bleiben oder erst einmal nicht?"

"Nein, den kannst du übernehmen. Ich sollte mich auf was anderes konzentrieren, was weniger umfangreich ist, damit ich wieder was fertig bekomme."

"Okay, danke. Jens hatte was zu Geistersichtungen im Angebot. Da gibt es doch den einen Guru, der meint, Verbindungen zu Verstorbenen herstelle zu können, der vor kurzem ein Buch veröffentlicht hat. Der hat in ein paar Wochen in der Bürgerhalle eine Lesung. Wäre das was für dich?"

Mandy musste lachen: "Klar, das hört sich sehr lustig an. Immer diese Verrückten... und denen glaubt man auch noch. Dann werde ich mich mal mit dem Herren beschäftigen."

Solche reinen Recherchearbeiten gefielen ihr immer wieder. Man hatte seine Kontakte wie Verlage, Agenturen und bereits vorhandene Berichte, mit denen man arbeiten konnte. Allein das Internet würde dazu viel hergeben. "Dann werde ich mal auf Geisterjagd gehen", scherzte sie mit ihren Kollegen und war froh, dieses Thema spätestens nach der Lesung abhaken zu können. Vielleicht konnte sie sich dann wieder auf ernsteres Konzentrieren.

Nicht viel später stand sie im Büro des Chefredakteurs Jens. "Ah, du brauchst also wieder Aufheiterung nach den letzten Monaten. Timo hatte bereits gesagt, dass du den Guru übernimmst. Hast du schon eine Idee, was du machen und wie du vorgehen willst?"

"Ich denke, ich schau mal nach, was es in den Staaten so dazu gibt. Die sind da ja noch ein bisschen verrückter als wir. Natürlich eine Biographie, Textauszüge des Buches, Meinungen einholen, Rezensionen lesen und eine Diskussion. In welcher Reihenfolge ich das mache, weiß ich noch nicht genau. Aber das wird was interessantes. Also wenn ihr mich dann lachen hören solltet, wisst ihr, warum."

"Macht nichts, wenn du da dran bist, kommt wieder Stimmung in die Bude hier."

"Ich werde mein bestes geben, um euch zu erheitern.", versprach sie, nahm ein paar Flyer zur Lesung an sich und machte sich an die Arbeit.

Das Glanzpapier zeigte einen älteren Mann um die 60 Jahre alt mit langem, grau-meliertem Haar und einem kleinen Bart. Der Hintergrund war dunkel und nur ein schwacher, gelb-goldener Schein umgab das Portrait und ließ so eine seltsame Stimmung aufkommen. Genau passend für das Thema, womit er sein Geld verdiente. Er nannte sich Jean, der Vermittler und war doch, zumindest auf dem Bild, eine beeindruckende Figur. Die Vorstellung, dass es sich dabei um eine Trollähnliche Gestalt, klein und dick, handeln konnte, erheiterte sie.

Je mehr sie sich in ihr neues Thema einarbeitete, umso seltsamer fühlte sie sich. Anders als sie gehofft hatte, dass sie Abstand von den anderen Sachen bekommt, plagten sie immer wieder die Gedanken zu dem Erlebten. Sie war zwar davon überzeugt, dass so etwas nicht möglich ist, wie es der Guru anpries, aber mit ihren kürzlich gemachten Erfahrungen sah sie das auch in einem etwas anderen Licht. Sie konnte nicht so distanziert daran gehen, wie es ihr lieber gewesen wäre, so dass es ihr schwerer fiel, ohne eigene Wertung die Texte zu verfassen. Bei der Biographie was es ein leichtes, da sie sich nur auf die Fakten berufen konnte, die ihr vorlagen. Jedoch bei den Berichten von 'Klienten' wie der Guru die nannte, die zu ihm kamen, kam sie ins zweifeln und überlegte oft, was wahr und was nur Illusion war. Sie hatte ja selber vor so einer Entscheidung gestanden, es dann aber als Trugbild abgelehnt. Was also wäre, wenn sie sich darauf einlassen, leiten würde? Wahrscheinlich würde man sie als Verrückte in die Anstalt einliefern. Aber wäre es nicht einmal interessant, das als Recherche einfach mal auszuprobieren? Eine bessere Begründung hätte sie nicht haben können, falls sie in der nächsten Zeit anders auffallen würde. Alle wussten, woran sie schrieb, daher würden ihre Kollegen sich ihren Teil denken, aber sie nicht böse damit aufziehen.

Nach ein paar Tagen erkundigte sich Jens danach, wie sie voran kam: "Und? Schon was gefunden?"

"Ich mach es mir jetzt einfach und probiere das mal aus, ob das wirklich 'geht' und wie so eine Sitzung abläuft. Irgendwo müssen ja diese Behauptungen her kommen, dass die Klienten mit Verstorbenen gesprochen haben. Sollte ich also etwas komisch drauf sein und die anderen fragen, weißt wenigstens du, was los ist." Sie zwinkerte ihrem Chef zu und bekam auch das Okay: "Von mir aus, aber übertreibe es nicht. Wir wollen dich wieder so haben, wie bisher auch. Dann wünsche ich dir viel Spaß bei deinem Selbstexperiment. Weißt du schon, mit wem du in Kontakt treten willst?"

"Naja, er soll ja auch mit Tieren reden können. Ich frag ihn mal, ob er mir sagen kann, was aus meinem Hund Alf geworden ist."

"Ach, war das der Mini-Collie?

"Er sah aus wie einer, war aber ein Sheltie. Die 'Taschenvariante' davon.", konterte sie.

"Schon gut, schon gut. Für mich bleibt es aber ein Mini-Collie. Bestelle ihm dann mal schöne Grüße von uns. War immer lustig mit ihm, bis er leider viel zu früh eingeschläfert werden musste."

"Das werde ich machen. Aber ich bezweifle, dass das ankommen wird. Geldmacherei ohne Sinn und Verstand."

"Sieh es so: Wirtschaftlich gedacht. Du weißt doch, dass wir ein Großteil unseres Geldes für unsere Lieben, egal ob Mensch oder Tier, ausgeben."

"Da hast du auch wieder recht. Wir werden sehen, was es bringt."

"Ich bin dann mal auf deinen Erfahrungsbericht gespannt." er klopfte ihr auf die Schultern und setzte seinen Weg fort.

Nun hatte sie freie Bahn und konnte sich darum kümmern, wie so etwas ablief. Noch nie hatte sie sich damit befasst, aber ihre Neugierde war geweckt.

Es war schwieriger als gedacht, einen Termin bei dem Herren zu bekommen und sie zog kurz in Erwägung, sich als Pressevertreter vorzustellen, aber da sie nicht anders behandelt werden wollte, als die Übrigen, verwarf sie den Gedanke schnell wieder. Außerdem konnte es dann ja auch sein, dass sie direkt abgewiesen worden wäre, da irgendetwas faul an der Sache war, was sie auch selber vermutete.

Mandy las interessiert die Berichte der Leute, die so was schon mal gemacht haben und war belustigt, wie verschieden eine Sitzung wohl abzulaufen schien. Es gab sogar welche, die davon überzeugt waren, dass sie ihre Toten während des Gesprächs berühren und spüren konnte und das alle behaupten, vorher keine Getränke oder ähnliches zu sich genommen zu haben. Einige sprachen von einem tranceähnlichen Zustand oder von Hypnose, was vielleicht auch eine Erklärung sein konnte.

Nach ihrem ersten Treffen im Steinbruch kamen Esperanza und Mandy mindestens einmal pro Woche zusammen. Tranken was zusammen, gingen spazieren oder unternahmen sonst was. Der Altersunterschied der beiden betrug gerade mal sieben Jahre, so dass sie noch ähnliche Interessen und Gesprächsthemen hatten. Für Mandy war es eine Herzensangelegenheit, der Jüngeren die schwere Zeit etwas zu erleichtern und Lasten abzunehmen, die die junge Frau in ihrer momentanen Situation nicht alleine stemmen konnte. Oft war sie nur Zuhörer und Tröster, aber das war das, was Esperanza benötigte.

Die beiden saßen in einem kleinen Kaffee und unterhielten sich, als eine ältere Frau an ihren

Tisch kam und einen Fleyer mit den Worten "Ja, es hilft wirklich. Ich habe es versucht" ablegte.

Während Mandy für den Zettel nur ein müdes Lächeln über hatte, studierte ihre Begleitung ihn etwas genauer, legte ihn dann aber auch beiseite. "Nein, ich glaube nicht. Das bringt mir meinen Jungen auch nicht wieder. Sowas funktioniert eben nicht."

Mandy ergriff ihre Hand: "Ich glaube auch nicht daran. Irgendwann wirst du Klarheit darüber haben, was passiert ist. Daran glaube ich."

Die Angesprochene schnäuzte sich kurz und wischte eine Träne fort, als sie schließlich den Zettel zerriss und in den Aschenbecher legte. "Der macht Geld auf Kosten der Trauer und der Schmerzen der anderen. Sowas sollte verboten werden."

"Sehe ich auch so. Ich werde mir aber mal aus beruflichen Gründen anschauen, was da abläuft. Ich kann dir ja dann berichten, ob was dran ist."

"Was? Nur wegen dem Typen?"

"Ja, das ist mein Job. Mein Chef hat sein okay gegeben. Es wird sicherlich lustig. Ernst nehmen werde ich das nicht, so lange ich keine Beweise habe, dass das tatsächlich klappt."

"Da bin ich mal gespannt."

"Ich auch, und mein Chef ebenfalls."

Nachdem die beiden sich öfters getroffen haben, hatte Mandy ihr mitgeteilt, dass sie Journalistin ist. Esperanza hatte das einfach akzeptiert, ohne Vorwürfe laut werden zu lassen. 'Es wird doch eh geschrieben, was gerade passiert' war alles, was sie dazu zu sagen hatte.

Beide nippten an ihren Tassen, als wieder Esperanza das Wort ergriff: "Glaubst du, da wo er jetzt ist, geht es ihm gut? Ich glaube oft, ich sehe ihn in meiner Nähe oder höre sogar seine Stimme. Das hört sich albern an, aber es ist einfach so."

Mandy überlegte kurz: "Ich könnte mir vorstellen, dass es dir noch eine Zeit lang so vorkommen wird. Vielleicht so lange, bis du weißt, was passiert ist. Du sagtest mal, dass es die Einsamkeit ist, die am meisten Weh tut. Vielleicht ist das ein Prozess, um sich damit abzufinden. Aber ich bin kein Psychologe und kann das nicht beurteilen."

"Was solls, so habe ich wenigstens das Gefühl, dass er bei mir ist, irgendwo, und ich denke immer an ihn. Oder er schwebt wirklich als kleiner Geist wie in den Kinderbüchern umher und passt auf die Menschen auf, die ihm wichtig sind."

"Dann sollten wir einen Kakao bestellen und dabei an Sven denken." Mandy sah in ein aufleuchtendes Gesicht und rief die Bedienung zu sich. Nicht viel später wurde serviert und für einen Moment schien die Welt in Ordnung zu sein. Sie glaubten, sein kindliches Lachen zu hören und Mandy kam zu dem Entschluss: "Wenn er tot ist, geht's im bestimmt gut, da wo er jetzt ist. Er schaut auf uns hinab und freut sich, dass es uns für einen Moment gut geht."

 Der Tag an dem Mandy den Termin hatte, kam, wie die Lesung auch, immer näher. Am Abend vor dem Gespräch kam sie relativ spät von der Arbeit wieder. Sie holte Werbung und andere Post aus dem Briefkasten und während sie mit einem Fuß die Tür zustieß, überflog sie die Papiere. Das meiste war wirklich Werbung, ein paar Rechnungen zum Monatsende waren wie immer dabei, aber auch ein einfach gefaltetes, weißes A4 Blatt lag dazwischen.
 Sie beachtete es erst nicht, drehte es kurz um und war drauf und dran, es weg zu schmeißen, als sie auf der Innenseite ein Bild sah. Die andere Post legte sie zur Seite und schlug das Blatt auf. Eindeutig hatte ein Kind gemalt. Man konnte zwar erkennen, welche Formen da waren, aber für Mandy gab es im ersten Moment keinen Sinn. Sie erkannte ein Haus und ganz woanders

ein Auto, in dem eine Frau saß. In einer anderen Ecke war eine Blume gemalt. Die Farben waren bedrückend, es herrschten dunkle Farben vor. Die Blume hatte einen leichten Blaustich. Über all diesen einzelnen Bildern war ein schwarzer Bogen oder ein Strich, was aber auch eine Wolke sein konnte. Unmittelbar darunter hing ein Kind. Es war an den Armen gefesselt, so als sollte es nicht hinab stürzen. Um die Figur herum schwebten Farb- und Gesichtslose Geschöpfe, die man nur mit Mühe als Menschen erkennen konnte.

Das Kind hatte einen traurigen Ausdruck, die Eckzähne waren besonders betont. In dem Kreis, der den Bauch darstellen sollte, standen drei Buchstaben: **ICH**. Mehrmals schaute sie sich das Bild noch an, bis sie in dem Haus weitere Lettern erkannte: **MAMA**.

Hinweise auf einen Namen fand sie nicht. Sie versuchte, das Gemälde zu interpretieren, was ihr aber schwer fiel.

Nachdem sie wieder die halbe Nacht wach gelegen hatte, schlief sie unruhig ein. Der Traum war wirr, wie so vieles andere auch:

Die Zeichnungen verfolgten sie und bewegten sich, wie in einem Stummfilm. Das Kind hing an den Schnüren vor dem Auto, dass sich langsam bewegte und es schließlich überrollte, während kurze Zeit später die Blume auf dem Auto zu wachsen schien. Der überfahrene Körper wurde an den Fäden wie eine Marionette hochgezogen und schwebte dann auf das Dach des Hauses. Eine Frau schaute aus dem Fenster, sie war traurig. Schließlich wuchs auch da die Blume auf dem Dach. Als das Kind wieder über allem schwebte, tanzten die anderen Gestalten um es herum, so als würden sie ein Ritual vollführen. Auch hier war das Pflänzchen vorhanden. In den kleinen Händen sah es so aus, als wäre das noch alles, was es hatte und verkrampft festhielt, um den kleinen Schatz nicht zu verlieren.

Eine kindliche Stimme übertönte ihren Wecker: "Hilf mir!!" Schweißgebadet erhob sich Mandy und wie so oft schaute sie sich suchend um, sah aber niemanden, von dem der Ruf gekommen sein könnte. Alles, was ihr ins Auge fiel, war die violette Blume... die sie eigentlich in der Küche platziert hatte.

Mandy war fast froh, dass sie aufstehen konnte, obwohl sie sich wie gerädert fühlte. Schweren Schrittes ging sie ins Bad und hoffte, dass es ihr nach einer kalten Dusche zumindest etwas besser ging. Schnell stellte sie jedoch fest, dass ihre Hoffnung vergebens war, sie weder einen klareren Kopf bekam und noch wacher wurde.

Ihr Frühstück verlief ähnlich. Zum einen brachte sie kaum einen Bissen runter und zum anderen machte sie diese Ruhe nur noch nervöser. Auch, als sie das Radio einschaltete, wurde es nicht besser. So lief sie schließlich wie ein unruhiger Tiger im Käfig umher, hielt ihre Kaffeetasse weiter in der Hand und schaute mal da und dann wieder woanders nach, ohne genau zu wissen, was sie suchte. Als sie an die Stelle kam, an der eigentlich das Glas mit der Blume stehen sollte, fand sie nur einen kleinen Brocken Basalt. Instinktiv wusste sie, wo er her kam: Aus dem Steinbruch in dem sie auf Esperanza gestoßen war. Kurz dachte sie darüber nach, diese anzurufen und sich zu erkundigen, sah dann aber auf die Uhr und stellte fest, dass sie sich auf dem Weg zu ihrem Termin machen musste. Ihren Block, das Diktiergerät und ihre Schlüssel steckte sie ein, zog einen Mantel drüber und im letzten Moment, bevor sie ihre Wohnung verlassen wollte, ergriff sie das Basaltstück. Sie fuhr mehr als eine Stunde bis sie an der Adresse ankam, die man ihr gegeben hatte.

Es war ein ländlich gelegener Hof umgeben von Feldern und Wäldern. Die Zufahrt war nicht gepflastert und daher matschig. Hier und da standen Obstbäume, die noch voller Früchte waren und gerade als sie sich einen Parkplatz suchte, huschte eine weiße Katze über den Hof. Das alles machte nicht den Eindruck, dass hier ein Geisterredner wohnen würde. Eher hatte sie gedacht, dass er ein Zimmer in einem Altbau hätte, der dunkel eingerichtet und mit Kerzen beleuchtet ist. Als sie ausstieg, kam ein kleiner, schwarzer Hund auf sie zu gerannt, der sich schwanzwedelnd vor sie setzte und darauf wartete, begrüßt zu werden. Erst dann trat aus einer Seitentür ein älterer Mann hervor. Er war schlank, aber die Haare und der Bart waren so wie auf dem Fleyer. Er wirkte lebensfroh und voller Energie, sehr freundlich und gepflegt.

Mandy hatte einen unsympathischen und eingebildeten Greis erwartet und war von der Erscheinung angenehm überrascht.

"Sie müssen Mandy sein", begann er. "Es freut mich, dass Sie den Weg zu mir gefunden haben." Mit einem festen Händedruck begrüßte er die Journalistin.

"Ja, danke, dass Sie sich Zeit für mich genommen haben."

"Entschuldigen Sie bitte, dass ich diese Lokalität für unser Gespräch gewählt habe, aber ich glaube, das ist in Ihrem Fall angebrachter."

Mandy stutze und hakte nach: "Wo führen Sie denn sonst Ihre Gespräche, wenn ich fragen darf?"

"Ich erkläre Ihnen alles im Haus. Da ist es wärmer. Trinken Sie lieber Kaffee oder Tee?"

"Danke, dann lieber Kaffee." Es war die Frage, die sie erwartet hatte und nur aus Höflichkeit ging sie darauf ein, würde aber keinen Schluck nehmen.

Sie folgte ihm in das Gebäude. Auch hier zeigte sich, dass es schon einige Jahre auf dem Buckel hatte, aber nicht negativ. Es war im Landhausstil eingerichtet, schwere, dunkle Holzmöbel gaben dem Gemäuer Charme. Zu dem Dunklen gesellten sich warme Farben und viele Fenster, die alles in einem kräftigen Licht erstrahlen ließen. Es roch nach getrockneten Kräutern und Früchten. Mandy folgte dem Mann in ein Nebenzimmer, in dem sie auf einem ledergepolsterten Holzstuhl platz nahm.

"Schauen Sie sich ruhig um. Wie trinken Sie denn Ihren Kaffee?"

"Schwarz bitte."

Dann ließ er sie zurück.

Lange hielt es sie nicht auf dem Stuhl und sie erhob sich wieder. An den Wänden waren Chinesische Symbole zu sehen, aber auch Runen der Germanen oder Alt-Gälische Wörter. Sie sah Räucherstäbchen und schaute sie sich genauer an. Um welche Düfte es sich handelte, konnte sie nicht sagen. Auf einer Schale waren Ying und Yang in Sand gemalt, umrandet von Edelsteinen und überall Pflanzen und Kerzen. An den Fenstern hingen Tücher, die vielleicht der Verdunklung dienten.

Ein schwacher Windhauch zeigte ihr, dass jemand das Zimmer betrat. Sie drehte sich um, lief in die Richtung ihres Stuhls und setzte sich wieder.

"Ich befasse mich viel mit Naturreligionen und anderen Kulturen. Daher die Symbole und Wörter." Der Guru schob ihr den dampfenden Kaffee entgegen.

"Nun, warum haben Sie mich hier her bestellt?"

"Weil ich das Gefühl habe, dass Sie was besonderes sind. Das Sie irgendetwas haben, was Sie von den meisten anderen Menschen unterscheidet."

"Wie kommen Sie darauf?"

"Das weiß ich noch nicht. Jahrelange Erfahrung und ein Bauchgefühl vielleicht. Was kann ich also für Sie tun?"

"Ich musste mich vor Jahren von meinem Hund trennen, da er nicht mehr richtig laufen konnte. Da kein Arzt sagen konnte, woran das lag, aber es auch nicht besser wurde, habe ich ihn schließlich einschläfern lassen. Mich würde interessieren, ob Sie mir vielleicht helfen können, ob es damals die richtige Entscheidung war. Also was er tatsächlich hatte."

"Denken Sie oft an ihn?"

"Ja."

"Wie lange beschäftigt Sie schon diese Frage?"

Mandy wusste nicht, worauf er hinaus wollte und überlegte.

"Es hört sich vielleicht blöd an, aber noch nicht so lange. Ich spiele mit dem Gedanke, mir einen Neuen zuzulegen. In dem Zusammenhang hat sich dann die Frage aufgedrängt, woran es wirklich lag."

"Wie lange ist es her, dass Sie diese Entscheidung getroffen haben und sich von Ihrem vierbeinigen Freund trennen mussten?"

"So drei, vier Jahre ist das schon her."

"Haben Sie ein Bild dabei und wie heißt er?"

"Moment. Er hieß Alf und war ein Sheltie." Nun durchsuchte sie ihre Unterlagen und dabei fiel das Bild aus ihrem Block, dass sie am vorherigen Tag bekommen hatte. Noch bevor sie reagieren konnte, hatte ihr Gegenüber es bereits aufgehoben und betrachtete es nachdenklich.

"Woher haben Sie das Bild?"

Mandy sah auf. "Das lag gestern bei mir in der Post. Da hat sich vielleicht ein Nachbarkind einen Scherz erlaubt oder einfach den falschen Briefkasten erwischt. Wollen Sie es haben?" Ungewollt war es aus ihr herausgerutscht.

"Nein. Ich denke, das ist für Sie gedacht. Es gibt in dieser Welt nur selten Zufälle."

In dem Moment zog sie rasch ihre Hand zurück, da sie den Eindruck hatte, etwas kaltes würde darüber streichen.

"Ist alles in Ordnung mit Ihnen, Mandy?"

"Ich... ich denke schon." Und schon hielt sie das Bild ihres Hundes in der Hand. "Das ist er"

Einen Augenblick starrte der Guru sie an, als würde er in ihr Inneres schauen, was einen Schauer bei Mandy auslöste. Die eisblauen Augen schienen sie zu durchbohren.

"Okay. Dann konzentriere dich auf deinen Atem und werde ruhiger. Wenn du damit Schwierigkeiten hast, passe dich meinem Rhythmus an. Sobald dein Inneres Auge bereit ist, die Verbindung aufzubauen, lasse es zu. Ich werde es spüren und deine Hand nehmen. Es kann sein, dass du dich dabei erschreckst, lass es einfach passieren. Du wirst von alleine wieder zu dem Punkt gelangen, der dich in die Lage versetzt, ihm gedanklich deine Frage zu stellen. Wenn er der Meinung ist, dass du eine Antwort bekommen solltest, wirst du sie auch erhalten."

"Soll ich ihn mir einfach vorstellen?"

"Ja, stell dir einen schönen Moment mit ihm vor, in dem du davon überzeugt warst, dass es euch beiden gut geht. Alles weitere wird geschehen."

Sie gab sich alle Mühe, der Aufforderung nachzukommen, gab es aber nach einigen Minuten auf.

"Dann konzentriere dich auf meinen Atem. Das wird dir helfen"

Dass er die Anrede wechselte, fiel ihr nicht auf, nur dass seine Stimme immer weiter entfernt schien. Langsam kam sie zu Ruhe, spürte, wie ihr Atem von ihm geleitet durch ihren Brustkorb in die Lunge strömte, sich dort ausbreitete und die verbrauchte Luft wieder empor wanderte. Sie zuckte kurz zusammen, als er ihre Hand ergriff und in dem Moment hatte sie den Eindruck, als würde sich eine Wand aus Wolken vor ihr auftun.

Sie sah sich auf einer Wiese liegen, neben ihr rollte Alf auf dem Rücken auf die andere Seite. Er war noch jung. Die großen Pfoten machten ihm hin und wieder Probleme, ab und zu stolperte er über sie. Sein Fell war noch nicht so lang und seine Augen hellwach und aufmerksam. Jede ihrer Bewegung nahm er wahr und schien zu analysieren. In Gedanken rief sie ihn: "Alf mein kleiner. Alf." Der Vierbeiner kugelte zu ihr, legte eine Pfote auf ihren Oberkörper und ließ sich kraulen. Eine warme Stimme, die Mandy zuvor noch nie gehört hatte, antwortete ihr: "Ja, hier bin ich. Mir geht es gut. Aber du fehlst mir so." In diesem Zustand fühlte Mandy trotzdem noch, wie sich eine Träne ihren Weg bahnte. *"Sag mir Alf. Was war los?" Wie von selber ließ sie sich auf das Gespräch ein. Es bedurfte keiner Hilfe, es war einfach da. "Du brauchst dir keine Gedanken machen, Mandy. Es war richtig. Ich war krank. Eine Krankheit, die nur sehr selten vorkommt und nur die wenigsten Ärzte hätten mir helfen können, wenn sie jemals davon gehört hätten."* Sie spürte, wie ihr Herz leichter wurde. *Wieder vernahm sie die Stimme: "Aber Frauchen, du bist hier nicht wegen mir. Jemand anders braucht deine Hilfe."*

Dann senkte sich die Wolkenwand und langsam öffnete sie wieder die Augen. Alles war verschwommen und erst dann wurde ihr klar, dass sie weinte.

"Ruh dich aus. Wenn du willst, kannst du dich etwas hinlegen." Mit den Worten stand der Mann auf und ließ sie alleine.

Wie lange sie gesessen und umher gelaufen war, konnte Mandy nicht sagen. Nur, dass sie aufgewühlt und durcheinander war. Es schien alles so absurd zu sein, so mysteriös und geheimnisvoll. Ein Phänomen, für das sie keine Erklärung fand. Die Stimme, die letzten Worte, hallten immer wieder in ihrem Kopf. Würde ihr jemand genau das erzählen, was sie gerade erlebt hat, sie würde das für Schwachsinn halten und diese Person nicht weiter beachten. Erst, als der Guru sich erkundigte, wie es ihr ginge, registrierte sie, dass sie nicht mehr alleine war.

"Es ist schwierig, zu verstehen, was Sie gerade erlebt haben. Aber das ist okay und normal. Zu Wesen, die uns einst mal nahe standen oder es immer noch tun, haben wir eine unsichtbare, schwer begreifliche Verbindung. Die wenigstens wissen, dass es das gibt. Wissenschaftlich gibt es keine Begründung, wie das kann. Aber wir müssen und können nicht einfach alles erklären, sondern müssen es akzeptieren und so annehmen, wie es ist."

Mandy dachte über die Worte nach. Vielleicht hatte er recht und es war einfach so. Sie hatte eine Frage, die sie schon länger beschäftigte, beantwortet bekommen, aber neue Fragen kamen auf, bei denen sie aber noch nicht in der Lage war, sie auszusprechen.

"Ich habe den Eindruck, dass da noch mehr ist, was Ihnen auf der Seele brennt. Das Bild. Darf ich es noch ein mal sehen?"

Wortlos holte sie es vor, betrachtete es ein weiteres Mal und versuchte einen Sinn oder zumindest ein Zeichen darin zu erkennen.

"Haben Sie Kinder oder hatten Sie mal eines?", War die Frage.

"Nein."

"Geht es irgendeinem Kind in Ihrem Bekanntenkreis im Moment nicht gut und hat es Angst zu sterben oder seine Eltern zu verlieren?"

Auch das verneinte sie.

"In Ihrer Nachbarschaft vielleicht?"

Sie überlegte. Alles, was ihr dazu einfiel, waren die vermissten Personen: "Eigentlich nicht. Ich hatte bis vor kurzem beruflich viel mit der Reihe verschwundener Leute zu tun. Vielleicht haben

Sie davon gehört. Aber warum sollte ausgerechnet mir so ein Bild in den Briefkasten geworfen werden?"

"Was machen Sie beruflich?"

"Ich bin Journalistin bei einer Zeitung."

"Vielleicht erhoffen sich Kinder, dass Sie helfen können, die anderen wieder zu finden. Beschäftigt Sie eine bestimmte Person?"

Sie überlegte kurz, kam aber schnell zu einer Antwort: "Ja. Ein Junge. Er war der erste der Reihe, der verschwand. Ich habe vor kurzem seine Mutter durch Zufall kennen gelernt."

Der Mann lächelte. "Zufälle gibt es nicht. Aber damit will ich Sie nicht belästigen. Wie heißt er?"

"Sven."

"Glaubt seine Mutter noch daran, dass er lebt?"

"Nein. Sie ist fest davon überzeugt, dass er tot ist. Vielleicht findet man seine Leiche im Herbst, wenn alles kahl ist. Ich würde es ihr wünschen."

"Ja, da haben Sie recht. Die Ungewissheit ist das schlimmste, was den Angehörigen widerfahren kann."

"Und die Einsamkeit", fügte Mandy hinzu.

Darauf nickte er nur.

"Können Sie nicht versuchen, herauszufinden, was mit ihm ist?", brach es aus ihr hervor.

Er schaute auf. "Ist das der wahre Grund, dass Sie zu mir gekommen sind? Oftmals erkennt man erst die Wahrheit, wenn anderes ausgesprochen ist."

"Ich weiß es nicht. Es ist nur... sie wird niemals hier her kommen. Aber sie hätte gerne Antworten."

"Wir können es versuchen. Wenn der Junge bereit ist, mit dir zu sprechen, wird er ein Zeichen geben."

"Danke. Aber ich habe kein Bild von ihm."

"Dann wird es schwieriger und anstrengender, aber es ist nicht unmöglich."

"Er muss tot sein?"

"Ja, das ist leider die Bedingung, dass ich Kontakt zu ihm herstellen kann."

"Okay" Da sie ja wusste, wie alles ablaufen würde, konzentrierte sie sich auf ihren Atem, was ihr dieses mal auch viel besser und schneller gelang. Sie spürte, wie ihr Atem tiefer und langsamer wurde und wie er ihre Hand umfasste.

3

Ein heller Energiestrom verband sie, aber dieses Mal dauerte es, bis sich etwas tat. Die Wolkenwand, die bei Alf der Beginn war, ließ auf sich warten. Ein paar mal sah es so aus, als würde sich etwas tun, aber dann zerfiel sie wie ein Schneeball in einzelne Flocken, um schließlich ganz zu verschwinden. Im nächsten Augenblick stiegen Nebelschwaden auf, hinter denen Mandy einen schwachen Umriss zu sehen glaubte.

In Gedanken rief sie den Namen: *"Sven? Sven? Bist du das?*

Aber sie bekam keine Antwort.

"Sven, wenn du mich hörst, gib mir ein Zeichen. Deine Mutter vermisst dich."

Es überraschte sie, als sie die Stimme vernahm, die sie bereits mehrmals gehört hatte: "Mama"

In dem Moment hatte Mandy den Eindruck, als würde sich der Boden unter ihr auftun und sie verschlingen wollen. Dann hörte sie die Stimme ihres Partners: "Sven. Was ist los? Sprich mit uns." Aber auch da kam keine Antwort. Eine Hand griff nach dem Umriss, zog ihn fort und als Mandy glaubte, gleich bewusstlos zu werden, tauchte der Kopf des Jungen durch die Nebelschwaden hindurch, wurde aber wieder zurück gezerrt. Schließlich brach die Verbindung ab. Erschrocken sahen sich beide an. Dass Mandy nicht begriff, was da gerade passiert war, verwunderte sie nicht, aber als auch ihr Gegenüber nicht zu wissen schien, was das zu bedeuten hatte, war sie verunsichert.

"Was...?"
"Ich weiß es nicht. Sowas ist mir noch nie passiert."
"Keine Erklärung?"
"Im Moment nicht. Ich muss nachdenken."
Darauf stand er auf, stellte sich ans Fenster und sagte erst mal nichts. Weiter ging er zu einem Regal, nahm etwas heraus und ließ es nach einer kurzen Pause fallen. Kleine Holzstücke verteilten sich auf einem Tuch und es dauerte noch etwas, bis er wieder zu Mandy kam.
"Und? Lebt er noch oder nicht mehr?"
"Schwierig. Sehr schwierig. Lass mich versuchen, es dir zu erklären." Er setzte sich wieder ihr gegenüber.
"Du hast gemerkt, wie es ist, wenn die Person oder das Tier, welches man fragt, wirklich tot und tatsächlich bereit zum Gespräch ist."
Sie stimmte zu.

"Wenn es tot ist, aber nicht reden will, ist es anders. Nicht immer gleich, aber auch nicht so, wie gerade."

"Ja aber was dann?"

"Lebt das Geschöpf noch, bleibt alles schwarz. Keine Wand, nichts."

"Das war es aber auch nicht."

"Das ist ja das Problem. Sowas habe ich noch nie erlebt."

"Vielleicht ein Mittelding?" Kam ihr ins Gedächtnis.

"Wie soll das gehen? Wenn man halbtot ist, lebt man noch, also bliebe es schwarz."

"Wenn man dem Tot näher als dem Leben ist?"

"Das gleiche. Man lebt noch."

"Vielleicht ist er noch nicht so lange tot und es lag daran?"

"Nein, das ist auch anders. Ich habe mal die Verbindung zwischen einem Ehepaar hergestellt. Er war gerade ein paar Stunden tot und hatte kein Testament hinterlassen. Also kam sie in ihrer Not zu mir und da hat alles so geklappt, wie bei dir und Alf auch. Das heißt, daran kann es auch nicht liegen."

Stille.

Schließlich entschloss Mandy, das es vielleicht besser wäre, zu gehen. "Ich glaube, ich fahre nach Hause. Vielleicht fällt Ihnen dann etwas ein, was das eben war."

"Das wollte ich gerade vorschlagen. Ich muss nachdenken. Sollte ich eine Idee haben, melde ich mich bei dir. Okay?"

"Das wäre super. Vielen Dank."

Sie gaben sich die Hände und als Mandy draußen war, atmete sie tief durch.

Esperanza und Mandy saßen im Café. Noch immer hatte Mandy keine Erklärung dafür bekommen, was bei dem Versuch, Kontakt zu Sven aufzunehmen, vorgefallen war. Von ihren Erfahrungen hatte Mandy bisher noch nichts erzählt.

"Ich will ja nicht neugierig sein, aber du warst doch bei dem Medium, oder? Wie war es denn?"

Eigentlich war es eine einfache Frage, nur was Mandy darauf antworten sollte, wusste sie nicht. Sie war selber noch nicht soweit, dass sie sagen konnte, was irgendwie Sinn ergab und was vielleicht nur Einbildung war. Wie viel konnte sie ihrer Begleiterin tatsächlich zumuten, ohne als verrückt und unglaubwürdig zu erscheinen?

"Es war... interessant, aber auch sehr anstrengend."

"Was passiert da?"

"Man konzentriert sich auf seinem Atem und irgendwann hast du das Gefühl, in eine andere Welt abzudriften. So, als wärest du in Trance."
"Und dann?"
Mandy zuckte mit den Schultern. "Kommen Erinnerungen und Bilder vor. Wie in einem Traum läuft das ab"
"Und? Glaubst du das, was du gesehen hast?"
Die Journalistin lächelte: "Ich sagte ja, wie im Traum." Und zwinkerte ihr zu.
"Wundert mich nicht. Also Schwachsinn."
Darauf bedurfte es keine weitere Erklärung und das Thema war beendet. Bewusst hatte Mandy nichts weiter erzählt und der Jüngeren einfach zugestimmt.
"Dir scheint es aber etwas besser zu gehen, Esperanza. Oder täuscht der Eindruck?"
"Ach weißt du, die neue Therapeutin hilft mir wirklich. Aber auch, dass du mich ablenkst, macht vieles leichter. So denke ich nicht immer an ihn."
Einerseits freute sie sich darüber, dass sie ihr helfen konnte, aber dass sie angab, weniger an ihren Jungen zu denken, schmerzte sie. "Hast du denn ab und zu noch den Eindruck, dass er bei dir ist, wie damals im Steinbruch?"

"Ja, abends bei Gewitter oder wenn es stürmisch ist, glaube ich, ihn zu sehen. Aber es ist anders, als damals."

"Wie anders?"

"Naja, er ruft nicht mehr nach mir, schaut mich stumm an. Ihn umgibt dann immer so ein ein gelblich-silbernes Licht. Aber er sieht traurig aus und ich habe dann immer den Eindruck, dass er zwar zu mir will, ihn aber etwas festhält und ihn daran hindert."

Die Aussage erinnerte sie an das, was sie vor kurzem erlebt hatte. "Hast du mal ein Bild von ihm? Ich würde mir gerne eines ansehen."

Etwas erstaunt sah Esperanza auf, stimmte dann aber zu: "Wenn ich dran denke, bringe ich mal eines mit. Er hat viel gemalt."

Sie wusste nicht, was sie sich davon erhoffte und wie sie darauf kam, aber war auch erleichtert, dass Esperanza ihr deswegen keinen Ärger machte.

"Was hast du denn damit vor?", wurde sie gefragt.

"Keine Ahnung. Vielleicht, mich einfach daran erfreuen, dass er Spaß am malen hatte."

Eine kurze Pause des Schweigens trat ein.

"Es ist seltsam. Wir kannten uns nicht und nur, weil ich um meinen Jungen im Steinbruch getrauert habe und du gerade da warst, haben wir uns getroffen. Du hast mir bisher mehr geholfen, als so manch andere. Ich weiß nicht, woran es liegt, aber manchmal habe ich das Gefühl, dass uns etwas verbindet."

"Mir geht es ähnlich. Als ich damals ziellos umher gefahren bin und die letzten Orte der Verschwundenen aufgesucht habe, empfand ich an Svens letztem Ort etwas, was ich vielleicht auch als Verbundenheit zu euch gedeutet habe. Weißt du, ich habe auch oft den Eindruck, dass ich ihn irgendwo sehe oder sogar höre. Womöglich gibt es wirklich etwas, was uns verbindet, nur wir können es nicht erklären."

Als die Bedienung zu ihnen kam und einen Kakao abstellte, sahen sich die beiden Frauen an. Esperanza war diejenige, die reagierte: "Wir hatten aber nichts bestellt."

"Aber ein kleiner Junge kam doch eben zu mir und sagte, ich sollte doch bitte einen Kakao zu Ihnen bringen. Er würde gleich nachkommen."

"Was für ein Junge?" erkundigte sich nun Mandy.

"Er war ganz aufgeregt, hat auch nur bestellt und ist dann noch mal kurz raus.", war die Antwort

"Ah... okay. Danke." Daraufhin sah Esperanza irritiert zu Mandy.

Erst als die verunsicherte Bedienung außer Hörweite war, erkundigte sich Svens Mutter.

"Was ist? Weißt du etwas, was ich nicht weiß? Sven ist tot, er kann nicht bestellt haben, außerdem hat er sich früher immer davor gedrückt."

"Ich weiß gar nichts... nur, dass ich seit einiger Zeit vieles nicht mehr verstehe."

Nachdenklich tranken beide ihren Kaffee aus, aber keine ließ den Kakao aus den Augen. Plötzlich kippte die Tasse um und der noch dampfende Inhalt verbreitet sich über die weißen Tischdecke. Geschockt sahen sich die Frauen an und als beide dann ein kindliches "Entschuldigung" hörten, aber nichts entdeckten, sprang Esperanza auf und rannte weinend aus dem Café. Mandy schaute ihr noch hinterher, kümmerte sich dann um den ausgelaufenen Kakao, zahlte und folgte ihrer Bekannten.

Mandy fand Esperanza bei einem Brunnen. Diese saß auf einem Randstein und starrte in das plätschernde Wasser. Sie sah kurz auf, widmete sich dann aber wieder dem Nass."Geht's wieder?", erkundigte sich Mandy.

"Ich kriege zu viel. So langsam glaube ich, dass ich verrückt werde und durchdrehe. Überall sehe und höre ich Sven, aber er ist nicht da!"

Mandy holte tief Luft und entschloss sich zu einem weiteren Schritt: "Ich muss dir was sagen. Nicht nur du siehst und hörst ihn, auch ich. Ich hatte dir erzählt, dass ich die Orte angefahren habe. Das war kurz bevor wir uns kennen gelernt haben. Auf dem Rückweg hatte ich einen Autounfall. Offiziell war es ein Wildunfall. So sah es für die Polizei auch aus. Das Reh lag noch am Straßenrand. Allerdings habe ich einen Jungen überfahren. Vielleicht eher seinen Schatten, ich weiß es nicht. Auf jeden Fall stieg ich aus und sah nach ihm. Es war definitiv ein Junge, der so aussah wie Sven. Als ich ihm helfen wollte, wurde ich bewusstlos und erst als ein LKW-Fahrer sich um mich kümmerte, kam ich wieder zu mir. Als ich dann nach dem Kind sehen wollte, lag da das Tier. Damit fing alles bei mir an."

"Das kann nicht sein. Wie geht das?"

"Ich weiß es selber nicht. Es ist so vieles passiert, wofür ich keine Erklärung habe."

"War das alles?"

"Nein. Daraufhin habe ich die gleiche Gestalt immer wieder gesehen. Auch im Steinbruch, als du glaubtest, deinen Sohn da zu sehen."

"Warum sagst du das erst jetzt?", wolle Esperanza wissen.

"Weil ich immer noch nicht weiß, wie das sein kann. Ich stehe vor der gleichen Situation wie du. Ich frage mich, ob ich verrückt werde, was Illusion und was Realität ist."

"Hat es was mit deiner Frage zu tun, ob ich dir mal ein Bild von ihm mitbringen kann?"

Kurz dachte Mandy nach. "Vielleicht schon, ich habe mir bei der Frage wirklich nichts gedacht. Aber komm mit zu mir, da kann ich dir etwas zeigen."

Auf dem Weg zu Mandy wechselten beide kein Wort. Jede hing ihren Gedanken nach, versuchte sich klar darüber zu werden, was das zu Bedeuten hatte. Erst, als Mandy aufschloss, begann sie ein neues Gespräch: "Mir sagte vor kurzem jemand, dass es keine Zufälle gibt. So langsam glaube ich das wirklich. Aber komm rein."

Nervös folgte Esperanza ihr. Im Wohnzimmer sah sie sich kurz um, blickte auf den Tisch und lief zielstrebig in die Richtung.

"Wie kommt das denn da hin?" stellte sich Mandy die Frage. "Eigentlich lag es auf meinem Schreibtisch."

"Wo hast du das her?", erkundigte sich die Jüngere.

"Es lag bei mir im Briefkasten. Kennst du es?"

"Nein. Aber so hat Sven immer gemalt. Er konnte keine Wolken zeichnen und hat dann immer Striche hingezeichnet." Traurig betrachtete sie das Bild.

"Weißt du, wer es dir gegeben hat?"

"Nein. Aber dann gibt es noch etwas. Nur muss ich erst schauen, wo es ist." Suchend sah sich Mandy um, lief dann in die Küche, ins Schlafzimmer und wieder zurück.

"Was denn?"

"Oh man, ich dreh hier gleich durch! Wo ist die schon wieder?" Erst als sie im Bad nachsah, fand sie das Glas mit der Blume.

"Oh, die gleiche, wie du sie mir gegeben hast." Esperanza erkannte das Pflänzchen.

"Nein, von mir kam die nicht. Als ich von dir nach Hause kam, lag die vor meiner Tür. Am nächsten Tag hattest du mich angerufen und da ich nicht wusste, was ich sagen sollte, hab ich deine Vermutung einfach bestätigt."

"Seltsam."

"Ich weiß."

Esperanzas Blick wanderte von dem Bild zur Blume und wieder zurück. "Sag mal, ist da die gleiche gemalt, wie wir sie bekommen haben?" Nun war Mandy erstaunt. Aber musste nach einigem hin und her zustimmen: "Das sieht fast so aus."

"Was hat es denn nun mit dem Blümchen auf sich?"

"Es ist die Gleiche, die ich an Svens letztem Platz abgelegt habe. Frag mich jetzt bitte nicht nach dem warum."

Ratlos ließen sich die beiden auf der Couch nieder.

"Dann bin ich doch nicht auf dem besten Weg, verrückt zu werden" stellte Esperanza fest. "Das ist wenigstens etwas beruhigend. Aber wie kann das alles sein?"

"Ich weiß es nicht."

"Wie ist das mit dem Medium? Meinst du, der kann helfen?"

Mandy seufzte. "Er weiß auch nicht so wirklich, damit etwas anzufangen."

"Also doch alles Hokuspokus."

"Ganz ehrlich: Nein.", konterte Mandy

"Wie, nein? Erzähl doch keinen Blödsinn."

"Tu ich nicht. Nur kann ich auch da nicht sagen, ob Illusion oder Realität. Das ist im Moment alles irgendwie undurchschaubar. Ich könnte dir natürlich sagen, was genau da los ist. Aber ich denke, du wirst mir nicht glauben, außer, du erlebst es selber."

"Und dann?"

"Das wird sich danach zeigen."

"Ich bezweifle, dass das was bringt. Außerdem kann ich mir das finanziell nicht leisten, so einen Schwachsinn zu machen. Der nimmt doch sicherlich eine horrende Gebühr dafür."

"Vielleicht kann ich mit ihm reden, falls du wirklich bereit wärest, dich darauf einzulassen."

"Und was hast du davon?" Esperanza schien verbittert.

"Nichts, außer vielleicht Antworten auf einige Fragen, die ich mir stelle."

"Ich weiß nicht. Hast du etwa noch Kontakt zu ihm?"

"Ja. Eben weil er sich das ein oder andere auch nicht erklären kann und er sich melden wollte, falls er eine Idee hat, was dahinter stecken könnte."

"Okay, frag ihn mal, was er dafür haben will. Das alles lässt mir jetzt gerade keine Ruhe."

"Ja, das kenne ich. Ich rufe ihn die Tage mal an."

Es wunderte Mandy nicht, dass Jean äußerst erfreut darüber war, dass Esperanza bereit war, sich darauf einzulassen. Gerne kam er ihr entgegen und wollte auch keinen Obolus dafür nehmen. Vielleicht, weil es ihm wie Mandy ging, die darauf hoffte, Klarheit darüber zu bekommen, was los war. So musste keiner lange darauf warten, bis er Esperanza und Mandy zu sich kommen ließ. Obwohl es für die Journalistin das zweite mal war, auf den Hof zu fahren, war sie nervös und konnte nur zu gut verstehen, wie es ihrer Freundin ging. In Gedanken verloren fuhren sie auf das Gelände, wechselten, wie auch auf der Fahrt dort hin, kein Wort, was beiden nur recht war. Hin und wieder sah Mandy zur Beifahrerin und versuchte einzuschätzen, was diese gerade dachte und was in ihr vor ging, gab aber rasch auf, da sie mit ihren eigenen Gedanken zu tun hatte.

Wie beim letzten Mal kam zuerst der Hund und dann der Besitzer. Ein leises "Ist er das?", machte auch Mandy auf ihn aufmerksam. Sie stimmte zu und lief ihm entgegen. Mit etwas Abstand folgte Esperanza, immer noch skeptisch, aber bei weitem nicht mehr so angespannt. Nach der Vorstellung, Esperanza hielt sich immer noch etwas zurück, folgten die Frauen ihm ins Haus. Wieder umfing Mandy diese Wärme und das Gefühl, irgendwo angekommen zu sein. Ihre Ruhe übertrug sich auch aus die Jüngere, die langsam auftaute und die ersten Fragen stellte: "Wie funktioniert das denn nun?"

"Das werde ich Ihnen gleich erklären. Sie brauchen keine Angst haben. Es geht alles mit rechten Dingen zu. Das Einzige, was sie machen müssen ist, sich nachher auf Ihren Atem zu konzentrieren. Sie nehmen nichts zu sich, was Sie nicht wollen, wie oftmals behauptet wird, sondern reisen in Ihr Inneres, das Ihnen im Idealfall ermöglicht, mit Ihrem Jungen zu reden."

"Klappt das immer?", wollte sie nun wissen

"Nein, es ist ein Gespräch und wenn der Gesprächspartner nicht will oder nicht kann, da er noch lebt, werden Sie ohne Antworten wieder nach Hause fahren müssen."

"Also wenn er noch lebt, war der ganze Aufwand umsonst?"

Kurze Stille und Mandy sah, wie sich in Esperanzas Gesicht so etwas wie Hoffnung breit machte und diese sich wünschte, dass es zu keiner Unterhaltung kam. Zwar hatte Mandy das Thema angesprochen und berichtet was vorgefallen war, aber die Jüngere schien ihr nicht zu glauben. Sie selber erhoffte sich, dass es daran lag, dass Sven nicht mit ihr Reden wollte, sich das aber bei seiner Mutter änderte. Sicher hatte sie sich Gedanken darüber gemacht, was noch dahinter stecken konnte, aber wie auch zuvor war sie zu keiner Erklärung gekommen. Sie hatte lange mit Jean telefoniert, der aber auch noch nicht weiter gekommen war. Die Möglichkeiten, die er in Betracht zog, woran er aber auch selber nicht zu glauben schien, waren zu absurd, als das sie in Frage kämen.

Schließlich kamen sie in den Raum, der nach frischem Räucherwerk roch. Es war kein aufdringlicher Geruch, sondern eher entspannend und beruhigend. Überwiegend war es Lavendelduft, der ihnen entgegen kam und sofort angenehm in die Nase drang.

"Setzen Sie sich. Kann ich Ihnen etwas anbiete?"

Esperanza lehnte sofort ab, während Mandy um ein Glas Wasser bat. Noch einmal erklärte er Esperanza, auf was es gleich ankam und als sie sich noch mal kurz mit Mandy unterhalten hatte, um sicher zu sein, dass alles so verlief, wie diese es bereits kannte, stimmte sie zu.

Esperanza brauchte länger, um Jean zu folgen und sich fallen zu lassen. Mandy bewunderte erneut, mit welcher Ruhe und Geduld er sie führte. Zuerst sollte Esperanza alleine versuchen, Sven zu finden und anzusprechen. Sobald das einigermaßen gelang, würde Jean ihr ein Zeichen geben, dass sie sich dem Kreis, wie er es nannte, anschließen konnte. Um keine Störung zu erzeugen, begann sie parallel zu den anderen beiden damit, sich auf ihren Atem zu konzentrieren, wie sie es vermehrt zu Hause zum Zweck der Entspannung und des Stressabbaus geübt hatte. Mittlerweile fiel es ihr leicht, zur Ruhe zu kommen und einfach mal abzuschalten, und wenn es auch mal nur für wenige Minuten bei der Arbeit.

Früher als erwartet bat Jean sie, sich anzuschließen und sie spürte sofort, wie schwer es Esperanza fiel, dem zu Folgen, was der Vermittler wollte. Überraschend schnell hatte sich Mandy auf Esperanza eingestellt, ergriff ihre Hand und fühlte dessen schwitzende Handfläche. Als alle drei im gleichen Takt waren, hörte sie Jean in Gedanken zu: "So ist gut. Hilf ihr. Stell dir vor, wie ihr euch kennen gelernt habt, damit sie weiß, wer du bist. Ihre Gedanken sind blockiert, ich komme nicht so leicht an sie ran."

"Esperanza, hörst du mich?", begann Mandy.

Es dauerte etwas, bis ein zögerliches "Ja" kam.

"Lass es zu. Ich bin bei dir."

Gedanklich sprach Mandy auf sie ein, bis sie schließlich lockerer wurde.

"So ist gut. Dir passiert nichts. Ich passe auf dich auf."

Mandy spürte, wie Jean mehr und mehr zu ihnen kam. "Lass es zu Esperanza. Mandy weiß, was passiert, vertraue ihr." Nicht viel später waren alle Blockaden und Ängste auf allen Seiten abgebaut. "Sehr schön. Nun folge deinem Atem, wie er in deine Lunge strömt, sich ausbreitet, wie ein warmer Strahl. Folge ihm, lausche deinem Herzschlag. Alles ist gut. Wir sind bei dir."

Die Journalistin lauschte der Stimme, stellte keine Fragen, sondern stand Esperanza bei.

"Nun stell dir einen schönen Moment vor, den du mit Sven verbracht hast. So, als würdest du daneben stehen und euch selber zusehen. Lass es einfach geschehen."

Nur die Atemgeräusche waren zu hören. Es schien nicht so lange zu dauern, wie bei ihrem Versuch, mit Sven Kontakt aufzunehmen und als Mandy spürte, wie Jean's Händedruck fester wurde, wusste sie, dass es nicht mehr lange dauern würde. Wenige Atemzüge später sah sie den Nebel, spürte die Kälte und wieder glaubte sie, eine kalte Hand auf ihrer zu spüren. Das Bild war anders, als beim ersten Versuch. Jedoch schien es noch dunkler zu werden. Von einem schwachen Schein umgeben, sah sie den Jungen auf einer Parkbank sitzen. Wieder bemerkte er sie erst nicht, als jedoch Esperanza seinen Namen rief, wandte er sich ihnen zu. Seine Augen waren farblos, so als wäre er blind, sein Gesicht ohne Ausdruck, ohne Mimik, vielleicht etwas traurig, aber das war eher eine Vermutung. Noch einmal rief ihn seine Mutter, bis er sich umsah und vorsichtig erhob. Er sagte nichts, blickte aber in ihre Richtung. "Er hat Angst", gab Jean zu verstehen. "Rede mit ihm, frag, was er hat."

"Sven, mein Junge. Was ist los? Wo bist du? Bitte sag was."

"Sven, bitte, gib deiner Mutter ein Zeichen, dass du sie verstehst.", ergänzte Mandy.

Aber es kam nichts. Der Junge streckte seinen Arm zu ihnen, so, als hoffte er, dass sie ihn an die Hand nahmen und ihn zu sich holte, aber sobald er die nebelige Wand berührte, schleuderte es ihn zurück. Man hörte nur den Aufprall, aber kein Schrei oder Wehklagen. Überraschend schnell stand er wieder auf, lief erneut in ihre Richtung, jedoch ohne den erneuten Versuch, seinen Arm auszustrecken. Schwach hob er die Hand, so als wollte er sagen: "Ich will ja, aber ich kann nicht."

"Junge, wo bist du?", wollte nun Jean wissen. Daraufhin blickte Sven hinter sich, deutete mit dem Kopf ins Dunkle, ohne ein Wort zu sagen. Er bewegte nicht mal die Lippen, schien sie verkrampft geschlossen zu halten.

 "Sven, mein Engel, sag ein Wort, bitte." Es war ein flehender Hilferuf einer Mutter, die um ihr Kind bangte.

 Was darauf folgte, ließ alle drei zusammenfahren: "Ich bin kein Engel, ich werde ein Vampir!" Wie aus dem Nichts tauchten plötzlich weitere Gestalten hinter dem Nebel auf, umfassten das Kind und zogen es in die Dunkelheit. Der Kontakt brach ab und anstatt Antworten zu bekommen, kamen nur mehr Fragen auf.

4

Mandy sah Esperanza an, dass diese sehr geschockt war und kein Wort über die Lippen brachte. Wie bereits auf der Hinfahrt war es still. Die letzten Worte des Jungen hatten sich bei ihr eingeprägt. Vampir... Eine Vorstellung, die sehr weit hergeholt war, anderseits aber eine Erklärung wäre, was den Kontakt so schwer machte. Halbtot, anders könnte sie es nicht umschreiben. Ein Wesen, dass weder lebte, noch tot war, zwischen den Welten umher wandelte. Jean hatte sich dazu nicht geäußert, aber wohl aus dem gleichen Grund, wie bisher: Er wusste es nicht zu deuten. Aber wie um alles in der Welt konnte das sein? Vampire- Man kannte sie nur aus Geschichten, Märchen, Sagen und Legenden. Was aber wäre, falls da was wahres dran ist? Wie sollten solche Geschöpfe leben? Unbemerkt unter der Menschheit? Unvorstellbar, und es machte ihr Angst. Immer wieder fragte Mandy sich, ob sie glauben konnte, was sie eben erlebt hatte, aber wenn es stimmte, könnte das vielleicht eine Erklärung für das Bild sein, in dem die Eckzähne des Kindes deutlich größer waren, als die übrigen.

Esperanza beendete schließlich die Stille: "Mein Junge... ein Vampir? Glaubst du das?"

"Gute Frage, eigentlich dachte ich immer, dass das Märchen sind."

"Aber wenn es stimmt? Wenn da was Wahres dran ist? Hast du seinen Mund gesehen?"

Mandy versuchte, sich daran zu erinnern ob ihr etwas aufgefallen war und musste die Frage verneinen. "Ich habe aber auch nicht darauf geachtet."

"Hast du die Antworten bekommen, die du wolltest?" Monoton stellte Esperanza die Frage.

"Nein, eher das Gegenteil. Ich versuche zu verstehen, was hier vorgeht."

"Ich weiß, dass das Bild von ihm ist, was du hast, Mandy, aber wie soll das gehen?"

"Damit beschäftige ich mich auch schon eine gewisse Zeit."

"Werden wir jemals erfahren, was los ist?"

"Ich glaube, dass kann hier keiner beantworten. Im Moment wünsche ich mir, dass das alles ein Traum ist, und wir irgendwann aufwachen und alles ist wieder in Ordnung."

"Ja, schöner wäre das. Aber ich habe das Gefühl, dass es gerade erst angefangen hat."

"Wie kommst du darauf und was soll anfangen?"

"Keine Ahnung. Ich höre meinen Engel immer wieder um Hilfe schreien."

"Das stimmt. Ich erinnere mich an solche Rufe. Aber dann hieß es immer noch 'Ich will noch nicht'. Was machen wir jetzt?"

"Wenn selbst Jean nicht weiter weiß, dann... dann...", abrupt brach Esperanza ab.

Besorgt fragte Mandy nach: "Was dann? Du machst mir Angst!"

"Ich halte das nicht mehr lange aus Mandy. Ich hätte mich nie darauf einlassen dürfen, sondern einfach damit abfinden müssen, dass er tot ist."

"Aber ohne Grab... wie willst du da zur Ruhe kommen?"

Die Jüngere sah zu ihr: "Ich weiß es nicht, aber so hilft mir das auch nicht weiter. Und was ist, wenn das alles nur Illusion ist? Alles nur Theater von Jean?"

"Ich glaube nicht. Vielleicht würde das einfach vieles erklären, was vorgefallen ist, bevor ich mich näher mit ihm befasst habe."

Sie hatten nur noch wenige Kilometer vor sich, als plötzlich ein Sturm aufkam und einen Baum unmittelbar vor ihnen entwurzelte. Geistesgegenwärtig bremste Mandy, jedoch sah es für die Insassen so aus, als würden sie jede Sekunde in den Stamm fahren, als ein abrupter Stoß folgte und das Fahrzeug zum stehen kam. Erschrocken sahen sich die Frauen an, bis sie wieder nach vorne schauten. Es war für Mandy wie ein Déjà-Vu. Wieder erblickte sie den Jungen, der ihr beim vermeintlichen Wildunfall vor einiger Zeit vor das Auto gelaufen war. Dieses Mal ging er aber nicht zu Boden, sondern stand zwischen Motorhaube und Baum und hatte einen Arm ausgestreckt. Esperanzas Ruf: "Sven!" bestätigte das, was sie selber schon wusste. Dann war die Erscheinung wieder weg und schließlich stiegen Mandy und Esperanza aus. Die Ältere begutachtete ihr Auto und schnell fiel ihr die Delle oberhalb der Stoßstange auf, jedoch konnte sie sich nicht erklären wo diese herkam, da sie offensichtlich nicht mit dem Baum in Berührung gekommen waren.

Kurze Zeit später hielt ein weiteres Fahrzeug hinter ihnen. Der Fahrer erkundigte sich, ob alles in Ordnung sei und teilte ihnen dann mit, dass er die Feuerwehr rufen würde, die auch nach kurzer Zeit eintraf.

Esperanza, die mit Mandy etwas abseits stand und der Feuerwehr zusah, flüsterte ihr leise ins Ohr: "Hast du das auch gesehen? Sven war da!"

"Ja, war er, wie damals bei dem Wildunfall."

"Das kann doch nicht sein!?"

Ratlos schaute Mandy zu ihr und zuckte mit den Schultern. Als der Baum zersägt war, man ihnen das Okay gab, dass sie weiterfahren konnten, stiegen sie ein und setzten ihren Weg fort.

"Zum Glück fährt er noch", stellte Mandy erleichtert fest. "Auch wenn das nicht so schön aussieht."

"Aber wir leben noch. Das hätte auch anders sein können" antwortete Esperanza, jedoch meinte Mandy für einen Moment etwas trauriges in der Stimme zu hören, was sie aufhorchen ließ.

"Ja, und ich hoffe, das bleibt auch noch eine Weile so. Wir sind noch zu jung, um zu sterben."

"Das war Sven aber auch." Mit den Worten drehte sich Esperanza ab und starrte durch das Fenster. Mit einem kurzen "Tschüss" verabschiedete sie sich als sie ausstieg und Mandy davon fuhr.

Es war schon spät und Mandy war gerade dabei, sich bettfertig zu machen, als es an ihrer Tür klingelte. Überrascht und vorsichtig ging sie dorthin, schaute durch den Spion und öffnete schließlich. "Esperanza! Was ist denn mit dir los?" Die Freundin hatte tränenverschwommen Augen und war froh, reingelassen zu werden.

"Nichts, aber ich kann einfach nicht mehr. Zu Hause ist es so still und als ich da war, war alles durchwühlt! Svens Ecke war zerstört, die Briefe, die ich ihm geschrieben habe, waren teilweise verbrannt."

"Oh mein Gott. Warst du schon bei der Polizei?"

"Ja, die waren bis gerade da. Ich kann und will nicht mehr!"

"Komm her" Mandy zog die Jüngere an sich und sie setzten sich auf das Sofa. Haltlos weinte Esperanza, während Mandy sie in den Arm hielt und über den Rücken strich."Hast du irgendeine Vermutung, wer das gewesen sein könnte?"

"Nein, die Frage habe ich mir auch schon gestellt. Aber ich bin zu keiner Antwort gekommen."

"Dein Ex?", fiel Mandy ein.

"Was hätte er davon? Nichts. Es sei denn, er will mich fertig machen."

"Hältst du das für möglich?"

"Eher nicht. Er ist zwar ein Arsch, aber so was traue ich ihm nicht zu."

"Wie sind die Täter denn reingekommen?", erkundigte sich die Journalistin.

"Das ist ja das Problem. Es gibt keine Einbruchspuren. Kein kaputtes Fenster oder zerstörte Tür."

"Was ist mit de Schloss?"
"Nichts. Keine Spuren."
"Wer hat denn noch einen Schlüssel?"
"Nur noch meine Eltern, sonst keiner."
Mandy dachte nach. "Das kann doch nicht sein! Irgendwas muss doch zu finden sein!"
Langsam beruhigte sich Esperanza wieder, dennoch beschloss Mandy, dass ihre Freundin diese Nacht bei ihr bleiben sollte, was diese dankend annahm. Schließlich gingen beide schlafen.
"Geheimnis muss Geheimnis bleiben! Wer sich nicht daran hält, wird leiden. Wer es erfährt, muss sterben." waren die Worte, die Mandy aufschrecken ließen. Hellwach setzte sie sich in ihrem Bett auf und fröstelte. Die Stimme war tief, drohend und bestimmend zugleich, aber wie sooft sah sie niemanden. Wieder war es ein Traum, der sie verfolgte, also lehnte sie sich zurück und schloss die Augen, als sie erneut etwas vernahm: *"Du wirst sterben, wie sie. Er wird leiden, wie es sich gehört. Strafe muss sein!"* Plötzlich ging die Fensterscheibe zu Bruch und wenig später stolperte Esperanza in das Zimmer und ging vor ihr zu Boden. Geschockt sprang sie auf, eilte zu ihr und kniete nieder. Das erste Tageslicht ermöglichte ihr einen Blick auf das Geschehene: Esperanza blutete aus beiden Pulsadern und kämpfte

um ihr Leben. Geistesgegenwärtig suchte Mandy nach einer Möglichkeit, die Blutungen abzubinden, fand einen Gürtel und daneben eine neue Packung Nylonstrümpfe. Beide Utensilien ergriff sie, band diese fest um die Arme und als sie ansatzweise das Gefühl hatte, dass es besser wurde, suchte sie nach ihrem Handy. Als sie es in der Hand hatte, musste sie feststellen, dass der Akku leer war. Auch mit dem anderen Telefon stimmte was nicht, da sie kein Rufzeichen vernahm. Verzweifelt rannte sie aus der Wohnung und klingelte ihre Nachbarn wach, bei denen sie schließlich den Notarzt anrufen konnte. Nur wenige Minuten später hörte sie das Martinshorn und dann brachte ein Nachbar den Arzt in ihre Wohnung zu Esperanza. Mandy kniete neben ihrer Freundin, beobachtete die Verletzungen und ihre Freundin, die schwach atmend dort lag.

 Nach der Erstversorgung wurde Esperanza in die nächste Klinik gefahren und Mandy blieb fürs erste alleine zurück. Sie ging ins Wohnzimmer, schaute sich um und entdeckte eine Glasscherbe, wie sie aus dem zerstörten Fenster sein könnte, neben der Stelle liegen, wo die Jüngere geschlafen hatte. Das dort alles blutig war, verwunderte sie nicht. Aber wie die Scherbe dort hin gelangt war, innerhalb so kurzer Zeit, konnte sie sich nicht erklären. Schließlich waren es nur wenige Sekunden von dem zerspringen der Scheibe und dem Eintreten der verletzten Esperanza.

Erst nach zwei Tagen ließ man Mandy zu Esperanza ins Zimmer. Diese wirkte geschwächt und ihr Körper kämpfte darum, das verlorene Blut wieder neu zu bilden. Zwar hatte man ihr eine Blutkonserve gegeben, aber trotzdem sah man ihr an, wie knapp es war.
"Wie geht es dir?", begann Mandy
"Naja, ich habe kaum Kraft, mich selbständig zu bewegen. Die wollen mich danach übrigens in die stationäre Psychiatrie aufnehmen. Wegen..."
"Warst du das selber?" Mandy konnte sich denken, was Esperanza sagen wollte.
"Nein, aber die glauben mir nicht. Warum sollte ich auch? Glaubst du das?"
"Ich habe mich gefragt, wie du das gemacht haben willst. Es war doch mit einer Glasscherbe, oder etwa nicht?"
"Ich weiß es nicht... das hört sich absurd an, aber ich weiß es wirklich nicht. Ich kann mich nur daran erinnern, dass ich etwas kaltes spürte und davon wachgeworden bin. Überall war Blut und dann bin ich aufgestanden und zu dir gelaufen. Mehr kann ich dir nicht sagen."

"Komisch. Wieder etwas, was ich nicht verstehe..."

Esperanza sah auf: "Wie?"

"Ich bin aus dem Schlaf aufgeschreckt, als ich eine Stimme hörte, die etwas von einem Geheimnis sagte und das die, die es erfahren, sterben müssten. So wie du und ich. Unmittelbar danach ist das Fenster im Zimmer zerbrochen und nicht viel später kamst du blutend rein und bist zusammen gebrochen."

Ungläubig starrte die Verletzte sie an. "Was hat das zu bedeuten?"

"Na wenn ich das mal wüsste. Aber sag das mal den Ärzten, dann liefern die mich auch gleich ein."

Beide waren ratlos, konnten für das, was passierte, keine Erklärung finden.

"Um was für ein Geheimnis sollte es denn gehen?", erkundigte sich Esperanza.

"Keine Ahnung." Sie unterbrachen ihr Gespräch, da eine Schwester das Zimmer betrat: "Frau Böhm, hier habe ich die Termine für Ihre Therapie. Danach wird entschieden, ob Sie stationär aufgenommen werden." Sie überreichte den Umschlag, und ließ sie wieder alleine.

Kurz schaute Esperanza drüber, verzog den Mund und legte die Unterlagen beiseite: "Die wollen nach nicht mal fünf Gesprächen wissen, ob sie mich einweisen. Als würde das ausreichen um die davon zu überzeugen, dass ich deren Hilfe nicht brauche."

"Du schaffst das schon."

"Ich hoffe es. Aber du hast mir immer noch nicht gesagt, um was für ein Geheimnis es sich handeln könnte. Also?"

"Ich habe überlegt und das einzige, was mir einfiel, auch wenn das verrückt wäre, ist die Tatsache, dass alles irgendwas mit Svens Verschwinden zu tun haben könnte."

"Aber wo ist das Geheimnis? Das er behauptet, ein Vampir zu werden?"

Im gleichen Moment zuckte die Jüngere zusammen und die Verbände waren in kürzester Zeit durchblutet. Eiligst betätigte Mandy den Notknopf und keine Minute später rannte die Schwester von vorhin rein und rief unverzüglich nach einem Arzt. Mit Mühe schafften sie es, die Blutungen etwas zu verringern und sobald der Mediziner vor Ort war, fuhren sie Esperanza auf die Intensivstation.

Mandy blieb geschockt zurück und versuchte, einen Zusammenhang oder eine Erklärung zu finden. Je mehr sie sich damit befasste, umso gruseliger wurde die Vorstellung, dass das, was Sven erzählt hatte, irgendwie der Wahrheit entsprechen konnte.

 Erst, als man Mandy mitgeteilt hatte, dass die Verletzungen wieder im Griff waren, verließ sie das Krankenhaus. Sie hatte dennoch kein gutes Gefühl dabei, ihre Freundin zurück zu lassen. Als sie sich nach der möglichen Ursache erkundigt hatte, stieß sie auf ratloses Schulterzucken. Die Nähte waren intakt und das Blut war zwischen den Nähten herausgeschossen. Man wolle der Sache aber auf den Grund gehen, hatte man ihr versichert.
 Es fiel ihr schwer, sich in den folgenden Tagen auf die Arbeit zu konzentrieren und war froh, dass sie das Projekt um Jean in Kürze abschließen konnte. Es fehlten nur noch ein Bericht zur Lesung, die in der kommenden Woche stattfand und ein Interview, aber danach war alles erledigt.
 Vielleicht sollte sie mit Jean über das Vorgefallene reden und auf seine Meinung warten, dennoch beschloss sie, sich zu Hause selber vermehrt mit dem Thema "Vampire" zu befassen.
 Das meiste, was sie fand, waren Infos zu anderen Geschichten oder Filmen, hin und wieder gab es Infos zu Dokumentationen, die den Rätseln

auf den Grund gehen wollten, aber das Meiste musste sie als Unglaubwürdig einschätzen. Was davon überhaupt ansatzweise wahr sein konnte, hinterfragte sie jedoch auch. Wie also könnte ein kleiner Junge behaupten, dass er kein Engel mehr ist, wie seine Mutter ihn nennt, sondern eine Bestie wird?

Sie suchte nach dem Bild und schaute es sich erneut an und wieder fielen ihr die Eckzähne des Kindes auf. Daraufhin griff sie nach Stift und Papier und schrieb alles auf, was ihr seit der ersten Erscheinung widerfahren war.

Oftmals kam es bei schlechtem Wetter zu solchen Dingen, beziehungsweise waren negative Naturphänomene wie Sturm oder Gewitter dabei. Es waren Alltagssituationen gewesen, die damit beeinflusst wurden. Vieles geschah in der Nacht. Alles sprach dafür, dass Licht, Sonnenstrahlen oder was auch immer, ausgelassen wurden, bis auf die Ausnahme im Café, als jemand den Kakao bestellt und danach umgekippt hatte.

Als nächstes begann Mandy damit, die Sache mit dem Baumstamm zu analysieren. Wieder war es Sturm, der dazu führte, dass der Baum entwurzelt wurde. Aber genauso plötzlich, wie der Wind aufgekommen war, war er wieder verschwunden. Sie, wie aber auch Esperanza hatten sich bereits unter dem Stamm liegen sehen, bis diese Erscheinung in Form von Sven auftauchte und den Wagen gestoppt hatte, so, als würde er verhindern wollen, dass seine Mutter, und vielleicht auch sie sterben sollten.

In der Werkstatt hatte man zu der Delle gesagt, dass wahrscheinlich ein punktueller, aber verteilender Druck ihren totalen Crash verhindert hatte, wie es vielleicht von einem sehr elastischen Ast gewesen sein könnte. Sie selber hatte daraus gefolgert, das theoretisch auch eine sehr starke Person mit ausgestrecktem Arm das Unglück verhindert haben könnte, was in dem Fall die menschliche Erscheinung gewesen sein könnte.

Dann war da noch die Sache mit den aufgeschnittenen Pulsadern von Esperanza. Sicher, sie hatte für einen kurzen Augenblick daran gedacht, dass es ein versuchter Selbstmord war, da die Jüngere bereits betont hatte, dass sie fertig sei und keine Kraft mehr hätte. Jedoch war diese bei weitem nicht so schnell, dass sie von außen die Scheibe einschlagen könnte, sich eine Scherbe mitnahm, wieder in die Wohnung ging und sich die Verletzungen selber zufügte- und das alles innerhalb einer Minute. Das war für einen Mensch einfach nicht machbar! Daher war es naheliegend, dass eine, oder sogar mehrere Personen die Verursacher sind. Es sei denn, sie würde annehmen, dass es tatsächlich ein Geschöpf war, das wahnsinnig, ja unbeschreiblich schnell sein müsste, was, nach den Behauptungen anderer Berichte, wieder zu diesen Gestalten führte, die sie bisher als Blödsinn abgetan hatte.

Nach einem weiteren Besuch im Krankenhaus, in dem sich Mandy überzeugen konnte, dass es ihrer Freundin wieder besser ging, entschloss sie sich, das Gespräch mit Jean zu suchen. Die Ärzte hielten sich mit Aussagen zur Ursache weiterhin zurück, so dass es die Frauen vorzogen, nachdem Mandy ihre Vermutungen kurz erklärt hatte, nicht weiter darüber zu reden.

Nach der Lesung von Jean und dem abschließenden Interview konnte Mandy beruflich mit dem Thema abschließen. Als sie sich danach ein weiteres Mal mit dem Medium, wie sie ihn in ihren Berichten immer wieder genannt hatte, traf, hatte sie von Beginn an das Gefühl, dass Jean anders war. Er schien sich genau zu überlegen, was er sagte und wie er es formulierte: "Was ist los mit dir, Jean. Du wirkst so nach Innen gekehrt.", begann die Journalistin das Gespräch.

"Es gibt Momente, da ist es besser, sich mit Äußerungen zurückzuhalten."

"Wie meinst du das?"

"Ich glaube, ich brauche da nur an Esperanza erinnern und du verstehst, was ich meine."

Sie verstand sehr wohl, aber wollte sich mit der Antwort nicht zufrieden geben: "Für dich mag es normal sein, damit konfrontiert zu werden, aber wir hatten bisher nie mit Toten oder womöglich Untoten zu tun! Daher wäre ich froh, wenn du mir beim Verständnis zu dem, was da vorgeht helfen würdest. Ich will wissen, was richtig und was falsch ist. So kann ich Esperanza vielleicht helfen. Sie ist die Leidtragende, die Schmerzen hat. Sie fragt sich immer wieder, was passiert, was dahinter steckt und sie will von mir Erklärungen haben. Daher bitte ich dich, hilf mir dabei, zu verstehen!"

Sein Blick schweifte ab, schien im Nichts zu verschwinden, so, als würde er etwas Suchen, was sich vielleicht irgendwo in diesem Raum befand. Lange sagte er nichts und Mandy war kurz davor, sich zu erheben und zu gehen, als sie eine Stimme vernahm, die zwar von Jean ausging, aber nicht seine war: "Vergiss, was du erfahren hast. Vergiss, was du gesehen hast. Sonst holen sie dich und du wirst erfahren, was es heißt, auf der anderen Seite, der Dunkelheit, zu sein. Geheimnis muss Geheimnis bleiben, die, die es erfahren, werden leiden und sterben. Die, die sich nicht daran halten, werden bestraft!"

Dabei fröstelte es Mandy und sie traute sich nicht, ihren Blick von Jean abzuwenden. Eines der Fenster schlug auf und ein kalter Wind fuhr ihr in die Knochen. Als sie glaubte, das alles vorbei war, stand sie auf, lief zu Jean und stellte fest, dass er bewusstlos war. Soweit es ihr Möglich war, stützte sie ihn und legte ihn auf den Boden in die stabile Seitenlage. Puls und Atmung waren vorhanden. Sie schaute sich um, fand eine Decke und gerade als sie ihm diese überlegen wollte, kam er wieder zu sich und wollte von ihr wissen, was geschehen war.

"Das kann ich dir nicht sagen. Es war, als sprach jemand aus deinem Mund, aber du warst es nicht. Es war etwas anderes."

"Was war das für eine Stimme? Beschreibe sie bitte." Mühsam richtete er sich auf und Mandy führte ihn zu einem Sessel in dem er sich dankend nieder ließ.

"Kann ich dir was bringen?" fragte sie besorgt.

"Nein, gib mir einfach nur eine Beschreibung."

"Okay." Dann setzte sie sich ihm gegenüber. "Die Stimme war irgendwie unheimlich und kam wie aus dem Nichts. Es war eine tiefe Tonlage und hatte nach jedem Wort so was wie ein Hall.

Sie wirkte emotionslos, aber trotzdem macht sie mir Angst."

"Tot oder eher Lebendig?"

Die Frage verstand Mandy erst nicht und es dauerte, bis damit was anfangen konnte, wobei das wohl eher eine Vermutung war.

"Also wenn du mich so fragst, eher irgendwie tot. Aber was erhoffst du dir davon?"

"Nichts. Ich glaube, es ist besser, wenn du gehst. Ich muss nachdenken."

Sie merkte sofort, dass er kein Widerspruch akzeptieren würde und ging schließlich, nachdem sie sich verabschiedet hatte. So ganz wohl war ihr aber nicht, ihn nach dem Zusammenbruch alleine zurück zu lassen.

Es war, wie in den vergangenen Wochen um ihn herum sehr dunkel. Zwar hatte sich Sven inzwischen daran gewöhnt, aber ihm wären die hellen Tage auf der anderen Seite lieber. Immer wieder hörte er diese dunkle, monotone Stimme, die ihn überall hin verfolgte. Er hatte schnell gemerkt, dass sie gefährlich ruhig war. Gerade zu Beginn seiner Zeit hatte er das mehrmals zu spüren bekommen.

Eigentlich war es nicht seine Art, zu widersprechen oder zu diskutieren, da das bei ihm und seiner Mutter nie von Nöten war. Aber hier in der Dunkelheit war er dabei, sich zu verändern, was er aber nicht wollte.

Gegen seinen Willen hielt man ihn fest, sperrte ihn immer wieder ein und er spürte diese Schmerzen. Mal waren sie stärker, mal schwächer. Nie konnte er sagen, wie es ihm in den nächsten Minuten ging.

Diese Schwankungen, so hatte man ihm erklärt, wären normal. Normal dafür, dass er zu etwas wurde, was er hasste, was er verhindern wollte und das bereits in seinen jungen Jahren. Er war in jeglicher Hinsicht der Jüngste. Die meisten beachteten ihn nicht. Nur die Personen, die er als "Meister" anreden musste. Dessen Aufgaben bestanden aber nicht in dem, was seine Mutter für ihn war... sie fehlte ihm.

Andauernd hatte er versucht, zu ihr zu gelangen, auszubrechen aus diesem dunklen Gefängnis, was ihm aber nur manchmal geglückt war. Auch wenn man ihm mehrmals gesagt hatte, dass solche Versuche nicht unbestraft bleiben konnten, hatte er das in Kauf genommen.

Nach seinem letzten Versuch hatte man ihn in eine kleine Kammer gesperrt. Alles, was er zu sich nehmen musste, lief oder flog im gleichen Raum, sprich, er musste sich überwinden und die

Tiere selber töten, um an das zu kommen, was er brauchte. Ansonsten standen ihn wieder diese Qualen bevor: Atemnot, obwohl er eigentlich nicht mehr atmen musste. Zuckungen, als Entzugserscheinungen, wenn er seine neue Lebensgrundlage nicht zu sich nahm.

Schmerzlich machten sich die ersten Anzeichen bemerkbar, aber er weigerte sich, das zu tun, was er tun musste. Es wäre für ihn ein einfachstes geworden, mit seinen neuen Fähigkeiten sein Essen zu fangen. Immer wieder hatte man ihm eingetrichtert, dass er an der obersten Stelle der Nahrungskette stand und erst nach einiger Zeit hatte Sven begriffen, was das zu bedeutete.

Er war schnell geworden und auch kräftiger, ohne das er was gespürt hatte... außer an dieser einen Stelle. Sobald er sich widersetzte, einen Befehl missachtete oder nicht so ausführte, wie sein Meister das wollte, wurde er an die Momente erinnert, die er am liebsten wieder vergessen wollte. Er ging zu Boden, zuckte und wälzte sich um dem Schmerz zu entfliehen, was ihm aber nicht gelang. Er war der Kontrolle seines Meisters ausgeliefert und die seltenen Momente, in denen er aus dieser Welt in die andere, bessere, verschwinden konnte, waren immer seltener geworden. Er spürte mehr und mehr, dass die Vergangenheit wirklich Vergangenheit wurde und er sich in kürze nicht mehr seiner Mutter zeigen konnte. Er oder besser sein Körper war an dem Status angekommen, in dem er zu diesen vollwertigen Bestien wurde. Ein Spielzeug seines Meisters, dem er dann nicht mehr entkommen konnte.

Tatsächlich hatte man Esperanza vorerst für zwei Wochen stationär in einer Psychologischen Klinik untergebracht, aber man behielt sich vor, den Aufenthalt zu verlängern. Ihre Freundin hatte bereits den Wunsch geäußert, danach eine Kur mit Betreuung in Anspruch zu nehmen, falls sie die Gelegenheit bekam, was von ihrem behandelnden Arzt nach einigem hin und her schließlich auch befürwortet wurde, jedoch erst, wenn man sich sicher war, dass man die Patientin als einigermaßen stabil eingeschätzt hatte.
Für Mandy und sie hieß das, dass sie aktuell nur wenig Kontakt haben konnten um den angeblichen Selbstmordversuch aufzuarbeiten. So blieb sie mit ihren Gedanken alleine und versuchte ein weiteres Mal alles zu verstehen und dem Geschehen ein Gesicht zu geben.
Mittlerweile war es Herbst geworden und ein Sturm folgte dem nächsten, wie auch in dieser

Nacht. Aufgerichtet und mit einem frisch aufgebrühten Tee saß Mandy da und lauschte dem Wind. Wieder waren die Gedanken an den Junge der Grund für ihre Schlaflosigkeit. Als sie die Tasse geleert hatte, kuschelte sie sich wieder in die Decke, versuchte erneut, einzuschlafen und irgendwann gelang sie in einen Trance-Ähnlichen Zustand, wie sie ihn bei Jean kennen gelernt hatte.

Der Junge lag auf dem Boden und zuckte. Um ihn herum herrschte reges tierisches Treiben. Sie sah Kaninchen und Hühner, die unruhig auf dem Boden herum liefen. Einer der Langohren beschnupperte gerade das Gesicht des Kindes. Sven war blass, versuchte sich nicht zu bewegen. Er schien Schmerzen zu haben und darauf zu warten, dass diese weggingen. Dann vernahm Mandy eine Stimme: "Du weißt was du zu tun hast Junge. Töte es. Ein Schlag oder Biss und du hast es geschafft! Ich befehle dir: Töte es."

Es war die Stimme, die sie vor Esperanzans Einlieferung ins Krankenhaus gehört hatte. Der Ton war befehlend, wie sie sie sich vorgestellt hatte. Aber einen Körper zu dieser Gestalt sah sie nicht.

Der Junger rührte sich nicht, machte keine Anstalten aufzustehen und das Geforderte umzuset-

zen sondern blieb liegen und ließ die Qualen über sich ergehen.

Mandy wollte zu ihm gehen und ihm helfen und sie schaffte es tatsächlich, das der Junge sie hörte: "Sven, ich würde dir gerne helfen, aber ich kann nicht. Aber es tut so weh, dich da liegen zu sehen."

Kurz hatte sie den Eindruck, dass er den Kopf hob, ihn aber geplagt von einer neuen Zuckung wieder ablegen musste. "Ich will nicht! Ich kann nicht! Hilf mir, bitte"

Es war offensichtlich ein Kampf, den Sven nicht das erste Mal führte. Ja, seine Mutter hatte ihn auch mal als stur bezeichnet und in dem Moment musste Mandy zustimmen. Auf einer unerklärlichen Art war sie plötzlich davon überzeugt, dass sie dem Drama ein Ende setzen konnte. Sie stellte sich einfach vor, wie sie den Arm des Jungen anhob, so, wie sie es immer bei ihrer Mutter gemacht hatte, als diese im Alter sehr pflegebedürftig wurde und nichts mehr alleine machen konnte. Einen kurzen Augenblick später hatte sich ein Kaninchen in Svens Reichweite gesetzt. Mandy dachte darauf hin daran, wie sie den Arm einfach fallen ließ. So, als wäre alles von unerklärlichen Kräften gesteuert, brach der Junge so dem Tier das Genick. Was sich danach abspielte, hätte Mandy lieber nicht gesehen.

Aus seiner Starre erwacht sprang er blitzschnell auf, umfasste das Fellknäuel und rammte seine Zähne in das Tier. Das Blut lief ihm aus den Mundwinkeln und wie eine Furie lutschte und leckte er den Lebenssaft des Kaninchens auf, ließ das Fleisch aber unberührt. Als er fertig war, begann der Junge zu Würgen, aber er konnte nicht erbrechen. Wieder war da die Stimme: "Akzeptiere es. Anders wirst du nicht existieren können!"

Existieren- nicht Leben, das war das, was Sven tat. Er wirkte tot, war es aber nicht. Als Ruhe war, sackte das Kind zusammen, lag aber ruhiger da, so als hätten die Qualen und Schmerzen nachgelassen. Mandy hätte es einen schlafähnlichen Zustand nennen können, wenn sie nicht noch die junge Stimme vernommen hätte: "Danke." Dann kehrte wirklich Stille ein.

Die Journalistin schreckte auf als ein erst knackendes Geräusch und dann ein dumpfer Aufprall sie wieder zurück holten. Sie sprang auf, sah aus dem Fenster und stellte fest, dass einer der Äste von den umliegenden Bäumen abgebrochen und auf ihr Auto gefallen war. Am nächsten Tag musste sie feststellen, dass es dieses Mal wirklich ein Totalschaden war und keine Werkstatt mehr helfen konnte.

5

 Was da geschehen war, konnte Mandy immer noch nicht begreifen. Dieser Zustand, in dem sie mit Sven verbunden war, hatte sich seltsam angefühlt. Irgendwie so nah, aber doch so fern. Ob Esperanza auch schon mal so etwas erlebt hatte? Wohl eher nicht, dazu schien diese zu skeptisch dem Ganzen gegenüber zu stehen. Eigentlich war Mandy danach, mit jemandem darüber zu reden, aber Esperanza konnte und wollte sie damit nicht belasten und Jean gegenüber hielt sie es für angebrachter, erst mal kein Wort zu sagen. Ganz davon abgesehen, dass der Kontakt zu ihm im Moment wirklich nur noch sporadisch war.
 Sie fühlte sich vermehrt beobachtet und verfolgt, was sie zuvor zwar für unwahrscheinlich gehalten hatte, mittlerweile war die Journalistin jedoch davon überzeugt, dass man ihr nachstellte. Ihr war niemand aufgefallen, aber da sie ja auch Svens Schatten gesehen hatte, den andere nicht wahrnahmen, könnte es durchaus sein, dass diese Gestalten, die den Jungen gefangen hielten, ihr auf den Fersen waren.
 Vieles deutete darauf hin, dass sie etwas wusste, was ein äußerst unangenehmes Märchen war. Aber wo war der Sinn dahinter? Warum

existierten diese Wesen und wie war Sven da hinein geraten?

Offensichtlich gab es die Möglichkeit, zu mindest für sie, dass sie in Kontakt mit ihm treten konnte. Womöglich konnte sie darauf aufbauend mehr von dem erfahren erfahren, was geschah und Erklärungen für so viele Fragen finden, die sich angehäuft hatten. Wie gefährlich das jedoch sein konnte, für alle Beteiligten, wusste sie nicht. In den Minuten schien es so, als hat nur Sven "gehört", dass sie bei ihm war und nicht diese seltsame Stimme, die sie inzwischen als "vertraut" einschätzen musste.

Einige Tage waren vergangen, bis die Polizei bei ihr auf der Arbeit erschien und sich direkt zu ihr durch fragte.

"Guten Tag Frau Böhm. Mein Name ist André Starck. Hätten Sie wohl ein paar Minuten Zeit?"

Der junge Beamter stand neben ihr und wartete auf eine Antwort.

"Ja, worum geht's? Ist was passiert?"

"Können wir uns irgendwo ungestört unterhalten? Es geht um einen Bekannten von Ihnen."

Mandy sah sich kurz um und bemerkte, wie die Kollegen sie fragend anschauten. Dann erhob sie sich und bat ihn, ihr zu folgen. Sie führte ihn ins

Besprechungszimmer und nahm dort Platz. Ihr Bauchgefühl deutete an, dass es unangenehm werden könnte.

"Um wen geht es?"

"Es geht um Herrn Castalla."

Fragend sah sie ihn an und fragte nach: "Um wen? Der Name sagt mir gerade gar nichts. Klären Sie mich doch bitte auf."

"Gerne. Sie haben ein paar Artikel und Rezensionen zu ihm geschrieben. Jean Castalla."

"Ach so, Jean... . Was ist mit ihm?"

"Haben Sie noch Kontakt zu ihm?"

"Hin und wieder noch, aber nur noch sporadisch. Ist was passiert?" Sie ahnte nichts gutes.

"Das wissen wir nicht. Er wird seit zwei Tagen vermisst."

Mandy sah ihn mit offenem Mund an. "Aber... wie kommen Sie dann auf mich?"

"Die Kollegen haben eine Notiz gefunden, dass er Sie anrufen wollte. Bei unseren Recherchen haben wir dann festgestellt, dass Sie sich mit ihm beruflich befasst haben. Wann haben Sie ihn denn das letzte Mal gesehen oder gesprochen?"

Sie überlegte kurz: "Naja, ein paar Tage nach der Lesung habe ich noch ein Interview mit ihm geführt und danach noch mal telefoniert. Wer vermisst ihn denn? Ich war ja bei ihm zu Hause und da schien es mir nicht so, als würde da jemand weiteres wohnen."

"Das ist auch unser Problem. Seine Agentur hat mehrmals versucht ihn zu erreichen und haben sich dann an uns gewandt. Im Grunde sind Sie die Einzige, die vielleicht etwas zu ihm sagen kann."

"Ich weiß nicht, ob ich Sie dahingehend unterstützen kann. Aber ich werde es versuchen."

"Danke. Hatten Sie auch privat mit ihm zu tun?"

Nun musste sie überlegen, was sie dem Polizisten sagen konnte und was sie besser für sich behielt: "Naja, als ich mich mit ihm befasst habe, habe ich selber mal so eine Sitzung mitgemacht. Da ging es um privates."

"War das nur ein Termin?"

Sie konnte sicherlich behaupten, dass es bei einer Sitzung geblieben war, aber spätestens, wenn sie seine Unterlagen untersuchten, konnte es durchaus sein, dass sie den Terminplan fanden. "Nein, ich war noch ein paar mal danach bei ihm. Unter anderem auch mit einer Bekannten."

"Ist Ihnen irgendwas an ihm aufgefallen, als Sie ihn das besucht haben? Speziell bei den jüngsten Gesprächen?"

Mandy dachte nach und ihr fiel sofort das eine Treffen ein: "Als ich letztens bei ihm war, wirkte er abweisend. Er war da anders. Ich habe dann aber auch nicht weiter nachgefragt, was los ist. Schließlich geht mich das ja auch nichts an. Es war nur ein reines Gespräch. Ich hatte das Gefühl, dass ich irgendwie unerwünscht war, was so gar nicht zu ihm passte."

"Wie lange ist das her?"

"Das war kurz nach der Lesung und dem Interview."

"Hat er etwas gesagt?"

"Nein, nichts, was auf ein Verschwinden seinerseits hindeuten könnte. Eher schien er sich genau zu überlegen, was er sagte. Das was sehr seltsam."

"Wirkte er besorgt oder krank?"

Mandy hielt kurz inne. "Also wenn Sie mich so fragen, ja. Irgendwas könnte ihn bedrückt haben. Zum Ende der Unterhaltung ist er kurz zusammengesackt und war, glaub ich, auch bewusstlos. Aber er wollte keinen Arzt."

André notierte jeden Kleinigkeit und sie sah ihm an, dass er nachdachte.

"Haben Sie sich später noch mal bei ihm erkundigt, ob es ihm besser gehen würde?"

"Ich war mehrmals am überlegen ob ich bei ihm anrufe. Da ich aber auch nicht aufdringlich sein wollte, habe ich es dann gelassen."

"Sie sagten eben noch etwas von einer Bekannten, die ebenfalls bei ihm war. Würden Sie mir den Namen nennen?"

Sie verzog die Mundwinkel und gab schließlich Auskunft: "Esperanza Böhm."

Ihr Gegenüber sah fragend auf: "Böhm? Der Name kommt mir bekannt vor."

"Das ist die Mutter eines der verschwundenen Kinder. Ich habe sie im Rahmen meiner Arbeit kennen gelernt. Bitte belasten Sie sie im Moment nicht. Sie ist in Psychotherapie und ihr geht es aktuell wirklich nicht gut."

"Ah ja, ich erinnere mich. War sie wegen des Kindes da?"

"Genau. Sie ist verzweifelt und weiß einfach nicht mehr weiter. Daher bitte ich Sie noch mal, falls es nicht unbedingt sein muss, lassen Sie sie Außen vor. Sie war nur ein Mal mit mir da und das war noch vor der Lesung. Frau Böhm steht dem ganzen sehr skeptisch gegenüber. Daher bezweifle ich, dass sie ein weiteres Mal dort war."

"Okay, dann werden wir nur auf sie zurück kommen, wenn es sein muss. Ist Ihnen sonst noch was eingefallen?"

"Nein, im Moment nicht."

Er schob ihr seine Visitenkarte rüber: "Falls Ihnen noch etwas einfällt. Aber ich habe auch noch eine Bitte an Sie: Machen Sie daraus keine Story und halten sich diskret zurück. Wenn wir was Neues haben, wird das an die Presse gehen. Falls noch Fragen auftauchen, werden Sie von uns hören." Er erhob sich und Mandy tat es ihm nach. Sie geleitete ihn noch nach draußen und verabschiedete ihn. Schließlich ging sie wieder an ihren Arbeitsplatz.

Auf den Schreck holte sie sich einen Kaffee aus dem Automaten, lehnte sich an ihren Schreibtisch und sah aus dem Fenster. Die Sonne stand tief und war bei weitem nicht mehr so kräftig, wie noch vor einigen Wochen. Der frische Wind blies Wolken am Himmel vor sich her und es wurde deutlich, dass der Winter bald vor der Tür stand. Einerseits mochte Mandy diese Jahreszeit, sie war zwar dunkel, aber sobald der erste Schnee kam, tauchte er alles in ein weißes Tuch, andererseits aber fröstelte es sie, dass die Tage kürzer wurden. Früher hatte sie sich darüber kaum Gedanken gemacht, aber seit diesem Septembertag und dem Wildunfall betrachtete sie Vieles in einem anderen Licht.

In ihren Gedanken formten sich Schatten in einem Raum, es war dunkel und kalt. Ideales Umfeld für diese Gestalten. Kaum Licht und auch die

Sonne hatte keine Chance, diese Dämmerung zu erhellen oder zu erwärmen und war eh nur als kleiner, schwacher Punkt wahrnehmbar. Sie sah sich selber durch dieses Szenario laufen, spürte den feuchten Boden, der langsam kälter und schließlich zu einem Teppich aus Schnee wurde. Das Weiß bedeckte Unebenheiten wie Wurzeln, Hügel, Gräben aber auch Löcher. Es war nicht ganz ungefährlich, weiterzugehen, aber es gab auch nichts, was sie aufhalten konnte. Ein schwacher Strahl sah aus wie ein Pfad, der sie führte wie eine Gasse, die vom Licht etwas erhellt wurde. Es war ein kaltes weißliches Licht und hatte nichts von Wärme und Geborgenheit. Sie folgte ihm, so als riefe und lockte sie jemand, aber sie hörte nichts außer das Knirschen ihrer Schritte im Schnee. Jetzt erkannte sie die Lichtquelle, die sie wies: Das gleißende Licht des Mondes an dem klaren Himmel. Sie konnte nicht Inne halten, folgten dem Weg, der nun eine Biegung machte. Dahinter stand sie auf einer Anhöhe und das Bild, was sich ihr offenbarte, verstärkte ihr Frösteln: Vor ihr lag ein Friedhof im Schein des Mondes. Die Grabsteine hatten ihre besten Jahre teilweise schon hinter sich und standen schräg oder lagen sogar schon auf dem Boden. Langsam ging sie weiter und überflog die Namen und die Datums-

angaben, soweit diese noch zu erkennen waren. Die, die sie entzifferte, lagen weit zurück. Die Namen, die sie fand, waren sowohl Adelstitel, aber auch typische Namen wie Bauer, Müller, Steiner, die in Verbindung mit den Jahren auf die berufliche Herkunft hinwiesen. Es lockte sie durch die Gänge in die hinteren Reihen. Auch hier lagen schneebedeckte Gräber, die jedoch jünger waren. Sie bog in einen kleinen Pfad ab, wieder schweifte ihr Blick über die Steine. Die Jahreszahlen waren aus diesem und letztem Jahrhundert, bis sie plötzlich stoppte. Offensichtlich stand sie vor einem Gemeinschaftsgrab oder einer Gruft. Jedenfalls waren die Namen hier noch nicht sehr lange eingemeißelt. Wie denn auch? Bei genauerer Betrachtung waren es die Namen der Personen, die kurz nach Sven verschwunden waren. Seinen Namen fand sie aber nicht. Auffällig war, dass die Sterbedaten in der Zukunft lagen. Sie spürte, dass ihre Beine wackelig wurden und in dem Moment tat sich die Schneedecke auf und so, als würde man es wie ein Leichentuch anheben und sie war umgeben von dunklen Geschöpfen. Eine davon war Elena.

Ihre Beine gaben nach und sie sah um sich ihre besorgten Kollegen stehen, die sie hochzogen und auf ihren Schreibtischstuhl setzten. Eine Kollegin reichte ihr ein Glas Wasser und schließlich kam auch der Chefredakteur zu ihr.

"Was ist passiert?" erkundigte Jens sich.
"Sie ist einfach zusammengebrochen", war die eindeutige Antwort der Kollegen.
"Mandy, alles in Ordnung? Was ist passiert?"
"Ich... ich weiß nicht."
"Ich glaube, du bist überarbeitet. Mach mal ein paar Wochen Urlaub, damit du wieder zu dir findest. Alles andere ist im Moment sinnlos."
Sie hing ihren Gedanken nach, bis sie zu einer Antwort kam: "Wahrscheinlich hast du recht. Ich reiche dann die Tage was ein."
"Nicht die Tage, meine Liebe. Ich will den Schein noch heute auf dem Tisch haben und ich dulde keine Widerrede."
Kleinlaut gab Mandy nach, trank das Wasserglas aus und bat, allein gelassen zu werden. Sie merkte, dass die meisten eher ungern gingen um ihr den Gefallen zu tun, sahen aber ein, dass es keinen Sinn machen würde, vor Ort zu bleiben.
Schließlich klickte sie in ihrem Rechner das Urlaubsantragsformular an, füllte es aus und holte es wenig später vom Drucker. Noch zögerte sie, es abzugeben, aber schließlich rang sie sich

durch und hab es ihrem Chef, der erleichtert schien.

"Danke, ich war mir nicht sicher, ob du wirklich Urlaub einreichen würdest, aber besser so, als wenn du uns noch mal umkippst. Mach für heute Schluss. Wir sehen uns dann in frühstens...", er blickte kurz auf das Papier, "... in zwei Wochen wieder."

"Warum frühstens?" fragte sie "länger geht nicht."

" Aber wenn es dir dann immer noch nicht besser geht, solltest du vielleicht mal zum Arzt und dann in Kur gehen. Zumindest wäre es mir ganz recht, wenn du erst wieder kommen würdest, wenn du hundertprozentig wieder fit bist. Unser Beruf ist stressig, das wissen wir alle, aber wenn es gesundheitlich eben nicht mehr geht, geht es nicht mehr. Und das scheint bei dir im Moment der Fall zu sein. Ach ja, ich habe mitbekommen, dass dein Guru verschwunden ist. Falls ich davon was höre, sage ich dir Bescheid."

"Woher weißt du denn das schon wieder?", war ihre Frage

"Kontakte, du weißt schon. Aber versprochen, ich werde nichts dazu schreiben lassen. Nicht, dass man dir das dann anhängt und du noch mehr Stress bekommst."

"Ich hoffe es und ich verlasse mich darauf, dass du das auch einhältst, Jens. Ich wurde extra gebeten, Diskretion zu wahren."

"Kein Problem. Und jetzt verschwinde von hier Mandy. Erhol dich mal ordentlich."

Mit einem gespielten Seufzer verließ sie das Zimmer, ging zu ihrem Platz, um ihre Sachen zu packen, als sie auf ihrem Schreibtisch einen kleinen Haufen Erde fand, in den ein Kreuz gezeichnet war. Wie so häufig schaute sie sich um, sah aber niemanden, schüttelte eher für sich mit dem Kopf und wenig später war der Rechner heruntergefahren und sie verließ die Redaktion.

Wieder war es ein komisches Zeichen, was sie daran erinnerte, dass sie womöglich vor einem großen Mysterium stand. Wo um alles in der Welt kam dieser Haufen Erde nun wieder her und was hatte das Kreuz darin zu bedeuten? Mit dieser Kombination brachte sie nach kurzem Überlegen nur einen Friedhof in Verbindung und auf eine unangenehme Weise erinnerte sie sich an diesen Tagtraum. In dem Moment war sie froh, dass sie mangels neuem Auto zu Fuß von der Arbeit nach Hause lief, da sie so bei diesen Gedanken nicht Gefahr lief, abgelenkt zu werden und womöglich einen Unfall zu provozieren.

Nach einer halben Stunde waren es nur noch wenige Meter bis nach Hause, als sie von einer Person angesprochen wurde: "Frau Grösler, einen Moment bitte." Sie hielt inne und versuchte, der wohl männlichen Person ins Gesicht zu schauen, was ihr allerdings misslangte, da ihr Gegenüber das Kapuze tief ins Gesicht gezogen hatte. "Versuchen Sie es nicht mal. Es ist egal, wer ich bin. Ich rate Ihnen: Vergessen Sie Jean. Er ist für Sie nicht mehr zu erreichen."

"Wo ist er?"

"Das geht Sie nichts an."

"Sagen Sie mir wenigstens, wie es ihm geht."

"Vergessen Sie ihn. Es ist das Beste für alle." Mit diesen Worten verschwand der Fremde und ließ Mandy verwirrt zurück.

Für wenige Augenblicke harrte sie noch aus, bis sie die letzten Meter nach Hause in Angriff nahm. Plötzlich spürte sie einen stechenden Schmerz in der Hand, betrachtete ihren Handrücken und sah dort ein kleines Blutrinnsal fließen. Erst beim genaueren Hinsehen erkannte sie, dass es aus einem Kreuzförmigen Schnitt kam. Instinktiv schaute sie sich um, ob sie den seltsamen Typen noch irgendwo sah, aber Fehlanzeige.

Eilig lief sie weiter, war froh, als die Tür hinter ihr ins Schloss fiel und lehnte sich erleichtert an. Ihre Tasche landete wenig später neben der Garderobe. Alles, was sie hörte, war das Ticken der Uhr im Wohnzimmer und die Geräusche von Heizung und Kühlschrank. Diese Stille genoss sie für ein paar Momente. Als sie jedoch glaubte, Schritte zu vernehmen, spannte sie sich an, horchte und tatsächlich waren da welche. Vorsichtig schritt sie in die Richtung, aus der sie kamen und gelangte ins Wohnzimmer. "Was machen Sie hier und wer sind Sie?", fragte sie ängstlich. Die Gestalt, die neben der Fensterbank stand, drehte sich zu ihr um und wieder sah sie den Fremden: "Ich sagte doch, dass das egal ist. Du sollst nur wissen, dass wir dich beobachten. Mach keinen Fehler, Mandy. Es könnte dein letzter sein." Im gleichen Moment spürte sie den Wind, der durch das nun geöffnete Fenster kam; von dem Eindringling war nichts mehr zu sehen. Zitternd schloss sie es und ließ sich auf dem Sofa nieder.

"Hilfe, was war das?" Sie stellte sich selber die Frage, erwartete keine Antwort, die sie dennoch bekam: "Es war eine Botschaft der Anderen. Wo du bist- wir finden dich, was du sagst- wir strafen dich, was du tust- wir beobachten es." Noch einmal schlug das Fenster auf und erneut musste

Mandy es schließen, mit dem Gefühl im Nacken, dass überall Augen waren, die jeden ihrer Schritte genaustens verfolgten.

Wieder spürte sie die Verletzung auf ihrem Handrücken, die sie daran erinnerte, dass sie sie eigentlich desinfizieren und verbinden wollte, da sie immer noch blutete. Als das erledigt war, entschloss sie sich, sich was zu Essen zu machen und ging in die Küche. Als sie einen Topf auf das Kochfeld stellte, sah sie unmittelbar daneben wieder ein bisschen Erde, erneut mit einem Kreuz. Ihre Gedanken schwenkten zu Sven und in dem Moment juckte es unter dem Verband und als sie dort hin sah, stellte sie fest, dass innerhalb kürzester Zeit die Mullbinde durchgeblutet war. Geistesgegenwärtig riss sie ihn ab und sah, wie die Wundränder rötlich und entzündet waren, jedoch die Blutung kaum noch in Erscheinung trat. "Verdammt noch mal! Ich versteh das nicht mehr! Wenn ich was falsch gemacht habe, dann sagt mir doch, was! Wie kann ich es sonst ändern?" Es war ein hilfloser Ruf, von dem das ein oder andere Wort von der Wand zurück zu schlagen schien und Mandy deutlich machte, dass sie nicht mit Unterstützung rechnen konnte. Sie war alleine und musste zusehen, wie sie damit fertig wurde.

Das Blut schien zu versiegen, aber in dem Moment half ihr das nicht weiter. Falls diese Gestalt also recht hatte, war die einzige Person, die ihr helfen konnte, nicht mehr da.

Mandy überlegte, was das zu bedeuten hatte. Wo sollte Jean denn sein? Entweder er war untergetaucht, warum auch immer, oder aber... tot. Dann hätten diese Kreaturen Ernst mit der Drohung gemacht. Wie sollte es nun weiter gehen?

Kurz überlegte sie, dem jungen Beamten Bescheid zu geben, jedoch wäre er dann unter Umständen auch in Gefahr und das wollte sie lieber verhindern.

Dennoch würde sie zu gerne wissen, wo Jean war, aber wo sie mit der Suche anfangen sollte, wusste sie momentan noch nicht. Schweigend widmete sie sich dem Herd, traute sich auch nicht, erneut einen Verband anzulegen und beobachtete das wärmer werdende Wasser. Die Bewegungen gaben etwas beruhigendes von sich. Sie schienen dort zu schweben und langsam wieder abzusteigen. Als sie Salz zu gab, war sie fasziniert, wie die Körner im Kreis schwammen. Alles war so normal wie immer. Ihr Blick schweifte kurz ab zu dem immer noch vorhandenen

Sandberg, in dem das Kreuz aber inzwischen verschwunden war. Sie sah eine rechteckige Fläche mit hauchdünner Erde. Erst realisierte sie es nicht, sondern spürte nur etwas Unheimliches um sich. Als jedoch ein Buchstabe nach dem anderen eingezeichnet wurde, wich sie erschrocken zurück, glaubte, an etwas zu stoßen und blieb schließlich vor dem Tisch, der hinter ihr stand stehen. "Ach du Scheiße, was geht hier denn jetzt ab?" Nach ein paar Minuten traute sie sich wieder in die Nähe. Wo vorher das Kreuz war, stand nun eine Adresse. Kopfschüttelnd starrte sie die Buchstaben an und als sie sich wieder etwas gefasst hatte, setzte sie sich an ihren Laptop, fuhr ihn hoch und wartete, bis die Internetverbindung hergestellt war. Sie gab die Adresse und wenig später wusste, sie, dass sie wohl in einem Industriegebiet lag. Mandy überlegte, ob sie sich noch auf den Weg dorthin machten sollte, jedoch reichte ihr die Tatsache aus, dass es schon lange dunkel und zudem noch nass war, um erst am nächsten Tag aufzubrechen.
 Ihr war nicht wohl bei dem Gedanken, was sie da antreffen könnte. Vielleicht Jean, oder doch der Kapuzentyp oder wieder eine andere Lebensform.

Erst gegen Mittag, als endlich die Sonne wieder zu sehen war, überwand Mandy sich, in das Industriegebiet zu fahren. Schwerer als gedacht war es, eine einigermaßen angenehme Busverbindung dorthin zu bekommen und der Wunsch nach einem neuen Auto wuchs. Als sie ausstieg, hatte sie noch einige Meter Fußweg vor sich. Ihr wäre wohler dabei gewesen, in Begleitung dem Hinweis nachzugehen, aber alle, die dafür in Frage kämen, waren entweder verschwunden oder in ärztlicher Behandlung. Sie hatte zwar Vorkehrungen getroffen und ihren Nachbarn mitgeteilt, wo sie hin wollte, aber das nur, um zumindest etwas Sicherheit zu haben. Das, was sie an Abwehrmitteln dabei hatte, beschränkte sich auf Pfefferspray, Schuhwerk, mit dem sie sicher rennen und notfalls auch klettern konnte, einer Taschenlampe und ihr Handy.

So ganz überrascht war sie nicht, als sie vor einer leerstehenden und langsam verfallenden Werkshalle stand. Die Fenster und Türen waren wohl mal mit Holz verschlossen gewesen, jedoch fand sie die Meisten zerstört vor, oder sie waren gar nicht mehr da. Nervös sah sie sich um, bis sie schließlich in die Halle einstieg. Es roch nach feuchtem Holz und Urin. Weitere Gedankengänge, wonach es noch riechen könnte, vermied sie.

Im Inneren war es dämmerig und jeder Schritt hallte laut. Irgendwo flogen Vögel auf und dass in ihrer Nähe Ratten flüchteten, wunderte sie nicht. "Was ein undankbarer Ort. Da bin ich mal gespannt, was es damit auf sich hat." Mandy schaltete die Taschenlampe an und leuchtete vorsichtig um sich herum. Unrat, alte Möbel und Maschinen kamen zum Vorschein, dazwischen kaputte Flaschen, Glasscherben und Metallteile, wie aber auch verschimmelte Essensreste. "Hier würde ich nicht mal im äußersten Notfall hausen wollen" sprach sie zu sich. Langsam ging sie vorwärts, hoffte, auf nichts zu treten oder gegen etwas zu stoßen, um nicht zu viel Lärm zu machen. Sie wich dem ein oder anderem Mäuse- oder Rattenkadaver aus. Die einen waren mumifiziert, andere halb verwest, aber sie setzte ihren Weg fort. Am Ende des Raumes in dem sie war, gabelte sich ein Weg. Sie entschied sich für den rechten und hoffte, den richtigen eingeschlagen zu haben. Ziel- und auch Planlos lief sie umher, sie suchte etwas, aber wusste nicht was. Immer wieder hielt sie inne und lauschte sobald das Echo ihrer Schritte verklungen war. Als sie vor einer Eisentreppe stand, kamen die ersten Zweifel in ihr hoch: "Was mache ich eigentlich hier? Was soll denn hier schon so wichtiges sein? Leben wird hier sicher keiner mehr." Kurz meinte sie, Musik zu hören und stockte: "... oder vielleicht doch?" Instinktiv spannte sie sich an, war auch Hab-Acht-Stellung und betrat schließlich die erste Treppe. Ächzend kündigte diese so den Besucher an, was Mandy doch missfiel. Sollte also tatsächlich jemand hier sein, wüsste diese Person spätestens jetzt, das sie da war und wo sie sich befand.

Trotzdem versuchte Mandy, möglichst ohne weiteren Lärm die nächste Etage zu erreichen und wieder vernahm sie den Klang von Musik. Dieses mal aber lauter, als vorher.

Als sie oben angekommen war, sah sie eine beleuchtete Ecke. Ebenfalls war die Musik zu hören und dann erkannte sie einen Schatten.

"Du hast also meine Nachricht erhalten. Das freut mich."

Sie wusste nicht, ob sie sich freuen oder fluchen sollte, als sie Jean erkannte."

"Was um alles in der Welt machst du denn hier? Die Polizei sucht dich, deine Agentur sucht dich!"

"Ich weiß. Ich habe es gehört. Aber lange werde ich nicht mehr hier sein können."

Kopfschüttelnd stand Mandy nun da.

"Bitte, setz dich." Jean bot ihr auf einem klapprigen Stuhl Platz an. "Du hast sicherlich Fragen."

"Oh ja." Der anfänglichen Überraschung wich nun ihre Neugier.

"Dann schieß los. Ich habe nicht viel Zeit. Wenn es dunkel wird, muss ich hier wieder verschwinden."

Sie wusste nicht, wo sie anfangen sollte. Schließlich begann sie mit dem, was am vorherigen Abend in ihrer Küche vorgefallen war. "Kennst du einen Typen, der mit einem Kapuzenshirt herum rennt? Erst hat er mich vor meiner Wohnung abgepasst, und dann war er auf ein mal drin, aber wenig später wieder verschwunden."

"Nein, ich kenne ihn nicht, aber ich kann mir denken, was er ist, und was er will."

"Und das wäre?"

"Er ist ein wahrscheinlich ein Wandler. Er wandert zwischen den Welten hin und her."

"Zwischen welchen Welten?"

"Zwischen dem Diesseits und dem Jenseits. Hat er etwas gesagt?"

"Klar, er sprach was davon das sie mich beobachten. Das war ein ganz komischer Kerl."

In dem Moment sah Jean ihren Handrücken: "Was hast du gemacht?"

Sie folgte seinem Blick und als sie erkannte, was er meinte, zuckte sie mit den Schultern: "Ich weiß es nicht. Nachdem der Typ mich abgepasst hat, war es da."

"Das ist nicht gut. Du solltest verschwinden, dich wieder ins Tageslicht begeben. Ich finde einen anderen Weg, deine Fragen zu beantworten."

"Aber... "

"Nein" Jetzt nicht. Verschwinde! Sofort!"

Mit einem Mal lernte sie einen anderen Jean kennen. Explosiv, wütend, angsteinflössend.

"Geh! Es ist das Beste für alle! Auch für dich! Geh!"

Irritiert stolperte Mandy rückwärts, bis sie sich umdrehte und schließlich ging. Je näher sie der Treppe kam, umso eiliger hatte sie es plötzlich. Erst als sie draußen war und die Wärme der Sonne spürte, glaubte sie, sich beruhigen zu können.

6

Direkt lief sie weiter zur Bushaltestelle, stieg in den nächsten Bus ein und war irgendwie froh, erst mal aus der Gegend weg zu kommen. In dem Moment spielte es keine Rolle, wo sie hin fuhr, sie wollte nur fort. Als sie erkannte, dass die Linie auch an einem kleinen Park hielt, wusste sie, dass sie etwas frische Luft gebrauchen konnte und stand wenig später in der Grünanlage.

Größtenteils hatten die Bäume ihr Laub zwar schon abgeworfen, aber dennoch trug der ein oder andere noch sein buntes Herbstkleid und als sie eine Bank fand, die unter so einem Gehölz stand, ließ sie sich nieder.

Mandy schloss kurz die Augen, auch wenn ihr nicht ganz wohl dabei war, aber so versuchte sie, Jeanes plötzliches Verhalten zu begreifen. Mandy fand keinen Sinn dahinter, außer, dass es anscheinend etwas mit dem Kapuzen-Typ und der Verletzung zu tun haben musste. Automatisch sah sie sich kurze Zeit später ihren Handrücken an und stellte fest, dass die Wunde anscheinend keinen Heilungsfortschritt machte. Sie blutete nicht, aber sobald sie darüber fuhr, glaubte sie, die Wundränder ertasten zu können.

Während Mandy weiterhin das Kreuz betrachtete und den Sinn zu finden , glaubte sie, jemand anderes zu spüren. Sie sah auf und blickte sich um, fand erst keine Anzeichen für die Anwesenheit einer weiteren Person und erschrak plötzlich, als sie neben sich eine Stimme hörte: "Was Sie da haben, ist nicht gut, Frau Grösler." Sekunden später saß neben ihr eine junge Frau. Sie schätzte sie auf Anfang 20. "Wer sind Sie?" wollte sie nun wissen.

"Eigentlich dürfte ich nicht hier sein. Aber mein Inneres hat mich hier her geführt und das, was Sie auf der Hand haben, ist wahrlich nichts gutes."

"Ich verstehe nicht. Das ist doch nur ein Schnitt."

"Nur ein Schnitt meinen Sie. Aber wissen Sie es auch?"

Fragend schaute Mandy der Fremden nun ins Gesicht. Es wirkte sehr blass, aber ernst und überzeugend. "Was soll es denn sonst sein? Außerdem hatte ich nach Ihrem Namen gefragt."

"Hatten Sie nicht. Sie wollten wissen, wer ich bin."

"Und wer sind Sie nun?"

Sie bekam keine Antwort, sondern die Andere war auf ein Mal wieder verschwunden.

Irritiert stand Mandy auf, schaute sich um, sah aber niemanden in ihrer Nähe. Nur in etwas Entfernung erblickte sie eine Gestalt, die aber nicht die gleiche war. Schließlich nahm sie wieder Platz und beobachtete ein Eichhörnchen, dass fleißig auf der Suche nach Wintervorräten war. "Du kleiner Kobold hast es gut." sprach sie zu ihm "Du hast nicht die Sorgen wie ich. Du weißt, was du zu tun hast und machst einfach dein Ding. Dich belasten keine Gedanken um seltsame Gestalten." So, als würde es ihr zuhören, hielt es kurz inne und schaute in ihre Richtung, bis es sich eine Eichel zwischen die Zähne nahm und auf eine große Buche kletterte. Gerade wollte Mandy aufstehen, als sich ein Mann ihres Alters näherte. Ohne etwas zu sagen, setzte er sich einfach neben sie. Für Mandy war es das Zeichen, aufzustehen und zu gehen. "Setzen Sie sich doch wieder, junge Frau. Hier ist genug Platz für zwei."

"Nein, ich wollte sowieso gerade gehen." dann spürte sie etwas in sich, was sie zweifeln ließ, ob es die richtige Entscheidung war, aufzustehen.

"Na kommen Sie. So eilig scheinen Sie es aber nicht zu haben."

"Ich muss wirklich gehen."

"Zwei Minuten?" Dabei klopfte er mit der rechten Hand auf den nun leeren Platz neben sich. Ihr

Blick glitt über seine Hand und meinte, kreuzförmige Narben zu sehen.

Nachdem ihr innerer Kampf ausgefochten war, nahm sie schließlich doch wieder Platz.

Ihr Gegenüber zog kurz seine Sonnenbrille ab und gab den Blick in dunkelbraune Augen frei, die einen leichtes, nicht zu deutendes Schimmern hatten. Mandy spürte, wie sie darin zu versinken drohte und bemühte sich, nicht die Fassung zu verlieren. Vergeblich suchte sie nach einem Thema, mit dem sie ein Gespräch beginnen konnte, aber der Fremde kam ihr zuvor.

"Ich beobachte Sie schon eine Weile. Glauben Sie wirklich, dass das Eichhörnchen keine anderen Sorgen hat?"

Als hätte man sie ertappt, wandte sie ihr errötetes Gesicht ab und starrte nach vorne: "Wie kommen Sie darauf?"

"Ich sagte doch, dass ich Sie schon länger beobachte. Da habe ich halt auch das Gespräch mit dem Hörnchen mitbekommen. Zumindest sah es so aus, als hätten Sie damit geredet."

Fast schämte sie sich dafür, begann aber zu grübeln, wo er denn gestanden haben musste.

"Ist aber nicht so schlimm. Andere reden mit Blumen, wieder andere mit Tieren, wenn ihnen danach ist." Nach einer kurzen Pause fügte er noch hinzu: "Mache ich ja auch hin und wieder."

Erleichtert setzte sich die Journalistin etwas auf. Trotzdem behagte es ihr nicht, dass er womöglich auch mitbekommen hatte, dass sie von "Gestalten" sprach. So versuchte sie, das Gespräch in eine andere Richtung zu lenken. "Warum baten Sie mich, noch ein paar Minuten hier zu bleiben?" Kurz sah er sie an, dann ließ er den Blick über die Grünanlage schweifen, so als suche er etwas. Dann beendete er die eingetretene Stille: "Es hat Feinde, Fressfeinde. Vögel, Katzen, Füchse und den Menschen. Alle wollen ihm ans Fell. Der Vogel hat Feinde wie die Katze, den Fuchs und den Menschen. Katzen und Füchse sind Feinde und haben den Menschen als weiteren. Und der Mensch... auch er hat Feinde. Sowohl Seinesgleichen, als auch unbekannte Feinde." Mit diesen Worten stand er auf und verabschiedete sich, aber nicht ohne ihr einen schönen Tag zu wünschen: "Vielleicht sieht man sich ja mal wieder. Ich würde mich freuen." Dann ließ er Mandy alleine zurück.

Diese musste mehrmals tief durchatmen, um wieder ins Gleichgewicht zu kommen, da diese Aussage sie sehr durcheinander brachte. Anders als geplant verlängerte sich ihr Aufenthalt im

Park ein weiteres Mal. Wie zur Bestätigung hörte sie irgendwo das Schreien eines Bussards, das sie Frösteln ließ.

Nach ein paar weiteren Minuten stand sie wirklich auf und schlug endgültig den Weg nach Hause ein.

Relativ schnell hatte sie sich an ihre freien Tage gewöhnt. Sie genoss es, lange zu schlafen, das zu tun, was sie wollte, ohne den Termindruck im Nacken zu haben. Wäre da nicht das Kreuz auf ihrem Handrücken. Es wurde nicht besser, aber sie weigerte sich auch, zum Arzt zu gehen, da sie dort unangenehmen Fragen ausgesetzt worden wäre. Es war interessanter Weise ruhig geworden, keine Zeichen, keine Erscheinungen, was ihr aber wiederum fast Angst machte. Hin und wieder hatte sie mit Esperanza telefoniert, die davon aber nichts hören wollte. So blieben deren Gespräche bei normalen Themen, was es neues gab, wie es ihr ging und wann sie raus kam. Mandy hatte rasch den Eindruck, dass es ihrer Freundin wirklich gut tat, Abstand zu allem zu bekommen, jedoch wurde sie das Gefühl nicht los, dass da noch etwas anderes war, was Esperanzas plötzlich andere Ansichten beeinflusste, dennoch behielt sie ihre Bedenken für sich.

Mandy verbrachte, soweit das Wetter es zuließ, viel Zeit draußen mit Spaziergängen und Wanderungen. Hin und wieder zog es sie in den alten Steinbruch, in dem sie vor Monaten auf Esperanza gestoßen war, wie auch an diesem Tag. Wie damals, lief sie umher und ließ sich schließlich auf den Felsen nieder, auf dem Esperanza hockte und genoss die Stille. Wenn ihr danach war, erhob sie sich, lief umher und kletterte über die Basaltstücke, die auf dem Boden lagen und dachte nach. Hinter einem Busch stieß sie auf einen alten Trampelpfad, der ihr zuvor nie aufgefallen war. Nach kurzem zögern entschloss sie sich, den Weg zu nehmen und zu schauen, wo sie raus kam. Nach wenigen Metern ging es bergauf, aber dank diversen Vorsprüngen, die sie wie Treppenstufen nutzte, setzte sie den Aufstieg fort. Hin und wieder musste sie sich hochziehen, aber sie spürte, dass ihr diese körperliche Anstrengung gut tat: Sie vergaß für den Moment ihre Sorgen. Mandy sah schon das Ende ihres Aufstiegs, als sie kurz inne hielt. Die Journalistin erwartete, in kürze von den Sonnenstrahlen geblendet zu werden und war verwundert, als sie eine Silhouette bemerkte, die sie oben erwartete.

"Hallo Mandy.", damit wurde sie empfangen.

Die Angesprochene erschrak und überlegte, umzukehren

"Es bringt dir nichts."

Mandy war immer noch nicht in der Lage zu reagieren und sah den Kapuzen-Typ sprachlos an.

"Solltest du es versuchen, ich wäre schneller unten als du. Das müsstest du inzwischen verstanden haben. Es ist etwas her, dass wir die Ehre hatten."

"Was wollen Sie hier?"

"Es passt ihnen nicht, mit wem du dich getroffen hast."

"Das geht sie doch nichts an."

"Doch, ich habe dir gesagt, dass sie dich beobachten. Ich muss es nicht immer sein. Erinnerst du dich an deinen Parkbesuch?"

Stumm nickte sie mit dem Kopf.

"Da war die junge Frau."

"Wer seid ihr?", wollte Mandy wissen.

"Du kennst meine Antwort."

"Lassen Sie mich in Ruhe."

"Nun, das kann ich nicht."

"Oh doch, drehen Sie sich um und verschwinden Sie!" Es war offensichtlich, dass Mandy genug hatte. "Und lassen Sie mich jetzt durch!"

Sie setzte an, um die letzte Felsstufe in Angriff zu nehmen und hatte es fast geschafft, als der Fremde auf sie zu kam und ihr den Weg versperrte. Im letzten Moment konnte sie sich an etwas festhalten, um nicht rückwärts hinunter zu stürzen, aber es half ihr nicht, aus ihrer misslichen Lage zu entkommen.

"Erinnerst du dich?" Er wartete nicht auf eine Antwort, sondern fügte direkt hinzu: "Geheimnis muss Geheimnis bleiben, wer es erfährt, wird sterben. Und deine Zeit ist gekommen."
 Er wartete nicht auf eine Reaktion von ihr, sondern stellte sich auf ihre Hand, mit der sie sich festklammerte und als das nicht den gewünschten Erfolg hatte, dass sie losließ, wollte er sie gerade mit einem Tritt an den Kopf in den Tod schicken, als sie nur einen Windhauch spürte, den Fremden nicht mehr sah und wenig später eine helfende Hand ergriff. Dankend nahm sie diese an und als sie oben stand und ihren Retter sah, war sie erstaunt, dem Mann gegenüber zustehen, mit dem sie sich ebenfalls im Park unterhalten hatte.

 Verwirrt schaute sie zu ihm und danach in die Richtung, in die der Kapuzen-Typ wahrscheinlich verschwunden war. Sie versuchte zu begreifen, was passiert war, jedoch wurde sie unterbrochen: "Wir sollten nicht so lange hier herum stehen. Er wird wiederkommen."

"Ähm... äh... woher wissen Sie das?"

"Ich kenne ihn schon länger, aber das tut im Moment nichts zur Sache. Gehen wir."

"Wohin?"

"Erstmal weg von der Kante."

Zuerst folgte Mandy ihm wortlos, blickte sich immer wieder um und als sie deutlich entfernt waren, hatte sie sich wieder im Griff: "Danke. Wo kamen Sie her?"

"Nichts zu danken. Ich hoffe aber, dass das nicht zur Gewohnheit wird." Er zwinkerte ihr zu. "Ich war in der Nähe."

Irgendwie spürte sie, dass er nicht weiter darüber reden wollte und sie ließ ihn in Ruhe. Dennoch brannte ihr eine Frage auf der Zunge, die sie ihm schließlich stellte: "Wer ist er und wer sind Sie?"

"Nennen Sie mich doch einfach Sebastián. Das macht vieles einfacher."

"Okay, mein Name ist Mandy." Sie hatte den Eindruck, dass er das zwar registrierte, aber es für ihn nichts Neues war, jedoch sagte er nichts.

"Naja, wenn wir eh schon dabei sind, dann

schlage ich Ihnen das Du vor. Einverstanden?" fügte Mandy noch hinzu und streckte ihm ihre Hand entgegen, die er annahm und sie für einen Moment Angst hatte, dass er ihr die Hand zerquetschen würde. Anscheinend hatte sie ihr Gesicht verzogen, da er mit einem raschen "Oh, Entschuldigung", los ließ und seine Sonnenbrille richtete.

"Sag mal, was hast du denn da am Steinbruch gemacht?", wollte sie wissen.

"Das gleiche könnte ich dich auch fragen."

"Ich habe die Natur genossen."

"Du solltest vorsichtiger sein."

"Und warum? Warum höre ich in letzter Zeit andauernd den gleichen Ratschlag?" Es nervte sie langsam.

"Tatsächlich? Dann wird da wohl was dran sein, dass man dir das immer wieder vorschlägt."

"Nur leider hält es keiner für nötig, mir die Gründe zu nennen!"

Sebastián hielt kurz inne und schien zu überlegen. Schließlich wiederholte er das, was sie bereits im Park von ihm gehört hatte: "Alle haben Feinde, auch der Mensch. Und du anscheinend besonders."

Die Journalistin fuhr zusammen und benötigte ein bisschen, um sich darüber klar zu werden, was er gesagt hatte. "Und wer soll das bitteschön sein? Du weißt offensichtlich mehr als ich."

"Ich habe Augen und Ohren. Du hast Sorgen, der Typ wollte dich umbringen. Daher lässt sich nicht verheimlichen, dass du Probleme hast, die mit ihm zu tun haben."

Mandy blieb stehen: "Und wer ist er?"

"Hat dir das nicht bereits jemand gesagt?"

Sie dachte kurz nach und ihr fiel eines der Gespräche mit Jean ein. Nur woher konnte Sebastián das schon wieder wissen? Er wurde ihr immer unheimlicher.

"Was weißt du über mich?" Abrupt blieb sie stehen, starrte ihn an und wartete auf eine Reaktion. Innerlich kämpfte sie mit Wut, Skepsis, Angst und vielleicht auch ein kleines bisschen Neugier.

Lange sagte er nichts, stand wortlos neben ihr und schien abzuwägen, was er machen sollte.

"Wahrscheinlich mehr, als dir lieb ist."

"Ach so. Und woher?"

Mandy war überrascht, als er ihre verletzte Hand in seine nahm und sie anhob. Mit seinem Daumen fuhr er über die Ränder des Kreuzes: "Daher." Sie betrachtete es und versuchte seine Aussage zu interpretieren. "Was hat das bitteschön mit mir zu tun. Ich habe mich geschnitten und mehr nicht. Das sagt gar nichts über mich aus!"

"Wenn du meinst, dass es 'nur' eine Schnittwunde ist, ist sie aber sehr symmetrisch. Wie alt ist sie?"

Sie musste kurz nachdenken. "Ein paar Tage oder Wochen vielleicht."

"Dafür dauert die Heilung aber sehr lange."

"Ja und? Kommt halt vor."

"Ich sage dir was." Er legte seinen Arm um ihre Schulter und führte sie etwas weiter und schließlich vom Weg ab.

"Du meinst, es ist eine simple Wunde. Okay, so sieht sie vielleicht auf den ersten Blick aus. Aber sie wird nie verheilen, so lange dein Kumpel vom Steinbruch hinter dir her ist."

"Was? Das verstehe ich jetzt nicht."

Darauf hielt er seine Hand neben ihre und bei genauerem hinsehen erkannte sie Narben. Sie waren heller, als seine Hand an sich. "Wahrscheinlich hat er dich bei eurem ersten Treffen leicht berührt. Kann das sein?"

"Er hat mich vor meiner Wohnung abgepasst, aber berührt? Weiß ich gar nicht mehr. Aber ich würde es auch nicht ausschließen. Wieso?"

"Du weißt irgendetwas, was du besser nicht wissen solltest und er hat etwas damit zu tun. Stimmt's?"

Sie schwieg und äußerte sich auch sonst nicht weiter zu Sebastiáns Vermutung.

"Naja, auch egal. Ganz salopp ausgedrückt: Er hat dich gekennzeichnet."

Mandy wollte was sagen brachte aber nichts heraus und sah ihn fragend an.

"So war es bei mir auch vor...", er hielt kurz Inne, "... einiger Zeit."

"Einiger Zeit? Wie lange?"

"Nun, es sind schon einige Jahre vergangen, seit dem mir das passiert ist."

Was sie denken und fühlen sollte, wusste sie in dem Moment nicht.

Plötzlich schien es ihr Retter und Begleiter eilig zu haben, da er ihr noch sagte: "Sorry, aber ich muss leider los. Halte dich von Abhängen, Brücken und Gleisen fern. Ich melde mich die Tage wieder." Dann klopfte er ihr noch ein Mal auf die Schulter und ging eiligen Schrittes davon.

Fragend sah sie ihm hinterher, wollte noch etwas rufen, aber da sie ahnte, dass sie keine Antwort bekommen würde, unterließ sie es.

"Tick, tack. Tick, tack." seit Stunden wälzte sie sich im Bett umher.

Obwohl die Uhr eigentlich im Nebenraum hing, hörte sich diese gerade sehr laut und nah an, als würde sie die Sekunden zählen, die Mandy noch lebte. Zumindest könnte man es glauben. Sie war zwar des öfteren eingenickt, aber nicht viel später wieder durch die Bilder aus dem Bruch und die Aussage, dass auch Menschen Feinde wie Tiere haben, aufgeschreckt. Je mehr sie daran dachte, was das für Feinde sein könnten, umso mehr fürchtete sie, dass sie die Antwort kannte. Sinngemäß ging es in ihrem ersten Gespräch im Park um Fressfeinde. Wer oder was sollte aber den Menschen 'fressen' wollen?

Während sie auf dem Rücken lag, die Arme unter dem Kopf überkreuzte und an die Decke starrte, vernahm sie die Stimme, die sie schon seit längerem nicht mehr gehört hatte. Aber sie hörte sich anders an, als sie sie erinnerte:

"Mandy. Wo ist Mami?"

Abrupt richtete sie sich auf, durchsuchte wie immer den Raum, aber sah niemanden. "Sven? Wo bist du?"

"Hier." Der Junge hörte sich traurig an.

"Wie kann das sein, dass ich dich höre, aber nicht sehe?"

"Wo ist Mama?"
Die Journalistin hatte rasch gemerkt, dass der Junge ihr keine Auskunft geben konnte. Wahrscheinlich wusste oder verstand er das alles selber nicht. So versuchte sie, seine Frage zu beantworten: "Sie ist bei Ärzten, die sich um sie kümmern."
"Warum? Ist sie krank?"
"Es ist schwierig, das zu erklären, Sven. Nachdem du verschwunden warst, wurde sie immer trauriger, so dass ich ihr auch nicht mehr helfen konnte. Nun kümmern sich die Ärzte darum, dass es ihr wieder besser geht und sie nicht mehr so traurig ist."
"Aber... ich war doch immer bei ihr." Er schien den Tränen nahe zu sein.
"Ach Kleiner, es gibt Momente, da wissen Erwachsene nicht, was echt ist und was nur Bilder oder Träume sind. Vielleicht wollte sie nicht glauben, dass du bei ihr bist."
"Liebt sie mich denn nicht mehr?"
"Doch, ganz bestimmt. Wenn sie wieder zu Hause ist, wird es ihr ganz sicher wieder besser gehen." Es war ein Versuch, dem Jungen Schuldgefühle zu nehmen, für die er nichts konnte.
In dem Moment spürte Mandy etwas kaltes über ihre markierte Hand gleiten. Das sie den

Arm neben sich gelegt hatte, bemerkte sie erst jetzt. Kurz zuckte sie zusammen, bekam Angst vor der Erinnerung an den letzten Tag.

"Was hast du da?", war die kindliche Frage.

"Hast du mich gerade berührt?" Mandy kam sich blöd vor, das auszusprechen. Alles schien wie so oft irreal. Aber sofort hatte sie sich gefangen und antwortete: "Eine Narbe. Wieso?"

"Einer von den Männern hat so was auch. Aber der ist nicht oft da. Außerdem ist der irgendwie anders."

"Erzähl mir davon."

"Das darf ich nicht. Sonst..." Er schwieg.

"Ist schon in Ordnung. Kannst du mir vielleicht sagen, wie es sein kann, dass wir uns unterhalten können, obwohl ich dich nicht sehe?"

"Aber ich sitze doch neben dem Bett und ich sehe dich."

"Oh... das ist komisch."

"Mir hat mal einer gesagt, dass man mich nicht mehr sehen kann. Finde ich doof. Das soll wohl gehen, aber wie, das habe ich noch nicht entdeckt."

"Wissen denn die anderen, dass du hier bist?"

Sven schwieg kurz: "Nein. Der Mann, der nicht so oft da ist, hat mir einen Trick verraten, wie das geht. Ich muss aber, bevor es hell wird, wieder zurück sein. Sonst sind die wieder böse zu mir."

Mandy schmunzelte und konnte sich ein Grinsen nicht verkneifen: "Du bist ein kleines Schlitzohr."

"Das hat Mami auch immer gesagt, wenn ich wieder was angestellt habe. Aber sie hat nie geschimpft."

"Hast du denn Freunde oder spielt jemand mit dir?"

"Nö, die sind alle so alt und gespielt habe ich schon lange nicht mehr. Und Freunde habe ich auch nicht."

"Das ist schade. Wieso?"

"Weiß nicht. Ich will mit denen aber auch nicht spielen. Die sind alle so komisch."

Kurz erinnerte sie sich an ihre letzte Begegnung mit dem Jungen: "Kümmert sich denn jemand um dich und macht dir was zu essen?"

Wieder Schweigen. Es dauerte, bis Sven das Gespräch fortsetzte: "Du weißt das doch, ich muss mir selber was holen."

"Stimmt. Isst du nur Fleisch?"

"Nicht das Fleisch. Das Blut. Aber das schmeckt nicht."

"Nur das Blut?" Mandy musste bei der Vorstellung fast würgen.

"Ja."
"Und was essen die Erwachsenen?"
"Auch Blut. Aber nicht von Tieren. Die sagen immer, dass dass die Babyration ist. Aber ich bin doch kein Baby mehr! Schließlich komme ich doch bald in die Schule!"

Die Entrüstung war der Stimme leicht zu entnehmen. Er erinnerte sie an ihre Nichte, die, bevor sie zur Schule gekommen war, immer gesagt hat: Wenn ich in die Schule gehe, bin ich groß. Auch sie hatte sich immer darüber aufgeregt, wenn man sie noch als Kind bezeichnete.

"Wovon denn?" Mandy bekam Angst.

"Keine Ahnung. Große Tiere. Nicht Hühner und Kaninchen."

Fast war sie erleichtert, dass er ihre Vermutung nicht bestätigte. Vielleicht aber wusste er es, wollte es aber nicht wahr haben.

"Du, ich muss gehen. Bald geht die Sonne auf und dann komme alle zurück und sehen, dass ich nicht da bin."

"Ist schon in Ordnung. Wenn du willst, kannst du gerne wieder kommen."

"Wirklich?" Der Junge schien sich darüber zu freuen.

"Ja, aber gib mir dann ein Zeichen, das ich sehe, wenn du da bist. Sonst erschrecke ich mich wieder."

"Was denn?"

"Ein Bild, ein Stein, eine Blume. Irgendwas."

"Mach ich. Bis dann Mandy. Und sag meiner Mami, dass ich sie lieb habe und vermisse."

"Bis dann, Kleiner." Sie hatte keine Anhaltspunkte, wann er weg war, so dass sie nur ahnen konnte, dass sie wieder alleine war. Unheimlich, in einem dunklen Raum zu sein, nur eine Stimme zu hören und nicht zu wissen, was passiert.

Sie hatte wirklich kaum geschlafen. Zwar fand sie etwas Ruhe, nachdem Sven bei ihr war, jedoch war der Tag wohl schneller angebrochen, als sie erhofft hatte. Vielleicht kam sie auf ein bis zwei Stunden Schlaf insgesamt, zumindest fühlte sie sich so.

Eher widerwillig schlug sie die Bettdecke beiseite, stand auf und schleppte sich unter die Dusche um vielleicht doch noch wacher zu werden. Wie gerädert oder nach einer durchzechten Nacht fühlten sich ihre Glieder an und als auch das kalte Wasser nichts half, wusste sie, dass das ein Tag ohne jeglichen Antrieb oder Motivation werden würde. Nichts als Zeit absitzen, etwas Zeitung oder ein Buch lesen, Rätsel machen und vielleicht ein kurzer Spaziergang unternehmen, war alles, was sie sich vorstellen konnte. Natürlich hätte sie wieder ins Bett gehen können, nur da war die Angst vor erneuten Alpträumen.

 Als sie am Tisch saß und die Nachrichten überflog, hatte sie gerade einen Schluck Kaffee genommen, als sie das Gesicht verzog. "Pfui, der ist ja mal wirklich stark!" Nachdem sie aufgestanden war und zur Spüle lief, um das Gebräu weg zu kippen, klingelte es an der Tür. Kurz zuckte sie mit den Schultern, stellte die Tasse ab und machte sich auf den Weg.

 "Guten Morgen, Mandy. Tut mir leid, dass ich gestern so schnell weg war. Ich hoffe, ich störe nicht. Brötchen?" Sebastián stand vor ihr, hob eine Tüte vom Bäcker hoch und sah sie an.

 Etwas überrascht ließ Mandy ihn schließlich rein: "Das ist aber nett. Passt auch ganz gut, da ich gerade Frühstücke."

 "Das habe ich mir gedacht. Irgendwie siehst du müde aus."

 "Ja, ich habe nicht besonders gut geschlafen. Was machst du hier und woher weißt du, wo ich wohne?" Ihr kam sein erscheinen seltsam vor.

„Keine Angst, ich kann dir alles erklären. Aber muss das hier zwischen Tür und Angel sein? Sollte ich unpässlich sein, lasse ich dir die Brötchen hier und komme ein anderes mal wieder.

Mandy überlegte, wie sie reagieren sollte, jedoch da ihr Bauchgefühl keine Gefahr vermeldete, ließ sie ihn schließlich ein.

Sie zog die Tür ins Schloss, wies ihm mit dem Arm den Weg in die Küche und folgte ihm.

"Darf ich dir was anbieten?", fragte sie.

"Nein danke, ich habe bereits gefrühstückt."

"Aber was führt dich dann zu mir?"

"In erster Linie wollte ich mich entschuldigen, dass ich plötzlich so schnell weg war. Aber ich hatte was zu erledigen, das nicht auf sich warten ließ."

"Achso." Gerne hätte sie weiter nachgefragt, hielt sich jedoch zurück

"Alpträume?"

"Äh... ja. Von dem einen Typen."

"Wundert mich nicht. Ist er danach noch mal aufgetaucht?"

"Nein, zum Glück nicht."

"Warum hat die Redaktion dich in den Urlaub geschickt?"

Die Frage überraschte sie. "Woher weißt du das denn schon wieder? Ich war überarbeitet und das hat sich auf meine Leistungen ausgewirkt, so dass mein Chef es für besser hielt, mich in den Urlaub zu schicken."

"Wie lange?"

"Für Zwei Wochen."

"Meinst du, das reicht?"

"Ich hoffe es."

"Was hat dich denn so mitgenommen? Deine Arbeiten zu Jean, dem Medium, habe ich verfolgt."

"Wie wahrscheinlich viele hundert andere auch."

"Kann es sein, dass deine Erschöpfungen damit zu tun haben? Das das einfach zu viel für dich war?"

"Bist du etwa Arzt? Ich komme mir gerade so vor als wäre ich bei einem."

Sebastián lachte. "Nein, ganz sicher nicht. Das wäre keine Welt für mich."

"Wieso nicht?"

"Wegen dem Blut."

Erschrocken sah sie zu ihm und war froh, dass er nicht ihre Gedanken an das Gespräch mit Sven lesen konnte.

"Ist so. Und Seelenklempner will ich auch nicht sein. Ich muss mir wirklich nicht so manche kranken Gedankengänge von Psychopathen anhören."

"Was machst du denn dann?"

"Ich geister durch die Gegend, helfe attraktiven Frauen, die beinahe in Steinbrüche gestürzt wurden und schlage mich so durch."

"Toller Job, wirklich." Sie lachte. "Und dann erscheinst du bei den geretteten Damen mit einem Beutel Brötchen und unterhältst dich mit ihnen. Äußerst interessant."

"Naja, das macht ja sonst wohl niemand."

"Und du bist wirklich kein Psychologe?"

"Nein, ganz bestimmt nicht. Wieso? Hast du das Bedürfnis danach?"

"Dann könnte ich auch zu einer Bekannten fahren, die ist in Psychotherapie."

"Weswegen denn?"

"Ich würde jetzt glatt sagen, frag doch Jean." Wie sie in dem Moment darauf kam, wusste sie selber nicht. War aber auf seine Reaktion gespannt.

"Wo ist sie?"

"Bei Traumaspezialisten in Bad Münstereifel. Wieso?"

"Wer ist der behandelnde Arzt?" Plötzlich wirkte er besorgt.

"Kann ich dir nicht sagen. Was ist los?"

"Seit wann ist sie da und was ist passiert?"
 Mit einem Mal schien Sebastián eine andere Person zu sein: besorgt und das beunruhigte auch Mandy. Zögerlich begann sie nun, ihm zu erzählen, warum Esperanza dort war. Sie behielt zwar einiges für sich, aber als sie fertig war, war seine Aussage alles andere als angenehm: "Da haben wir nun ein ernsthaftes Problem."

7

"Ich vermute, dass sie bei Dr. Foxius ist."
"Kann schon sein. Sie erwähnte mal den Namen des Arztes, aber da ich den so seltsam fand, hab ich ihn mir auch nicht gemerkt."
"Habt ihr noch viel Kontakt?"
"Nein. Ich habe es mehrmals versucht, aber sie wirkte da genervt und abweisend. Ich konnte mir das nicht erklären, habe aber auch nicht nachgefragt."
"Sie hätte dir nicht geantwortet, sondern wahrscheinlich aufgelegt."
"Wie kommst du darauf?"
"Weil es das sein wird, was Foxius von ihr verlangen wird. Keinen Kontakt mehr."
"Das hört sich so an, als kennst du ihn." Ob Mandy darüber erfreut sein sollte, konnte sie nicht sagen.
"Ja, leider. Und glaub mir, er ist kein angenehmer Geselle. Er hat Methoden, die er auch ohne zu zögern anwendet, die wirklich nicht ganz ohne sind. Hypnose ist da noch harmlos gegen. Das, was ihr bei Jean erlebt habt, wird er aus ihr heraus bekommen und im Endeffekt wird sie alles machen, was er will."

Die Journalistin schluckt. "Das hört sich nicht gut an. Aber warum hat er so ein großes Interesse daran?"

"Weil er nichts anderes ist, als dein Freund im Kapuzen-Shirt. Sein Name ist übrigens Mikael."

Eigentlich wollte Mandy gerade in ihr Brötchen beißen, als sie mit offenem Mund inne hielt und es schließlich wieder ablegte: "Woher weißt du das alles? Er hat sich stets geweigert, mir seinen Namen zu nennen. Kannst du mir vielleicht auch sagen, was das für einer ist?"

"Nein, aber du weißt es."

"Wenn ich es wüsste, würde ich dich nicht fragen!"

"Ich darf es dir nicht sagen. Wir brauchen darüber nicht diskutieren, da du dir deine Frage selber beantworten kannst und es bereits getan hast. Es ist euer Problem, dass ihr nicht verstehen wollt, dass es noch was anderes gibt, dass euch das Leben schwer machen könnte und es schon lange tut. Ihr verschließt die Augen vor der Realität, weil sie für euch zu brutal, dunkel und mysteriös ist. Aber das ist für die das wichtigste, da ihr die einzigen sein könntet, die eine ernsthafte Gefahr darstellen. Nicht für sie als Individuum, aber ihr würdet deren Ordnung durcheinanderbringen, zerstören und das könnte irgend-

wann zur Auslöschung und Vernichtung derer
führen, die alles dafür tun, um weiter im Unter-
grund verborgen zu bleiben."
 "Das hört sich krank an und widerspricht sich
selber."
 "Aber das ist die Realität."
 "Ganz bestimmt nicht meine." Sie wollte überzeugt klingen, aber es gelang ihr nicht.
 Sebastián lächelte darauf: "Doch, genau deine
und du bis mittendrin. Du bist Journalistin. Stelle
die Fakten gegenüber und komme zu einem Entschluss. Dann teilst du ihn mir mit und wir reden
weiter."

 Gegen Mittag war Sebastián schließlich gegangen. Sie hatte nicht mehr herausbekommen beziehungsweise er wollte nicht ins Detail gehen,
so dass sie nun wieder vor ihrem Schreibtisch saß
und zum gefühlt hundertsten Mal alle Notizen zu
der Sache durchlas. Erneut störte es sie, dass sie
als Infomaterial überwiegend Romane hatte, also
keine wissenschaftlich fundierten Beweise, dass
es diese Geschöpfe geben könnte. Die ein oder
andere gut gemeinte Dokumentation ließ für ihren Geschmack auch nicht viel Neues zu.
 Immer wieder hallten seine Worte in ihren Ohren "Du kennst die Antwort", aber davon war sie

nicht überzeugt. Es wunderte sie, dass er ihr nicht einfach sagte, was sie seiner Meinung nach ja schon herausgefunden hatte. Mandy blickte vom Schreibtisch auf und starrte aus dem Fenster, bis ihre Augen schließlich auf Svens Bild fielen, welches neben ihr lag. So als würde sie es scannen, betrachtete sie noch einmal jede gemalte Szene tiefgründig und musste einsehen, dass Sebastián tatsächlich Recht behalten könnte, wenn das die Antwort war, die sich hinter all dem verbarg. Der Junge hatte es selber gesagt: Vampir.

Für den Rest des Tages lief Mandy mehr unruhig in ihrer Wohnung umher, als dass sie saß. Sie hatte keine Kontaktdaten von Sebastián, was sie in dem Moment sehr ärgerte. Zu gerne hätte sie ihm ihre Vermutung mitgeteilt, aber sie hatte keinen blassen Schimmer davon, wie sie das bewerkstelligen konnte. Ansicht war er eh eine seltsame Person. Er tauchte auf, wenn sie Probleme hatte, verschwand ganz plötzlich und hatte sich ohne weiteres mit diesem Mikael angelegt, der daraufhin bisher nicht wieder aufgetaucht war. Er wusste einiges über sie, woraufhin sie sich fragte, woher? Woher kannte er ihre Gepflogenheiten und woher kannte er offensichtlich Jean?

Sie wusste es nicht und er war anscheinend nicht dazu bereit, ihr in diesen Fällen auf die Sprünge zu helfen.

 Was aber wusste sie von ihm? Seinen Namen, mehr aber auch nicht. Er war einfach da und sie akzeptiere seine Nähe ohne dass sie hinterfragte warum und wieso.

 Die Tage waren inzwischen schon deutlich kürzer, so dass Sebastián vor ihrer Wohnung stand, als es bereits dunkel war. Als er klingelte, war sie erst zusammen gezuckt, da sie kurz daran dachte, dass es Mikael sein könnte, nur bei ihm war sie sich sicher, dass er sich nicht die Mühe machen würde, vorher höflich seine Anwesenheit bekannt zu machen. Er tauchte einfach auf. Erleichtert ließ sie den Besucher ein.

 "Nun Mandy, ich dachte ich erkundige mich mal, ob du zu einer Antwort gekommen bist."

 "Kann das wohl sein, dass du mir irgendwie nach spionierst? Du klingst sehr überzeugt, dass ich mich schon darum gekümmert habe. Wie kommst du darauf?"

 "Ist ganz einfach. Du bist Journalistin und Fakten beschaffen und gegenüberstellen ist dein Job. Wenn du daran keinen Spaß hättest, würdest du den Job nicht machen." Dabei zwinkerte er ihr zu.

"Ich bewundere immer wieder aufs neue deine Menschenkenntnis, Sebastián."

"Oh, so einen Kommentar von einer so interessanten Person hört man doch gerne." Beide mussten lachen.

Sie hatten das Wohnzimmer erreicht und ließen sich dort nieder.

"Schieß los, Mandy. Dir scheint was auf dem Herzen zu liegen.", begann er.

"Naja, es hört sich blöd an, vielleicht ist es auch nur Spinnerei und Aberglaube von mir, aber, gibt es Vampire?"

"Wie kommst du darauf? Außerdem suchst du so weit ich mich daran erinnere, nach einer Antwort und das ist keine."

"Was? Wieso ist das keine Antwort?" Mandy war irritiert.

"Weil es keine ist. Aber sag mir, wie kommst du darauf das es so was geben könnte?"

"Worauf willst du jetzt hinaus?"

"Sag mir einfach, worauf sich deine Frage bezieht."

Unruhig rutschte Mandy etwas hin und her, folgte dann aber seiner Aufforderung: "Naja, dieser Mikael taucht nur auf, wenn es regnet, dunkel oder stark bewölkt ist. Daraus könnte ich schließen, dass er keine Sonne haben kann. Immer wieder höre ich dann Stimmen, die ich nicht zuordnen kann. Außerdem gibt es das Bild", Sie stand auf und holte Svens Zeichnung dazu "auf dem bei dem Kind die Eckzähne eher Reißzähnen ähneln, als denen eines normalen Menschen." Sebastián betrachte es und fragte: "Woher hast du es? Kann doch auch eine einfache Kinderzeichnung sein."

"Es lag bei mir im Briefkasten. Außerdem hat Esperanza, von der ich bereits erzählt habe bestätigt, dass das von ihrem verschwundenen Sohn sein könnte. Ich bekam es, nachdem er weg war."

"Und was hat das mit deiner Vermutung zu tun?"

Nun war es Mandy, die nachdachte. Einerseits könnte sie ihm von den Begegnungen mit Sven erzählen, aber nach dem, was der Junge ihr mitgeteilt hatte, wollte sie möglichst wenigen sagen, was er zu sich selber gesagt hat.

"Ich kann mir nicht vorstellen, dass ein Kind einfach so auf die Idee kommt, sich solche Zähne zu malen."

"Weiß man, was mit dem Jungen ist? Vielleicht wurde er ja auch nur einfach entführt und sein

Entführer erzählt ihm Horrormärchen um ihn einzuschüchtern."

"Du glaubst mir kein Wort, oder?" Enttäuscht senkte sie den Blick.

"Ich würde das alles nicht als Beweise zur Existenz solcher Gestalten sehen."

"Kannst du mir dann vielleicht erklären, was Mikael von mir will? Warum diese scheiß Wunde immer dann anfängt zu jucken oder ein Blutrinnsal fließt, wenn ich an Vampire denke oder glaube, dass der Junge einer ist?" Mandy war aufgesprungen und schrie ihren Gast an. "Dann hört es sich halt beschissen an, dass ich sage, dass es Vampire gibt! Sollen die mich doch einliefern!" Wie angekündigt, pochte ihr Handrücken und ein kleiner Rinnsal suchte sich seinen Weg auf der Haut. Als Mandy das merkte, streckte sie ihm die Hand entgegen: "Weißt du nun, was ich meine?" Kurz schaute Sebastián dort hin, wandte dann aber den Kopf ab, während die Journalistin wütend durch den Raum in die Küche schritt.

Mandy stand in der Küche und hatte ein Pflaster über die Verletzung geklebt, was aber weniger dazu diente, die Blutung zu stillen, sondern eher, dass sie sie nicht mehr sehen musste. Nebenbei hatte sie den Wasserkocher gefüllt um sich einen

Tee zu machen. Sie spürte in dem Moment nicht das Bedürfnis, zurück zu Sebastián zu gehen. Trotzdem entsann sie sich der Gastfreundschaft und schaute vom Türrahmen kurz nach. Auch er war aufgestanden, stand mit dem Rücken zu ihr und stützte sich mit einem Arm an der Wand ab. Dabei war er nach vorne gebeugt und für einen kurzen Augenblick glaubte sie, dass er etwas unsicher stand und mit sich kämpfte. Dann zog sie sich wieder zurück, goss das Wasser in eine Tasse und beobachtete, wie es sich verfärbte, als sie den Teebeutel dazugab. Die roten Schlieren könnten faszinierend sein, wie sie sich ausbreiten, aber nicht, wenn man sich vorstellte, dass es auch Blut sein könnte. Noch einmal lief sie zum Durchgang und ihrem Besucher schien es wieder besser zu gehen, als er sich ein paar Wandfotos ansah: "Möchtest du auch einen Tee?" fragte sie und bekam als Antwort ein Kopfnicken: "Ja, bitte."

Sie goss einen weiteren Tee ein und ihr Blick blieb erneut bei dem Spektakel im Inneren der Tasse hängen, bis sie sich davon trennen konnte und den Kopf schüttelte. "Du kommst auf Ideen, Mandy." sagte sie leise zu sich. Schließlich brachte sie die Tassen ins Wohnzimmer. "Zucker?"

"Nein, für mich nicht."

"Okay." Beide setzten sich wieder, als Mandy erneut das Wort ergriff: "Tut mir leid wegen gerade, dass ich dich so angeschrien habe. Ich weiß im Moment selber nicht, was ich glauben soll und was nicht. Alles kommt mir wie ein Alptraum vor und ich frage mich, was ist real und was nicht. Ich glaube, ich habe mich da in was hineinmanöveriert und es fällt mir auf unerklärliche Weise schwer, da wieder raus zu kommen."

"Du brauchst dich dafür nicht zu entschuldigen. Aber es stimmt."

Sie nahm einen Schluck, wollte die Tasse gerade wieder abstellen, als sie inne hielt: "Was stimmt? Was meinst du damit?"

"Deine Vermutung stimmt."

"Welche?", fragte sie vorsichtig nach.

"Du hast dir deine Frage beantwortet."

"Wie jetzt? Du glaubst mir allen erstens den Schwachsinn, dass es Vampire gibt?" Sie musste lachen.

"Da gibt es nichts zu lachen, Mandy. Es ist die Wahrheit."

"Nein... das kann nicht. Erfindung von Verrückten. Wo sollen die leben?"

"Unter den Menschen. Nur sie fallen nicht auf, da sie sich anpassen."

"Quatsch. Es heißt doch, dass die sich von Blut ernähren. Von Menschenblut. Wie können die dann unter den Menschen existieren? Dann würde es doch immer wieder Tote geben. Ausgesaugt und nur noch Haut und Knochen. Das geht nicht!"

"Und wenn doch?"

"Kannst du es beweisen? Ich denke mal nein. Es gibt keine Beweise, also wird es die auch nicht geben."

"Mandy, du kennst den Beweis. Nur solltest du deinen Kumpel Mikael nie darauf ansprechen. Der würde genau das mit dir machen. Dich töten."

Mehrmals klappte Mandy den Mund auf und zu, brachte aber kein Wort heraus. Es dauerte, bis sie wieder was hervorbrachte: "Woher weißt du das?"

"Er ist ein, sagen wir mal, 'Alter Bekannter' von mIr."

"Und wieso sagst du mir erst jetzt, was er ist? Du hast es anscheinend die ganze Zeit gewusst."

"Weil du es mir eh nicht geglaubt hättest. Und außerdem solltest du selber davon überzeugt sein. Aber okay, da dir jetzt wohl klar ist, was es für Wesen gibt, solltest du noch was wissen."

"Okay. Dann bleibt mir zu hoffen, dass es leichtere Kost ist. Noch so etwas verkrafte ich nicht."

"Wir sollten zusehen, dass wir deine Freundin irgendwie zurück holen und das möglichst schnell."

Mandy schwieg und dachte kurz nach: "Sag jetzt bitte nicht, dass auch sie damit zu tun hat."

"Doch. Gerade Esperanza. Sie meint, dass sie das nicht glauben kann, aber dennoch tut sie es. Das ist das Problem, was ich bereits erwähnte. Foxius ist genau das, was Mikael auch ist."

"Nein, bitte nicht. Wie kommst du denn wieder darauf?"

"Das würde ich dir später erklären. Wie ich aber schon sagte, hatte ich mit Mikael schon mal zu tun, wie in dem gleichen Zusammenhang auch mit Foxius. Er wird alles daran setzen, dass Esperanza vergisst."

"Sie wird aber nicht vergessen wollen!"

"Wollen schon, aber nicht können."

"Und wie will Foxius das ändern?"

"Notfalls wird er dafür sorgen, dass sie nichts weiter sagen kann."

"Was bedeutet das?" Mandy ahnte, wie die Antwort lautet.

"Willst du das wirklich wissen?"

Ihre Antwort war ein rasches Kopfschütteln und es folgte die Frage: "Und wie sollen wir das anstellen? Ihr einfach sagen, dass ihr Kind wieder da ist?" Es war eine undurchdachte Aussage, von der sie schnell wusste, dass der Einfall nicht umsetzbar war.

"Nein. Das führt uns nicht weiter. Eher erreichen wir damit das Gegenteil."

Er klang überzeugt und Mandy wollte auch nicht widersprechen. Sie mussten sich was anderes einfallen lassen.

"Hast du eine Idee?" fragte sie ihn.

"Nein. Noch nicht. Am einfachsten wäre es, wir finden einen anderen Arzt, der ein Gutachten über sie erstellt und somit von der Klinik wegholen kann. Aber in wieweit das machbar ist, weiß ich nicht."

"Du hast doch eben gesagt, dass er alles tut, um ihr wissen auszulöschen. Folglich kann er das doch gar nicht zulassen."

"Und genau das ist das Problem, aber vielleicht auch die Lösung."

"Das verstehe ich jetzt nicht."

"Wenn ein anderer Arzt so etwas schreibt, wird seine Einschätzung hinterfragt werden. Er wird seine Aussage bestätigen müssen. Andererseits müsste er sie ganz schnell weg schaffen, da sonst die Gefahr bestünde, dass sie ihr Wissen weitergibt."

"Nach deinen Erzählungen glaube ich nicht, dass der Typ damit ein Problem hätte" warf Mandy ein.

"Das stimmt, aber es würde auffallen und außerdem bist du Journalistin. Sowas würde doch bestimmt eine gute Story abgeben. 'Patientin spurlos aus Klinik verschwunden'. "

"Was habe ich denn schon wieder damit zu tun?"

"Beruhige dich. Ich wollte damit auch nur sagen, dass er mit sowas vorsichtig sein muss. Schließlich weiß keiner, was er wirklich ist. Er und seine Klinik haben einen Ruf zu verlieren. Wenn er etwas Verstand hat, was ich nicht anzweifle, muss er sie gehen lassen. Aber er würde dafür Sorgen, dass er trotzdem sein Ziel erreicht. Nur würde sich das noch etwas herauszögern."

"Aber wir hätten sie dann da raus.", beendete Mandy seine Ausführung.

"Genau."

"Nur wie stellen wir das an? Eigentlich müsste sie doch von sich aus auf eine Entlassung bestehen können. Das wäre doch viel einfacher."

"Schon, aber er wird sie so beeinflussen, dass sie das nicht will oder kann."
 "Mist. Warum muss auch alles so kompliziert sein?" Es war eher eine Feststellung als eine Frage, die Mandy aussprach. Schweigen trat ein.
 "Weil es sonst zu einfach wäre.", fügte Sebastián nach einigen Momenten zu.
 Stumm nickte sie und ihr fiel nichts weiter dazu ein.
 Schließlich schickte Sebastián sich an zu gehen: "Wir reden morgen weiter. Ich denke, du schläfst auf den Schock erst mal eine Nacht darüber. Morgen gegen Abend könnte ich wieder vorbei kommen, wenn du willst."
 "Das ist eine gute Idee. Du weißt ja, wo du mich findest."
 Der Angesprochene nickte, erhob sich und ging wenig später. Noch kurz sah sie ihm hinterher, als er mit der Dunkelheit zu verschmelzen schien. Sie vernahm keine Schritte, keine anderen Geräusche. In den Sekunden schien die Welt und damit auch die Zeit still zu stehen. Diese plötzliche Ruhe war für Mandy unangenehm und es zog sie schnell wieder ins Wohnzimmer.

 Nachdenklich blickte er dem Abgrund entgegen. So wie an diesem Tag hatte er lange nicht mehr gelitten. Sie konnte nichts dafür, dass es ihm so schlecht ging. All seine antrainierte Disziplin nach all den Jahren in diesem Körper hatte er aufwarten müssen, um nicht das zu tun, was er hasste. Er hasste sich, wie sein Verlangen, aber noch mehr hasste er sie. Diese Gestalten, zwar aus Fleisch, nicht aber aus Blut. Sie waren Hüllen, die gehorchen mussten. Was er tat war unverzeihlich, dass wusste er, aber er tat es, da er wollte, dass es anderen nicht so erging wie ihm, jedoch durfte es niemand wissen.

Vor Mikael hatte er keine Angst. Er war ein Wandler und eigentlich ein Söldner. Er erfüllte Aufträge, da er glaubte, so besser dastehen zu können. Hielt sich aber sonst von den anderen fern.

Dann hörte er die vertraute Stimme: "Wie geht es ihr?"

"Wir haben lange nicht mehr gesprochen."

"Ich weiß. Aber du kennst meine Situation."

"Gewiss. Ihr geht es gut. Es war heute schwierig."

"Aber du hast dich beherrscht. Das ist gut. Sie weiß es?"

"Ja, was sie sind."

"Ich wusste es. Sie ist clever."

"Damit aber auch gefährlich."

"Nicht für uns, nicht für dich. Sie will nur verstehen. Das ist menschlich."
"Du hast recht. Es ist schon lange her... "
"Was wird sie tun?"
"Ich kann das noch nicht sagen. Vielleicht wird es noch dauern, bis ihr was einfällt."
"Das wäre schlecht. Wir haben nicht so viel Zeit."
"Leider. Aber wie sollen wir den Fuchs aus dem Bau locken?"
"Meine Hilfe kann ich euch nicht anbieten. Was ist mit dem Jungen?"
"Er kämpft und weigert sich. Versucht immer wieder zu entkommen."
"Schafft er es?"
"Ich kann mich nicht auch noch um ihn kümmern, Jean."
"Du hast ja recht. Aber bekommen wir ihn, haben wir eine Waffe."
"Du glaubst wirklich daran, dass er unsere Lösung ist?"
"An irgendetwas muss ich heutzutage ja glauben."
"Wie wahr, wie wahr. Ich muss gehen." Dann stürzte er sich in den Abgrund.

Beschaulich stieg die Herbstsonne über der Eifel auf. Eigentlich erfreute dieser Anblick Mandy immer. Diese stand nach einer weiteren schlaflosen Nacht am Fenster und beobachtete das Schauspiel. Es fiel ihr schwer, den Moment zu genießen, mit dem Wissen, dass es einer Person, die ihr so nahe stand, nicht gut ging. Mitten in der Nacht war sie aufgewacht mit dem Gefühl, dass Esperanza was zugestoßen war. Nicht viel später kam ein Anruf, dass sie angeblich ein weiteres Mal versucht hatte, sich etwas anzutun. Von da an wusste Mandy, dass sie wirklich schauen mussten, Esperanza da möglichst schnell herauszuholen.

Nicht nur darum hatte sie keinen Schlaf gefunden. Vampire also sollten es sein, die dahinter steckten. Eine Vorstellung die nicht passte, ein Gedanke, der ihr zu schaffen machte.

Woher wusste Sebastián das alles? Was hatte er mit Mikael und diesem Arzt zu tun? War er möglicherweise auch einer? Überzeugt schüttelte sie ihren Kopf. Er passte nicht in das Bild einer blutsaugenden Bestie. Er war freundlich, hilfsbereit. Außerdem hätte er dann eigentlich auf sie losgehen müssen, als sie ihn am gestrigen Abend die blutende Hand vorhielt. Das aber tat er nicht. Er wandte sich nur ab, aber er hatte ja gesagt, dass er kein Blut sehen konnte. Also wird er kein Vampir sein.

Mandy versuchte, sich Sebastián vorzustellen, was ihr doch schwer fiel. Nichts war da, was so eine Vermutung nur ansatzweise zuließ. Da waren die Narben auf seinem Handrücken wie der Schnitt auf ihrer. Sie wäre 'markiert' hatte er ihr gesagt, mehr aber auch nicht. Kein Warum, keine Erklärung oder Begründung. Sie würde ihn nochmal darauf ansprechen.

Die Äste und die letzten Blätter trugen einen Überzug aus Raureif, der in den Sonnenstrahlen glitzerte. Bald würden auch die letzten Hinweise auf Leben von dannen wehen und die Natur in den Schlaf schicken. Der Winter würde Einzug halten und alles in seinen eisernen Griff nehmen.
Sie stellte sich auf ein Mal die Frage, wie Vampire lebten. Gab es für sie Jahreszeiten? Es war eine kindische Frage, die sie sich da stellte, aber auf eine Antwort kam sie nicht. Wenn sie wie Menschen waren, sollten sie auch so leben. Dennoch fand sie es unverständlich, wie das gehen sollte.
Mandy saß inzwischen in einem Sessel, schaute aus dem Fenster, jedoch verschwamm das Bild:

Friedhof... Gestalten... Schatten... Schnee... all das war dort, wo sie stand. Sie kannte es, war schon mal hier gewesen. Wieder stand sie an diesem Grabstein. Ihr war unwohl, aber sie konnte dieses Gefühl nicht verdrängen und war ihm ausgeliefert.

Mit einem Mal wurde wie mit Geisterhand ein Buchstabe nach dem anderen in den Stein gemeißelt. Nach dem ersten Buchstaben, einem "S" überkam sie eine Ahnung, welcher Name da in Kürze stehen würde. Ängstlich starrte sie dorthin, wollte aber gleichzeitig fliehen, was ihr jedoch verwehrt blieb. Es folgte ein "v" und Mandy schrie: "Sven! Nein!" Dann glaubte sie zu fallen, sah kein Ende des Sturzes, als sie die Augen aufmachte und realisierte, dass sie in ihrer Wohnung war.

Dieser Schmerz in der Brust, so als würde man sein Herz heraus reißen wollen, machte ihm zu schaffen. Der Raum, in dem der Meister ihn gesperrt hatte, hasste er von Mal zu Mal mehr. Er hatte sich damit abgefunden, dass er Blut brauchte, aber dennoch schrie sein Körper nach Verweigerung. Er weigerte sich, dass zu werden, was er wurde, wovor er Angst hatte. Aber niemand half ihm. Er hörte nur: "Akzeptiere es und sei stolz darauf. Du bist einer der Auserwählten. Nichts und niemand kann das verhindern. "

 Sobald er daran dachte, schrie er, wollte weinen und wurde dafür bestraft: "Unsereins zeigt keine Gefühle. Das verbietet der Kodex! Tust du es, so spürst du Schmerzen. Wir sind stark, keiner wird uns aufhalten."

 Es was so, als drückte man auf die eine Taste am CD-Player und ein Lied wurde immer wiederholt. Seine Mama hat dann nach einiger Zeit wieder einen Knopf gedrückt, so dass alles nacheinander gespielt wurde. Seine Mami... er vermisste sie. Wäre sie da, hätte sie ihn in den Arm genommen und an sich gezogen: "Mama... Hilf mir."

 Er wartete auf eine Antwort, aber die kam nicht. Sven wollte schluchzen, darauf durchfuhr ihn ein Zucken und dieser Schmerz wurde schlimmer. Wimmernd lag er auf dem Boden, hoffte, einzuschlafen und dann wieder aufzuwachen, neben seiner Mama im Bett... Lange schon hatte er nicht mehr geschaffen, er brauche das nicht mehr, hatte man ihm erklärt, dennoch wünschte er es sich.

8

Esperanza saß auf der Terrasse ihres Ein-Bett-Zimmers. Dass sie eigentlich in einem Krankenhaus war, spürte sie nicht. Eher erinnerte sie alles ab einen Hotelurlaub. Nur das in weiß gekleidete Personal war ein Hinweis darauf.

Sie hatte viel mit dem Chefarzt gesprochen, der sich oft um sie kümmerte, was sie jedoch gerade zu Beginn sehr überraschte. Bisher kannte sie so etwas nur von Leuten, die privat krankenversichert waren. Die Anzahl der stationären Patienten war mit 10 Leuten sehr gering, so dass sie eine sehr intensive Betreuung genoss. Das alles ließ in ihr die Hoffnung erwachen, dass sie, sobald sie aus der Klinik raus war, wieder ein einigermaßen normales Leben führen könnte, obwohl es ohne Sven erst mal sehr ungewohnt werden würde. Da sie jedoch von Dr. Foxius als Chefarzt das Wort hatte, dass er sie auch nach ihrer Entlassung unterstützen würde, glaubte sie fest daran, das zu schaffen.

Anfangs hatte sie nicht daran geglaubt, dass das strikte Kontaktverbot nach außen, wie man es ihr nach kurzer Zeit auferlegt hatte, ihr gut tun würde. Dennoch war sie erstaunt, dass sie gut damit klar kam. Selbst die Gespräche mit Mandy vermisste sie bald nicht mehr.

Dr. Foxius hatte Esperanza nahe gelegt, zu all den Leuten, die sie an Sven und an ihre Verfolgungsängste erinnerten, den Kontakt abzubrechen.

Viel hatte sie überlegt und war zu dem Entschluss gekommen, alles erst mal auf Zeit zu probieren. Daher war sie froh, dass sie von Mandy nur noch selten etwas hörte, was auch der Arzt befürwortete.

Sie hatte ihn als charmanten Mann Mitte 40 kennen gelernt, der immer für seine Patienten da war. Auch die übrigen Ärzte, Schwestern und Pfleger verhielten sich ähnlich. Diese Hausphilosophie gefiel ihr sehr. Daher wunderte es sie nicht, dass viele psychisch erkrankte Patienten zu ihm wollten. Umso erstaunter war sie, dass sie hier untergekommen war. Zu danken hatte sie einem Mediziner, der zu Besuch in dem Krankenhaus war, das sie aufgenommen hatte. Er hatte sie auf dem Flur, als sie sich etwas die Beine vertrat, angesprochen und so vermitteln können. Wäre er damals nicht gewesen, würde es ihr wahrscheinlich nicht so gut gehen wie in dem Moment.

Esperanza schaute auf die Uhr und machte sich dann auf den Weg zu ihrem Gespräch mit dem Psychologen.

Nach wenigen Minuten trat sie in das Gesprächszimmer. Da es in einem Wintergarten lag, war es lichtdurchflutet und die Grünpflanzen vermittelten den Eindruck, als wäre man in einem Garten.

Dr. Foxius war über eine Akte gebeugt, schob sie aber unmittelbar bei Seite, als Esperanza eintraf: "Guten Tag Frau Böhm." Mit seinem offenherzigen Lächeln begrüßte er sie: "Nehmen Sie doch Platz."

"Danke, gerne." Von Beginn an war er stets freundlich und hilfsbereit gewesen, ganz anders, als sie sich einen Psychologen vorgestellt hatte.

"Wie geht es Ihnen heute?"

"Eigentlich ganz gut."

"Was heißt 'Eigentlich'?"

"Ich habe wieder über Mandy und Sven nachgedacht."

"Worum ging es denn?"

"Naja, ich weiß nicht, ob ich es durchhalte, nicht mehr mit Mandy reden zu können."

"Es wäre aber das Beste. Ihr Einfluss und ihre Gedanken sind nicht gut für Sie. Sie werden immer wieder mit den alten, unschönen Erinnerungen konfrontiert werden. Das wird sie immer wieder nach unten ziehen. Wissen Sie, jetzt müssen Sie nur noch an sich denken und daran, was Ihnen gut tut."

"Ich weiß. Aber trotzdem."

"Denken Sie an sich. Sonst wird es Sie wieder dahin bringen, wo sie so langsam herauskommen."

Schweigend hörte Esperanza zu, sich bewusst, dass sie zwischen zwei Stühlen saß. Einerseits war da der, der sie daran erinnerte, was Mandy alles für sie getan hat. Andererseits aber, dass sie alles wieder einholte und sie doch noch vor die Hunde ging.

"Vergessen Sie die Vergangenheit mit all dem, was Sie gehört und gesehen haben. Sie sind jung und attraktiv. Leben Sie einfach. Beachten Sie nicht das, was Andere oder Ihre Ängste Ihnen mitteilen wollen. Das dient nur dem Zweck, dass Sie leiden, was Sie nicht verdient haben. Wir handeln hier in Ihrem Interesse und unser Ziel ist es, dass Sie daran glauben und das tun, was Ihnen gut tut."

"Ich weiß. Aber dennoch zweifle ich. Ich kann mir immer noch nicht erklären, wie das mit der Pulsader war."

"Sie waren in einer Extremsituation. Es kommt immer wieder vor, dass man etwas macht oder sich antut, ohne danach noch die kleinste Erinnerung zu haben. So war es bei Ihnen."
"Aber die Sache danach im Krankenhaus... ."
Der Arzt unterbrach sie: "Wahrscheinlich waren die Nähte nicht ganz in Ordnung. Durch einen Stoß oder eine unglückliche Bewegung hat es dann geblutet. Das hat ganz bestimmt nichts mit übernatürlichen Kräften oder Wesen zu tun, wie es Ihre Bekannte behauptet. Glauben Sie mir, so etwas gibt es nicht. Es sind Märchen und Reaktionen Ihres Körpers bezogen auf Ihr Trauma. Es ist normal und verständlich, dass Eltern, die ihre Kinder vermissen, sich an jeden Strohhalm klammern um auf ein gutes Ende zu hoffen."
Das Gespräch zog sich hin und als Esperanza schließlich ging, war sie wie immer ziemlich aufgewühlt. Erst gegen Abend, wenn sie ihr Medikament bekam, wusste sie, würde es ihr besser gehen.

Den Nachmittag verbrachte Esperanza meistens in der Parkanlage, wenn es das Wetter zuließ. Sie zog es vor, den Kontakt zu den Mitpatienten weitestgehend zu vermeiden, um nicht in Erklärungsnot zu kommen. Zu groß war die Angst vor Rückfällen.

Immer wieder begutachtete sie die Schnittverletzungen an ihren Handgelenken und Unterarmen und war froh, dass sie mittlerweile gut verheilt waren. Anscheinend blieben nur helle Narben zurück, was ihr nur recht war. Zwar hatte sie gehofft, dass alles spurlos verheilte, aber vielleicht sollte sie die Narben als Warnung sehen, die sie daran erinnerten, wie schlecht es ihr mal ging und wie sie sich aus diesem Tief wieder hervorgekämpft hatte.

Nach einem kleinen Spaziergang in den vielleicht letzten Sonnenstrahlen des Herbstes nahm sie auf einer Bank platz, die sich auf einem kleinen Hügel befand. In der Ferne sah sie die ehemaligen Vulkankegel, die das Bild der Eifel prägten. Sie genoss die Aussicht und beobachtete in ihrer Nähe eine junge Frau, die vielleicht ihr Alter hatte. Die Fremde war sehnig und schien über den Boden zu schweben, während diese immer näher kam. Lautlos hatte sie Esperanza erreicht und stand nun neben ihr an einen Baum gelehnt: "Sind dir deine Erinnerungen wichtig?" fragte sie, ohne sich vorzustellen und schaute Esperanza dabei tief in die Augen. Sie wollte ihren Blick abwenden, was ihr aber nicht gelang. Zögerlich und irritiert suchte Esperanza nach einer Antwort und fand sie auch: "Ja, aber das geht doch jedem so."

"Wirklich? Dann verschwinde von hier."

Esperanza versuchte zwischen den Worten zu lesen und zu begreifen, was hier gerade vor sich ging. "Das kann ich nicht so einfach. Warum?"

"Du kannst wohl. Aber du willst nicht. Du bis geblendet von etwas, das eine Lüge ist."

"Was meinst du damit?"

"Verschwinde von hier. Und das möglichst bald."

"Wie denn?" wollte Esperanza von der Fremden wissen, bekam aber keine Antwort, da diese verschwunden war. Kopfschüttelnd und schulterzuckend drehte sie sich einmal um ihre eigene Achse, sah die andere aber nicht mehr. Lediglich Dr. Foxius erkannte sie, der gerade mit einer Schwester aus dem Gebäude trat und sich offensichtlich angeregt unterhielt.

Kurz überlegte sie, sich an ihn zu wenden, aber sie wollte ihn bei dem Gespräch nicht stören. Nachdenklich lief sie in ihr Zimmer.

Sven saß mit den anderen Neulingen zusammen, jedoch beachteten ihn die wenigsten. Er galt als Außenseiter und so behandelten sie ihn auch. Ob das von ihnen kam oder ob der Meister das so befohlen hatte, wusste er nicht. Er betrachtete die Veranstaltung, wie man ihm das mitgeteilt hatte, als Nebensache. Viel lieber würde er mit seinem Freund im Steinbruch nach schönen Steinen suchen und klettern. Lange hatte er das nicht mehr machen können. Wie denn auch? Er hatte hier keine Freunde und wollte auch keine haben. Alle waren so komisch, redeten kaum miteinander. So war es auch immer, wenn er im Kindergarten war und sich gestritten hatte. Niemand sagte was, bis eine der Erzieherinnen sagte, dass sie gerne eine Entschuldigung hören wollte, da es sie immer traurig machte, wenn sich Kinder gestritten haben. Wie lange war das schon her? Da war es noch warm, die Sonne hatte geschienen und sie haben draußen gespielt. Sie sind herum gerannt oder mit den bunten Autos umher gefahren oder haben einfach im Sand Burgen gebaut.

Wie fühlte sich Sand an? Was war das doch immer ein komisches Gefühl, wenn man ihn durch die Finger hat laufen lassen. Nein, Sand hatte er hier nicht zum spielen. Hier war eh nichts, was ihm Freude machte. Keiner las eine Geschichte vor, die spannend war. Alles, was sie hier zu hören bekamen, waren Geschichten, in denen es um Vampire ging, und Feinde und wie man die tötete. "Wir sind vollwertige Geschöpfe" war das, was er am häufigsten hörte, aber es interessierte ihn nicht unbedingt. Viel lieber würde er malen oder spielen. Was wohl seine Mami dazu sagen würde?

 Nein, er durfte nicht daran denken, das machte ihn nur immer traurig. Aber verstand denn niemand, das er nach Hause wollte? Keinen interessierte das, außer vielleicht Alizé. Die war so alt wie seine Mama, aber war auch kaum da. Einmal sagte sie ihm, dass er wie ihr Sohn war. Aber nichts gab ihm das Gefühl, dass sie seine Mutter war. Sie war nicht warm und er konnte sich nicht an sie kuscheln. Sie wuschelte ihm nicht durchs Haar oder kitzelte ihn durch. Sie nahm ihn auch nie in die Arme, wenn er unglücklich war. Daher würde sie nie seine Mutter sein können.

 Dann war da noch der andere, der ihm mal gezeigt hatte, wie man hier raus kam. Aber das klappt auch nicht mehr so, wie früher. Gerne würde er den Mann fragen, ob er ihm das noch mal zeigen konnte, jedoch hatte er ihn schon lange nicht mehr gesehen. Vielleicht wollte er nicht mehr zurück kommen, aber dann hätte er ihn doch mitnehmen können! Sven traute sich auch nicht, nach ihm zu fragen. Außerdem kannte er den Namen nicht. Aber da man ihm sowieso verboten hatte, in die andere Welt zu gehen, war es bestimmt auch besser, dass niemand wusste, das ihm das mal jemand gezeigt hatte, da man ihn nur bestrafen würde.

Es war kalt, dunkel und nass hier. Sven stand mit einigen anderen an einem Waldrand. In geringer Entfernung sah er Häuser. Sein Meister hatte ihn und die anderen Neulinge mitgenommen, um ihnen zu zeigen, wie man sich um seine Nahrung kümmerte. Ihm war unwohl, aber auch dem ein oder anderen Neuling schien es ähnlich zu gehen. Er stand in der Nähe von einem jungen Mädchen, Elena hieß sie. Sie war nach ihm gekommen, war aber vom Status der Verwandlung deutlich weiter als er. Sie hatte das akzeptiert, was er noch ablehnte, etwas zu werden, das die Dunkelheit und die Menschheit beherrschte. Sie hinterfragte nichts, sondern folgte nur, was sie sehr schnell zu einem Liebling des Meisters gemacht hatte. Sie war oft beim Meister und die ersten Male kam sie ziemlich durcheinander zurück, aber Sven hatte sich auch nicht getraut, nachzufragen.
 Nun standen sie also da, darauf wartend, was passieren würde, als die ihm bekannte Stimme

begann: "Novizen, heute seht ihr, wie ihr zu leben und zu jagen habt, wenn ihr vollwertig verwandelt seid. Der ein oder andere kennt es schon und weiß, was gleich passieren wird. Für euch sind es die Feinheiten, auf die ihr zu achten habt, wenn ihr Beute schlagen wollt. Für die, dessen erstes Mal es ist, geht es darum zu sehen, was auf euch zukommen wird. Ihr könnt es nicht verhindern, wenn ihr leben wollt, auch wenn es zu Beginn für den ein oder anderen eine Überwindung sein wird. Ihr müsst es aber tun, sonst geht ihr elendig zu Grunde. Die Meisten wissen, was ich meine. Ihr kennt die Gefühle und Schmerzen, die euch heimsuchen, wenn ihr euch weigert." Wie ein Oberbefehlshaber lief er vor der in Reih und Glied stehenden Gruppe auf und ab. Gerade stand er direkt Sven gegenüber und sah ihn mit durchdringenden Augen an: "Besonders du, Sven, bist gemeint. Eigentlich hast du die Bezeichnung eines Novizen noch nicht verdient. Aber was anderes passendes ist mir für dich kümmerlichen Menschen noch nicht eingefallen." Der Junge hatte es aufgegeben, zu protestieren und widersprach nicht, obwohl es ihn schmerzte, so angesprochen zu werden. "Was auch immer sich dieser Bastard dabei gedacht hat, dich zu einem von den Unseren machen zu wollen, du hast es nicht verdient und bist eine Schande für unsere Gesellschaft."

Sven kannte diese Sätze inzwischen auswendig. Früher hätte er gesagt, dass sie ihn ja wieder zu seiner Mutter bringen könnten, aber dann wurde er nur ausgelacht und umher geschubst. "Wir formen dich schon." War dann oftmals das nächste, was kam. Wie sooft unterstützte ihn auch dieses Mal keiner. Alle schauten wie gebannt nach vorne und die, die einen kurzen Blick in seine Richtung machten, sahen ihn abwertend an.

"Nun denn, möge das Spiel beginnen." Mit diesen Worten wandte sich der Meister ab und alle, bis auf Sven richteten sich in ihrer vollen Größe auf und folgten dem Meister.

Da Sven keine Lust hatte, wieder zusammengestaucht zu werden, hielt er sich im Hintergrund. Er fand es interessante, die anderen zu beobachten, was er selt dem er bei diesen Gestalten ist, begonnen hat. Einiges hatte er alleine durch beobachten gelernt, was er aber größtenteils für sich behielt. Er spürte, wie angespannt seine Mitstreiter waren. Die einen vor Aufregung und die anderen vielleicht vor Angst vor dem Unbekannten. Er selber konnte seine Gefühle und Gedanken nicht beschreiben. Man hatte ihnen gesagt, dass sie jagen gehen würden und darunter konnte er sich nur vorstellen, dass sie irgendwelche Tiere erschießen, wie er es hin und wieder gesehen hatte, wenn er mit seiner Mutter unterwegs war und die ganzen Jäger nebeneinander standen und darauf warteten, dass Rehe und Kaninchen auftauchten, die, so hatte sie ihm gesagt, von anderen Leuten aufgescheucht wurden.

Es irritierte ihn, dass sie keine Gewehre dabei hatten und konnte sich so schwer vorstellen, wie das gehen sollte. Vielleicht gab der Meister ihnen alles später oder sie sollten wirklich nur zu sehen.

Sven lief den anderen hinterher und als sie wieder standen, schloss er auf, gerade rechtzeitig, um die nächste Ansprache des Meisters mitzubekommen: "Liebe Novizen, das wichtigste ist, dass ihr möglichst leise seid, wer schon soweit ist, kann es mit schweben versuchen, die Übrigen achten darauf, kein Geräusch zu machen. Gerade zu beginn ist das wichtig, da ihr noch nicht die Erfahrung habt, eure Beute schnell zu töten. Ihr müsst den Überraschungseffekt ausnutzen, sonst bemerkt und sieht man euch und womöglich entkommt sie dann. Ein paar wissen schon, wie man ansetzt, aber auch ihr lauft Gefahr, dass ihr ohne

Erfolg bleibt. Wenn ihr sicher seid, dass ihr das schafft, kontrolliert eure Zähne. Ihr allein könnt beeinflussen, ob sich eure Reißzähne rechtzeitig entwickeln oder nicht."

 Es herrschte Stille und auch Sven bemerkte, wie er den Mechanismus noch mal durchging, damit die Eckzähne zur Waffe wurden. Er schämte sich dafür, obwohl auch die anderen damit beschäftigt waren, während der Meister den ein oder anderen etwas genauer unter die Lupe nahm. Überzeugt, dass auch er zu denen gehören würde, wiederholte er den Vorgang noch mehrere Male, sah dabei starr geradeaus und war erleichtert, als der Vortrag weiter ging.

 "Um möglichst lange unerkannt zu bleiben, greif von hinten an. Die, die groß genug sind" sein Blick streifte Sven, "können während des Bisses dem Opfer den Mund zu halten um zu verhindern, dass es schreit. Sie werden sich wehren, aber dank unserer immensen Kraft haben die keine Chance. Sie sind uns ausgeliefert."

 Sven zog verwundert die Augenbraue hoch, da er sich fragte, wie ein Tier schreien soll und auch, wie ein Kaninchen stark genug sein sollte, einem Menschen Widerstand zu leisten.

 "Die Kleinen, die auch die Schwächsten sind" erneut sah er zu dem Jungen "bekommen Probleme. Das einzige, was euch hilft, ist die Sprungkraft und wieder der Überraschungsmoment. Was ebenfalls wichtig ist, ist, dass ihr nicht auf öffentlichen Plätzen angreift. Wenn ihr in eurer Entwicklung weiter seid, könnt ihr eure Beute vorher gerne bewusstlos machen oder verschleppen und euch das Mahl an einem ruhigen, abgelegenen Ort schmecken lassen. Das wird aber noch dauern, bis für euch diese Möglichkeit offen steht. Schaut uns genau zu, wen wir dann als geeignet einschätzen, ebenfalls tätig zu werden, wird die Möglichkeit bekommen, sich zu beweisen und ein saftiges Nachtmenü zu bekommen. Jedoch werden wir demjenigen die passende Beute zuweisen. Wer sich nicht daran hält, wird in seiner Kammer eingesperrt und dort seine Strafe bekommen."

Ein schwaches Murmel kam auf, was aber sogleich unterbunden wurde. "Schweigt und genießt. Nun, Elena mein Goldstück, komm zu mir. Wir werden den Nachkömmlingen zeigen, wie das funktioniert."

Die Angesprochene trat zuerst zögerlich, dann aber energisch und mit festem Schritt zum Meister. Als sie dort angekommen war, fiel Sven auf, wie er das Mädchen seltsam musterte und ihr über den Oberkörper strich, was sie einfach über sich ergehen ließ. Er spürte, dass sie sich ihm total unterworfen hatte und niemals Aufmucken würde.

Sie liefen noch etwas weiter und standen schließlich an einer Straße, die durch einen kleinen Wald ging. Obwohl es ziemlich abgeschieden zu sein schien, passierten sowohl Autos, als auch Radfahrer diese Strecke in der Nacht. Sie verbargen sich zwischen den Bäumen und als ein Radfahrer in Sicht kam, deutete ihnen der Meister aufzupassen, aber es dauerte noch wenige Sekunden, bis sich etwas tat. Mit einem kurzen Sprung brachte er das Fahrrad zum schwanken und wenig später stürzte der Fahrer. Dieser fluchte, stand auf und wollte sich gerade daran machen, sein Gefährt wieder aufzustellen um weiter zu fahren, als der Meister hinter ihn trat, den Mund zu hielt und in den Hals biss. Er schluckte ein paar Mal, drehte dann den Kopf seines Opfers um, dass es knackte und die Person leblos zusammen brach. Ein gezielter Tritt beförderte das Rad von der Straße in angrenzende Büsche und der erfolgreiche Jäger trat mit dem Toten zu den Novizen: "So geht es. Wie ihr eure Beute tötet, ist euch überlassen. Jedoch solltet ihr niemals, ich wiederhole, niemals alleine durch Aussaugen versuchen, zu töten. Dann passiert nämlich das, was aus Sven geworden ist. So verwandelt ihr jemanden." Für alle war nun offensichtlich, dass der Kleinste im Bunde wohl nur ein Unfall war und eigentlich hätte tot sein müssen. Der Angesprochene war geschockt. Geschockt von dem, was er gerade gesehen hatte und getroffen davon, was gesagt worden war. Angewidert betrachtete er den jungen Mann, der eben noch nichtsahnend vielleicht auf den Weg nach Hause gewesen war. Er begriff nicht, wie man einen Menschen töten und das Blut trinken konnte und wie sooft wurde ihm bei dem Gedanken übel und er trat ein paar Schritte zurück, um schließlich auch den Blick abzuwenden. Jedoch dauerte es keine Sekunde, dass er den festen Griff in seinem Nacken spürte, er eher nach vorn gehoben als geführt wurde und er sich das ekelerregende Bild ansehen musste. Der Meister hatte ihn fixiert, so dass er nicht ausweichen konnte.

Auf dem Boden liegend und von Gestalten verschiedenen Alters umgeben lag die Leiche da. Einige der Umstehenden kämpften um ihre Beherrschung und als der Meister sagte: "Jeder darf ein paar Schluck nehmen" stürzten sich die ersten blutgeil auf den Radfahrer. Der Geruch, der Sven in die Nase stieg, war zum einen irgendwie verlockend, zum anderen aber abstoßend. Das Blut roch anders als das von Tieren, aber im Vergleich zu seinen Begleitern hatte er nicht das Verlangen, zu trinken.

"Das ist das, was dein Überleben sichert. Bekämpfe es nicht weiter, sondern nehme es als ein Teil von dir an und nun trink!" Mit einer energischen Geste gab er den weiteren Novizen ein Zeichen, bei Seite zu treten und Platz zu machen. Sven hatte nicht die Kraft, sich zu wehren, sondern spürte nur den Druck im Nacken, der ihn schließlich dazu zwang, sich vorzubeugen und in die Knie zu gehen. Seine Arme waren alles, was ihn vor der unmittelbaren Berührung mit dem Toten schütze, obwohl er wusste, dass er keine Chance hatte. Er wandte sich, hoffte, den Griff so zu lockern und vielleicht zu entkommen, was ihm aber nicht gelang. Er musste einsehen, dass er verloren hatte, gab schließlich nach und leckte einen kleinen Rinnsal des langsam gerinnenden Blutes. Es war, wie es kommen musste, alles in ihm rebellierte und irgendwo sammelte er genug Kraft her, um sich von der Leiche abzustoßen und mehrere Meter abseits der Gruppe zu Boden zu gehen, allerdings nur, da niemand mit so einer Reaktion seinerseits gerechnet hatte. Nicht mal der Meister, der ihn nun aus Augen ansah, die gar nichts über seine Gedanken und Gefühle aussagten.

Im nächsten Moment wandte sich der Junge ab und übergab sich. Ihm wurde schlecht und schwindelig. Schließlich brach er zusammen.

Er wachte auf, als er eine warme Stimme hörte und er eine Hand spürte, die über sein Haar fuhr. Der Wunsch, dass es seine Mutter war, trieb ihn an, die Augen zu öffnen, aber die Stimme reichte ihm um zu wissen, dass sie es nicht sein konnte. Er gab sich noch ein paar Augenblicke dem Traum hin, gleich von seiner Mami in den Arm genommen und gedrückt zu werden, dass endlich dieser Alptraum zu Ende war, jedoch verschwommen diese Bilder und Erinnerungen jäh, als er eine weitere Stimme hörte.

"So, so. Er kommt zu sich. Mach Platz!"

Ein Stuhl wurde hektisch zur Seite geschoben und im nächsten Moment spürte er das Brennen auf seiner Wange, so dass er die Augen öffnete: "Das kommt davon, wenn man sich dem weigert, was das Wichtigste ist! Hättest du von Anfang an eingesehen, dass dein altes Leben zu Ende ist, würde es dir jetzt nicht so schlecht gehen! aber du hast es verdient! Je länger du dich weigerst, den Lebenssaft der niederen Kreaturen zu dir zu nehmen, um so schmerzvoller wird es, wenn du was zu dir nimmst. Dein Körper wird deinem Geist schon zu verstehen geben, was sich gehört!" Ein leichter Windhauch zeigte an, dass der Meister den Raum verlassen hatte.

"Er hat recht, Sven. Du machst alles nur noch schlimmer und es wird für dich immer schwieriger." Elena hatte sich wieder neben ihn gesetzt und mit ihrer Stimme kamen neue, alte Erinnerungen auf. "Aber ich will nicht! Ich will das nicht werden! Versteht das denn niemand?"

"Warum weigerst du dich so? Wir sind dann die stärksten Lebewesen. Niemand kann uns was böses. Wir sind unsterblich, werden einfach nicht älter. Ich verstehe nicht, warum es dir so schwer fällt, das anzunehmen, was dir geboten wird."

"Ich will nicht, ich möchte wieder zu meiner Mami, zu meinen Freunden, in den Kindergarten und nächstes Jahr in die Schule. Ich will nach Hause!"

"Das wird nicht mehr gehen Sven."

"Warum nicht?" Der Junge wollte weinen, schluchzen, aber er konnte nicht. Er spürte nur die Leere in seinem Inneren und das Gefühl, alleine, ausgestoßen zu sein.

"Es geht einfach nicht mehr. Wir sind auserwählt, das perfekte Lebewesen zu sein, schnell, intelligent, schön."

Ihre Begeisterung erreichte ihn aber nicht. Er konnte damit nichts anfangen und sah sie nur hilf- und sprachlos an. Er sah ihr Gesicht, lächelnd, aber es munterte ihn nicht auf.

Als sie bemerkte, dass bei ihrem Gegenüber nichts ankam, verschwand ihre Begeisterung wieder aus ihrem Gesicht. Es wurde wieder ernst und auch etwas traurig, was Sven so noch nicht bei einem der hier anwesenden Gestalten gesehen hatte.

"Bist du traurig?" fragte er vorsichtig.

Sie schwieg etwas, bis sie antwortete: "Mal so, mal so. Aber alles andere geht nicht mehr. Wie bei dir. Wir können nicht zurück zu unsere Eltern und Freunden. Wenn wir es trotzdem tun, werden wir bestraft. Man schlägt uns oder noch schlimmeres. Außerdem denken die alle, ich bin tot und dann würde ich deren ganzes Leben durcheinander bringen. Das würden sie nicht verstehen, also habe ich mich damit abgefunden, dass hier mein neues zu Hause ist. Das solltest du auch. Wir sind deine Familie, wir sind deine Freunde."

Trotzig schnitt Sven ihr das Wort ab: "Nein! Meine Mama ist meine Familie, mein Freund ist der Ben. Hier ist niemand mein Freund, niemand spielt mit mir, keiner nimmt mich in den Arm wie Mama es immer macht! Mein Kuschelbär ist nicht da! Hier ist nicht mein zu Hause!" Wütend stand er schließlich auf und ging. Er wollte nicht länger bleiben. Sein Leben war nicht hier.

9

So langsam begann es zu nerven, dass ihr nichts einfiel, wie sie Esperanza da raus holen konnte.Immer wieder hatte sie versucht, die Freundin telefonisch zu erreichen. Aber entweder war diese nicht da, ging nicht ran oder sie wurde bereits abgewimmelt, wenn sie es über die Zentralnummer versuchte. Mandy merkte, das ihr die Zeit davon lief, aber auch Sebastián konnte ihr nicht helfen. Schließlich kam sie zu dem Entschluss, dass es das Beste wäre, Esperanza persönlich aufzusuchen.

Zwar war es vom Bonner Raum nicht so weit bis zur Klinik nach Bad Münstereifel, aber da sie noch immer kein neues Auto hatte, war es schwer genug, eine Möglichkeit zu finden, wie sie zu Esperanza gelangen konnte.

Schlussendlich würde sie wohl mit Bus und Bahn fahren müssen, auch wenn sie so viel länger unterwegs sein würde. Ihr war nicht wohl bei dem Gedanken, sich in ein Gebiet wagen zu müssen, wo blutsaugende Wesen lebten, aber wenn sie keine andere Wahl hatte, musste sie das Risiko auf sich nehmen. Als sie Sebastián davon in Kenntnis setzte, war er zu erst gar nicht begeistert, sie mit der Bahn fahren zu lassen, da immer noch Mikael herum geisterte, mit dessen Erscheinen sie immer wieder rechnen mussten. Dennoch lehnte er ab, sie zu begleiten: "Warum kommst du denn nicht mit, Sebastián?" fragte Mandy ihn, als sie sich eines Tages trafen.

 "Ich habe es nicht so mit Bahn fahren. Da sind mir zu viele Menschen und ich fühle mich dort nicht wohl, aber in Gedanken werde ich bei dir sein, das verspreche ich dir."

 "Was ist, wenn er doch auftaucht?"

 "Such dir am besten einen sonnigen und warmen Tag aus. Wir haben zwar Herbst, aber trotzdem gibt es noch solche Tage. Da ist es eher unwahrscheinlich, dass er auftaucht, Halte dich nicht alleine irgendwo länger als nötig auf. Wenn genug Menschen da sind, kann er nicht zuende führen, was er plant."

 "Und in der Klinik?"

 "Rede mit ihr und versuch sie davon zu überzeugen, dass sie zusehen muss, dass sie da raus kommt. Aber auch da achtet darauf, dass ihr in der Nähe anderer Besucher seid. Du weißt ja, er hat einen Ruf zu verlieren und er kann nicht negativ auffallen. Das müssen wir uns zu Nutze machen."

 "Wie soll ich mich verhalten, wenn sie sich schlicht weg weigert, mitzukommen?"

"Daran darfst du gar nicht erst denken! Dein Ziel ist es, und das solltest du immer im Hinterkopf haben, sie da raus zu holen. Sie muss da weg, sonst ist das ihr Ende."

Seine Worte trafen sie hart, aber sie wusste, dass er recht hatte: "Kann ich ihr die Wahrheit sagen, oder meinst du, das es besser ist, das nicht zu tun?"

"Eine schwierige Frage." Er musste überlegen. "Das wäre die letzte Möglichkeit. Allerdings bleibt offen, ob sie dir das glaubt, nach dem sie so lange unter Foxius' Einfluss stand. Ich vermute mal, dass sie das abstreiten wird um dir zu erzählen, was für ein toller Psychologe er doch ist und das alles, was er gesagt hat, doch stimmt. Wahrscheinlich erreichst du damit eher das Gegenteil und spielst ihm Esperanza noch mehr in die Arme."

Tatsächlich sagte der Wetterbericht vorher, dass die kommenden Tage verhältnismäßig warm und vor allem trocken werden sollten, so dass sie sich auf den Weg zu Esperanza machen konnte. Sie teilte Sebastián das nur kurz mit, der ihr daraufhin telefonisch viel Erfolg wünschte und ihr noch mal das angestrebte Ziel in Erinnerung rief.

Die Zeit in der Bahn schien kein Ende zu nehmen und mit jeder verstrichenen Minute wurde Mandy nervöser. So wirklich war ihr noch nichts eingefallen, was erfolgreiche sein könnte, ohne dass ihr Vorhaben große Probleme nach sich zog. Während sie die meiste Zeit aus dem Fenster starrte und die blattlosen Bäume an ihr vorbei zogen, glaubte sie immer wieder, dass sie beobachtet wurde. Sobald sie sich jedoch umsah, fiel ihr niemand auf, so dass sie dieses Gefühl darauf schob, dass sie alleine unterwegs war und immer damit rechnete, von Mikael angegriffen zu werden.

Es blieb währender der Fahrt sehr ruhig, so dass sie von dem Geräuschpegel am Bahnhof an dem sie ausstieg, glaubte, erschlagen zu werden, als auf dem Nebengleis gerade ein Güterzug donnernd vorbei fuhr. Erschrocken lief sie zügig weiter und war froh, als sie aus dem Bahnhofsgebäude heraus kam und die Sonnenstrahlen spürte. Sofort setzte sie ihren Weg zur Klinik fort. Kurze Zeit später stand sie vor dem Klinikgebäude. Es war kleiner als gedacht und mit dem hügeligen Panorama im Hintergrund ergab sich ein paradiesischer Anblick.

Sie hielt inne, um sich einen Überblick zu verschaffen, der ihr vielleicht weiterhelfen konnte, wo sich Esperanza aufhielt, musste aber einsehen, dass sie keine andere Wahl hatte, als an der Anmeldung direkt nach zu fragen.

Ihr blies eine angenehme Luft entgegen, als sie durch die Tür trat, anders als sie erwartet hatte. Es war nicht die klinische Luft, die nach Desinfektionsmitteln roch, sondern eine frische, angenehme Brise. Gedämpfte Stimmen vernahm sie auf der einen Seite, während auf der anderen ein leises Wasserplätschern zu hören war. An der Anmeldung saß eine ältere Frau, die sofort lächelnd zu ihr sah und sich nach ihrem Anliegen erkundigte. "Ich möchte zu Esperanza Böhm. Wo finde ich sie?"

"Werden Sie erwartet?" fragte die Dame, während sie im Computer nachsah.

"Nein, es ist ein Überraschungsbesuch zu einem persönlichen Anlass. Daher sagen sie ich auch bitte nicht Bescheid."

"Ach so, na dann ist ja in Ordnung. Sie finden Frau Böhm im Seitenflügel, Zimmer 7. Eigentlich müsste sie auch da sein, da sie im Moment keine Termine hat. Ansonsten schauen Sie mal auf der Grünanlage. Oft sitzt sie auf einer Bank auf dem Hügel." gab die Dame Mandy als Auskunft.

"Vielen Dank. Das ist sehr nett von Ihnen. Ich wünsche Ihnen noch einen schönen Tag."

"Danke. Das Gleiche wünsche ich Ihnen auch."
 Mandy verabschiedete sich mit einem Kopfnicken und folgte dann dem Flur und bog um die Ecke. Es fiel ihr schwer, Klinikpersonal von Patienten und Besuchern zu unterscheiden, dass hier niemand das übliche Weiß trug. Erst auf dem zweiten Blick entdeckte sie die Namensschilder der Angestellten auf deren Kleidung. Relativ schnell hatte sie das Zimmer gefunden, jedoch reagierte auf ihr Klopfen niemand. Kurz sah sie sich um, horchte dann an der Tür, aber als sie auch dann noch nichts hörte, folgte sie den Hinweisschildern "Park", die sie wenig später aus einer Seitentür wieder nach draußen wiesen.

 Tatsächlich sah sie Esperanza, als sie auf den beschriebenen Hügel zulief, aber was sie sah, erschreckte sie. Ihre Freundin hatte abgenommen und das, obwohl sie eh kaum was auf den Rippen gehabt hatte. Blass war sie außerdem und schien sehr nachdenklich zu sein. Kurz war Mandy am überlegen, ob sie durch Winken auf sich aufmerksam machen sollte, entschloss sich dann aber dafür, einfach zu ihr zu gehen und sich daneben zu setzen. Esperanza schien sie nicht wahrzunehmen und erst als Mandy sich niederlassen wollte, schaute diese auf.

"Was um alles in der Welt machst du denn hier, Mandy?", brach es überrascht aus der Jüngeren hervor.

Mandy sagte erst mal nichts und allein ihr ernster Gesichtsausdruck reichte aus, damit Esperanza die Stimme senkte.

"Wir haben ein ernstes Problem."

"Was denn für eines? Wenn du Hilfe brauchst, ich kann mit Dr. Foxius sprechen, dass du hier rein kommst."

"Nein, denn unser Problem hat mit ihm zu tun."

Ungläubig hob Esperanza die Augenbraue. "Was erzählst du denn da? Er ist ein kompetenter Arzt, der weiß, was zu tun ist, damit es seinen Patienten gut geht. Sieh mich an!" Die Begeisterung machte Mandy deutlich, wie schwer es werden würde, Esperanza da raus zu holen.

Mandy wollte ihr sagen, dass sie eine abgemagerte, traurige und blasse junge Frau sah, die nicht mehr viel von der Person hatte, die sie damals im Steinbruch vorfand, unterließ es aber.

"Und ich bin so froh, dass ich hier bin! Woanders hätte ich das alles nicht so schnell überwunden. Ich werde nicht wie eine Patientin zweiter Klasse behandelt, sondern wie jeder andere auch hier und das sind alles Privatversicherte. Warum sollte also er mir Probleme bereiten?"

"Hast du dir jemals die Frage gestellt, warum der dich so schnell hier haben wollte?"

"Na, weil es mir offensichtlich ganz schlecht ging."

"Hat er dich überhaupt mal im Krankenhaus besucht, bevor du hier hin gekommen bist?"

Die Fragen beunruhigten Esperanza, was Mandy nicht verborgen blieb. Plötzlich wusste sie, was sie sagen musste.

"Komm, lass uns ein paar Schritte gehen.", schlug sie nun vor. Etwas zögerlich folgte Esperanza schließlich.

"Ich habe noch mal zu dem Verschwinden von Sven recherchiert und konnte auch in die aktuelle Polizeiakte sehen." Aus dem Augenwinkel beobachtete Mandy die Reaktion. Es überraschte sie nicht, dass Esperanza zusammenzuckte, trotzdem fuhr sie fort. "Es hört sich jetzt blöd an, ich war auch erst sehr verwundert. Es fiel auch der Name des Doktors, woraufhin ich nachfragte, was es mit dem Namen auf sich hat. Erst wollten sie sich nicht dazu äußern, aber schließlich sagte mir jemand, dass im Zusammenhang mit Ermittlungen gegen ein Kinderschänder-Netzwerk Verbindungen zu der Klinik nachgewiesen werden konnten. Was genaueres konnte ich nicht entlocken, außer das es um gefälschte Gutachten und Mittäterschaft gehen soll."

 Entsetzt blieb Esperanza stehen: "Nein, das kann nicht sein... Das passt nicht zu ihm. Er sagt doch immer, dass Kinder wunderbare Geschöpfe sind und..." Offensichtlich kamen in ihr Erinnerungen auf, die sie zum Weinen brachten, so dass Mandy sie in den Arm nahm und tröstete.

 "Sie vermuten, dass er, beziehungsweise dieses Netzwerk, mit dem Verschwinden der vielen Kinder und auch von Sven zu tun haben. Warum sonst sollte ihm soviel daran liegen, dass er auf dich einwirken kann? So kann er dich manipulieren und im Falle einer tatsächlichen Ermittlung und Verhandlung dafür Sorgen, dass er gut dasteht? Du darfst nicht vergessen: Er ist Psychologe und weiß sein Gegenüber einzuschätzen!"

 "Und was soll ich machen? Ich kann nicht einfach meine Sachen packen und gehen." Mandy wusste, dass sie Esperanza fast soweit hatte. "Doch das kannst du. Du bist auf eigenen Wunsch hier, demnach kannst du dich auch wieder entlassen. Pack deine Sachen und wir verschwinden von hier oder willst du wirklich noch eine Nacht länger in der Klinik eines Kinderschänders bleiben?" Diese harten, wenn auch erlogenen Worte verfehlten ihre Wirkung nicht. Erst zaghaft, dann überzeugter, stimmte Esperanza der Journalistin zu und war bereit, ihrem Rat zu Folgen.

Während sie ihre Sachen packte, sprachen die Frauen nicht miteinander. Zwar unterstütze Mandy sie dabei, dennoch zog sie es vor, nicht weiter auf Esperanza einzureden oder ihr ein paar Worte zu sagen, da sie selber Angst hatte, ein falsches Wort zu wählen, so dass Esperanza sich im letzten Moment doch noch dazu entschied, vor Ort zu bleiben.

Kurz vorher hatte Esperanza einer Pflegerin bescheid gegeben, dass sie gehen würde und hatte erfahren, dass sie, bevor sie gehen konnte, noch zu einem Gespräch mit Dr. Foxius musste, Mandy hatte damit gerechnet und als ihr klar wurde, dass das noch Minuten sein könnten, die ihr Streben verhindern konnten, wurde ihr anders. Immer wieder stellte sie sich die Frage, ob es sinnvoll war, so vorzugehen, aber sie hatte keine Wahl. Das, was sie tröstete und an den Strohhalm an den sie sich klammerte, war die Aussage von Sebastián, dass Foxius sich keine Fehler erlauben konnte, die ihn in Schwierigkeiten bringen konnten und sie hoffte, dass es wirklich so war.

Relativ zügig hatten sie alle Sachen zusammengepackt, und nicht viel später erreichte sie die Nachricht, dass Esperanza zu ihrem Gespräch musste.

"Lass dir nichts anmerken. Ich schätze ihn so ein, dass er alles dafür geben wird, dass du hier bleibst. Denk einfach daran, dass er womöglich selber hinter dem Verschwinden von Sven stecken könnte. Du bist stark, er kriegt dich nicht klein!", gab Mandy der Jüngeren noch auf den Weg bevor sie sie drückte und sich an die Pflegerin wandte: "Wie lange wird es ungefähr dauern? Dann kann ich ein Taxi bestellen."

"Das kann ich Ihnen nicht genau sagen,aber rechnen Sie mit einer halben Stunde."

"Danke."

Dann sah sie, wie Esperanza ihr folgte und ihr selber blieb nichts anderes über, als das Taxi zu bestellen, zu warten und zu hoffen, dass Esperanza unversehrt wieder zu ihr stoßen würde.

Die Minuten vergingen und andauernd blickte die Journalistin auf die Uhr. Sie war nervös und mit jeder Zeigerbewegung wurde es schlimmer. Sie hatte Angst, dass alles umsonst war und auch davor, was danach passieren würde. Mit einem Mal glaubte sie, überall Blicke zu spüren, die sie beobachteten.

Sie wartete außerhalb des Gebäudes und die Sonnenstrahlen blendeten sie, jedoch vermied sie es, sich in den Schatten zu stellen, so wie Sebastián es ihr geraten hatte. Vielleicht war sie die Einzige, die wusste, dass an diesem Ort nicht alles so normal war, wie es den Anschein hatte, aber vielleicht war sie auch die Einzige, die glaubte, dass nur der Chefarzt zu diesen finsteren Gestalten gehörte. Ob womöglich auch anderes Personal betroffen waren, konnte sie nicht sagen.

Das Taxi fuhr vor, aber von Esperanza war noch nichts zu sehen. Mit Hilfe des Fahrers räumte sie die Tasche und den Koffer ein und teilte ihm mit, dass sie noch kurz warten müssten. Mandy sah ihm an, dass ihm das nicht unbedingt passte, aber schließlich bekam er dafür ja auch Geld, so dass er eigentlich nichts zu meckern hatte. Während er sich an die Motorhaube lehnte und Zeitung las, blickte Mandy um sich. Sie betrachtete kurz den Himmel und sah, wie sich eine größere Wolkenmasse vor die Sonne schob und es schattiger wurde. All zu gerne hätte sie sich in den Wagen gesetzt und dort gewartet, aber sie hatte zu große Furcht davor, dass Esperanza sie nicht sehen würde oder der Fahrer das als Signal zur Abfahrt verstand. Also harrte sie aus, zog ihre Jacke zu recht und kreuzte die Arme vor der Brust, um ihre Gänsehaut zu bekämpfen. Sie zitterte, aber ihr war nicht klar, ob es aus Angst oder wirklich von der Kälte kam. Innerlich betete sie, Esperanza möge endlich erscheinen, aber stattdessen sprach sie eine andere junge Frau an: "Es ist gut, dass du sie holst. Verschwindet möglichst schnell von hier und betet zu Gott, dass er euch beschützt." Erschrocken fuhr Mandy herum, aber mehr als eine Person, die in etwas Entfernung lief, sah sie nichts. Dennoch spürte sie, dass ihr diese Stimme und diese Aura irgendwie bekannt vor kam.

Im nächsten Moment trat Esperanza neben sie: "Können wir fahren? Ich will hier nur noch weg."

"Klar, sofort." Rasch nickte sie und gab dem Fahrer ein Zeichen, dass es los gehen konnte.

Es fiel Mandy schwer, sich zusammenzureißen und Esperanza nicht im Taxi auszufragen, wie es gelaufen war. Erstmal war sie froh, dass sie auf dem Rückweg waren, auch wenn ihr diese Stimme nicht aus dem Kopf ging. Von der Seite beobachtete sie ihre Freundin, die Gedankenverloren aus dem Fenster starrte und keine Anstalten machte, reden zu wollen. Als Esperanza kurz nach vorne sah, war sich Mandy sicher, dass es ihr nicht gut ging und sie schnallte sich ab, um Esperanza in den Arm nehmen zu können. Alles, was darauf folgte, war ohne Worte. Dankbar nahm die Jüngere die Geste an und begann zu weinen. Lediglich das Fahrgeräusch des Autos und das Schluchzen waren zu hören, als sie schließlich in ihrem kleinen Ort ankamen.

Auf ihre Anweisungen hin fuhren sie zu Esperanza und stiegen aus. Sie trugen das Gepäck rein und beide waren froh, sich in wenigen Minuten im Wohnzimmer niederzulassen, jedoch währte die Freude nur kurz.

Unmittelbar erstarrten beide bei dem Anblick. Als Mandy das letzte Mal hier gewesen war, war alles schön ordentlich und aufgeräumt. Svens Ecke hatte Esperanza neu gestaltet, nachdem Unbekannte diese zerstört hatten. Von all dem war aber nichts mehr zu sehen. Schubladen waren ausgezogen, hingen teilweise nur noch halb in der Führung, deren Inhalte kreuz und quer verteilt waren. Der Glasschrank mit Bildern und Porzellanschmuck hatte keine Tür mehr und überall sah man Scherben. Es roch nach kalter Asche und beim genaueren Hinsehen war offensichtlich, woher das kam. Kopfschüttelnd lief Mandy in die Richtung, erschrocken von der Tatsache, dass auf dem Tisch verkohlte Papiere lagen und die Tischdecke teilweise verbrannt und geschmolzen waren. Je länger sie sich den Anblick antat, um so trauriger stimmte es sie und auch sie musste gegen die Tränen kämpfen. Langsam schritt sie zurück und auf Esperanzas Höhe blieb sie stehen: "Es tut mir so leid. Wie kann man nur so feige sein und so etwas machen?" Schwankend näherte sich Esperanza einem Sessel und ließ sich schwer atmend nieder: "Warum nur? Wer macht so etwas? Was habe ich getan, dass ich so bestraft werde? Kann Gott das wollen?" Die Stille tat weh, sie war nicht so beruhigend, wie man es meistens empfand, sondern belastend und bedrückend.

"Wir sollten die Polizei rufen. Was anderes macht keinen Sinn. Weißt du, wie es dazu gekommen sein kann, dass Svens Ecke gebrannt hat?", fragte die Journalistin. Sie glaubte nicht daran, dass eine nicht gelöschte Kerze der Auslöser war, sondern ihr Bauchgefühl sagte etwas anderes.

"Nein, ich war doch die ganzen letzten Wochen nicht da und ich bin mir sicher, dass alles aus war." Mandy hörte die Verzweiflung.

"Das stimmt. Also muss was anderes dahinter stecken." Nach diesem Fazit ahnte Mandy, worauf es hinaus lief.

Es dauerte etwas, bis die Polizei eintraf und auch diese bestätigten: "So wie es aussieht, muss es eine externe Zündquelle gegeben haben. Selbst die Kerzen müssen wir ausschließen, da die nicht das Bild haben, welches typisch als Auslöser wäre. Wenn Sie also sagen, dass an der Stelle keine elektrischen Geräte waren, bleibt nur die Aussage, dass es sich um Brandstiftung handeln muss."

Die Worte trafen beide hart und neue Fragen kamen auf: Wer war es?

Einbruchspuren gab es nicht, was das Verstehen nur noch schwerer machte.

Als die Beamten gegangen waren, machte sich Esperanza wie in Trance daran, aufzuräumen. Mandy hatte alle Mühe, sie aus diesem Zustand zu holen, also schloss sie sich der Aktion an, ließ die Jüngere aber nicht aus den Augen.

Immer wieder stießen sie auf Stücke, die sie Svens Altar zuordnen konnten und bei jedem Fund war zu spüren, wie weh es Esperanza tat. Erst am Abend sah alles wieder einigermaßen ordentlich aus, nur die Tür des Glasschranks gab einen Hinweis darauf, dass etwas vorgefallen war. Gerade als Esperanza die letzten Scherben

zusammenfegte und auf das Kehrblech tat, sprach sie wieder: "Danke dir. Ohne dich hätte ich das nicht geschafft. Aber täuscht es, oder hast du eine Ahnung?"
Mandy verzog erst das Gesicht, bis sie sprach. "Ja, die habe ich. Es gibt da was, was du wissen solltest, aber ich weiß nicht, ob es schon Sinn macht, dir alles zu erzählen. Mir wäre es lieb, wenn wir in Anwesenheit eines Bekannten von mir darüber reden würden. Danach müssen wir uns Gedanken machen, wie wir dem ganzen ein Ende setzen, da abzusehen ist, dass wir, so lange das ein oder andere Problem nicht aus dem Weg geräumt ist, immer Schwierigkeiten bekommen werden."

"Hat es was mit...?"

Mandy ahnte, worauf ihre Freundin hinaus wollte und unterbrach sie: "Ja, aber wir bekommen das hin. Ich hoffe, dass Sebastián uns dabei helfen kann."

"Wer um alles in der Welt ist denn das? Hast du einen neuen Freund?"

Mandy musste grinsen, offensichtlich kam es Esperanza entgegen, vom Thema abzuweichen, was Mandy nur zu gut verstehen konnte. So ließ sie sich darauf ein: "Nein, dass nicht. Aber er hat mir in der letzten Zeit geholfen, einige Fragen zu beantworten, auch wenn es schwer fällt, die ein oder andere Anmerkung von ihm zu verstehen und vor allem, richtig zu interpretieren. Er weiß einiges, was ich nicht wahrhaben wollte, was dir aber auch klar sein muss. Oft hoffe ich, dass das Märchen sind, die demnächst ein Happy End finden, aber es ist und bleibt ein Alptraum, aus dem wir noch nicht erwacht sind."

"Das hört sich aber nicht so berauschend an. Und welche Rolle spiele ich?", wollte Esperanza nun wissen.

"Ich weiß nicht mal, was ich für eine Rolle spiele. Wir sind in etwas hinein geraten, wo wir noch keinen Weg wieder hinaus gefunden haben. Welche Rolle du inne hast, kann ich dir nicht sagen, außer, dass du durch deinen Klinikaufenthalt zu Kontakten gekommen bist, die uns sicherlich nicht weiterhelfen, sondern eher Steine in den Weg legen."

"Dr. Foxius?"

"Ja, der vor allem. Sebastián und ich wissen etwas, was nicht gesund ist. Wir dürfen es nicht an die große Glocke hängen, außer dass du wissen solltest, dass du unbewusst sein Geheimnis kennst und er weiß, dass du es weißt."

"Das wird mir heute alles zu kompliziert. Ich glaube, ich bin heute nicht mehr aufnahmefähig.

Was ist denn das Wichtigste, dass ich wissen sollte?", erkundigte sie sich.

"Halte dich von dunklen Ecken fern, und meide Schatten, falls die Sonne noch mal heraus kommt.", klärte Mandy sie auf. Jedoch war da noch eine Stimme, die wie ein Echo wirkte: "Geh Foxius aus dem Weg, halte dich von ihm fern und bete, dass alles gut geht." Erschrocken fuhren die Frauen zusammen und sahen sich an. Es war die Stimme, die Mandy am gleichen Tag vor der Klinik gehört hatte, aber auch Esperanza kannte sie: Es war die junge Frau, die sich ihr im Park genähert hatte.

Mandy war überrascht, als sie Esperanzas Reaktion sah, traute sich aber erst nicht nachzufragen, so dass sie darauf wartete, bis wieder alles normal zu sein schien. Sie setzte gerade an, als die Jüngere ihr zuvor kam: "Wo um alles in der Welt kommt die denn her? Reicht es nicht, dass ich schon genug andere Sorgen habe? Woher weiß die überhaupt, dass ich hier bin und wo ist sie?"

Es war wohl eher ein Selbstgespräch, jedoch hatte sich Mandy in dem Moment die gleichen Fragen gestellt und sprach ihre gedachte Antwort aus: "Ich weiß es nicht, aber deine Fragen sind berechtigt. Jetzt weiß ich auch wieder, woher ich diese Stimme kenne. Aber wie das zu all dem anderen passt, weiß ich leider auch nicht."

"Wie, du kennst sie auch? Woher?"

"Sie hatte sich kurz mal neben mich gesetzt, kurz bevor ich Sebastián kennen lernte. Sie machte komische Andeutungen, die ich damals noch nicht zuordnen konnte. Und woher kennst du sie?"

"In der Klinik tauchte sie auf ein mal auf. Bei unserem zweiten Aufeinandertreffen fand ich heraus, dass sie Alizé heißt. Mehr weiß ich nicht über sie. Ich dachte, die wäre eine Besucherin oder neue Patientin, aber da ich sie kein weiteres Mal gesehen habe, hatte ich sie verdrängt. Lediglich ihre Stimme habe ich nie vergessen."

"Da stimme ich dir zu. Ihre Stimme, dieser leichte Sing-Sang, ist sehr einprägsam. Was könnte sie denn mit dem Chefarzt zu tun haben?"

"Ich weiß es wirklich nicht, vor allem nicht, ob sie überhaupt jemals bei ihm war. Aber ich bin wirklich müde, Mandy. Ich will nicht unhöflich sein, aber da ich müde bin, solltest du besser gehen. Wir reden morgen weiter, okay?"

"Kein Problem. Du bist dir sicher, dass du alleine bleiben willst? Ich würde auch bei dir schlafen oder du könntest alternativ auch mit zu mir kommen."

"Ja, ich will nur schlafen und Ruhe haben. Ich muss nachdenken. Falls was sein sollte, rufe ich dich sofort an."
"Okay, dann wünsche ich dir eine gute Nacht. Bis Morgen." Mandy und Esperanza drückten sich und dann blieb Esperanza alleine zurück, während Mandy mit Bauchschmerzen mit einem weiteren Taxi nach Hause fuhr.

Esperanza war froh, alleine zu sein und Ruhe zu haben. Nachdem Mandy gegangen war, was ihr doch etwas unangenehm war, hatte sie sich einen Lavendel-Kräuter-Tee und etwas zu essen gemacht. Es fiel ihr schwer, den Blick von der Ecke abzuwenden, die noch den ein oder anderen Rußfleck von dem gelegten Feuer zeigte. Sie würde sich die Tage darum kümmern, dass die angekokelte Tapete entfernt und eine neue befestigt wurde. Zwar war ihr nicht wohl bei dem Gedanken, in eine Haus zu sein, wo wahrscheinlich jemand Feuer gelegt hatte, aber hier war sie ihrem Sohn doch am nächsten. Schließlich raffte sie sich auf, nahm das Foto von Sven aus ihrem Gepäck, das sie immer, wenn es möglich war, bei sich trug, und ging schlafen.

Überall sah sie Schatten umher schweben und Stimmen rufen. Die einen riefen ihren Namen, andere Namen von Personen, mit denen sie zu tun hatte. Sie stand vor einem großen Gebäude, was aussah wie die Klinik, die die letzten Wochen ihr zu Hause gewesen war, jedoch strahlte es nicht in diesem weiß, wenn die Sonne darauf schien. Es war grau und sah sehr zerfallen aus. Von dem Hügel auf dem sie stand, hatte sie eine Übersicht um die angrenzenden Gebiete und sie sah mehr als wenn sie auf dem tatsächlich vorhandenen Hügel vor der Klinik stand. Plötzlich kam Nebel auf und wie aus dem Nichts trat Alizé vor. In einer Hand hatte sie den Kopf von Dr. Foxius und mit der anderen zog sie einen Körper hinter sich her, der einen weißen Mantel trug, so, wie es Dr. Foxius immer tat. Der grausame Anblick wurde noch verstärkt, als Esperanza sah, dass in seinem Herz ein Dolch steckte. Der Griff glänzte, je nach Sichtweise und wahrscheinlich auch je nach Lichteinstrahlung, andersfarbig. Es war immer ein metallener Glanz, so als ob die ganze Waffe aus einem Material war. Selbst der Übergang vom Griff zur Klinge hatte diese Eigenschaft. Erst sah es so aus, als ginge Alizé direkt auf sie zu, jedoch bog diese im letzten Moment vor ihr ab, so dass sie die Leichenteile fast gestreift hätten. Als Esperanza hoffte, dass dieser grausame Anblick zu Ende ging, trat noch eine weitere Gestalt aus dem Nebel hervor. Diese war kleiner und deutlich jüngerer als Alizé. Ihn umgab ein merkwürdiger Schein, den Esperanza nicht eindeutig zuordnen konnte. Als diese Gestalt zu ihr trat, erkannte sie, wer es war. Sie riss die Arme auseinander und wollte auf ihn zu stürmen, als ein unsichtbarer Schlag sie zurück katapultierte und sie in eine Blutlache flog, neben der der nun auf einem Stab aufgespießte Kopf des Chefarztes stand. Gerade als sie sich aufrappeln und erheben wollte, stürzten sich mehrere weitere Schatten auf sie und versuchten, sie zu beißen und ihre Zähne in ihr Fleisch zu schlagen. Sven, der immer noch von diesem Schein umgeben war, sah aus der Ferne zu, half ihr aber nicht.

Schweiß gebadet richtete sich Esperanza auf. Nicht viel später spürte sie die Tränen und aus erster Verzweiflung schrie sie lautstark in die Dunkelheit: "Warum verfolgt ihr mich selbst hier? Was wollt ihr von mir?" Es war nicht das erste Mal, dass sie solche Träume hatte, aber bisher konnte sie immer mit Dr. Foxius darüber reden. Kurz überlegte sie, Mandy anzurufen, aber sie wollte diese nicht auch noch tief in der Nacht belästigen, mal davon abgesehen, dass sie nicht wusste, wie Mandy darauf reagieren würde, wenn sie ihr von diesen ungeheuerlichen Träumen erzählte. So blieb ihr nichts anderes über, als sich wieder in die Kissen fallen zu lassen und zu hoffen, dass sie wieder einschlafen und besser Träumen würde. Gerade als sie die Augen schloss, bemerkte sie eine kalte Hand auf ihrer, die sie erneut aufschrecken ließ. Obwohl es nur eine kurze, eher flüchtigen Berührung war, spürte sie, dass eine ihr unbekannte Kraft in der Nähe war. Bevor sie die Frage stellte, wer oder was das war, kam schon eine Antwort: "Mami, nicht erschrecken."

"Sven? Sven? Wo bist du?" Sie rechnete nicht mit einer Reaktion, glaubte nur, dass es eine Täuschung oder ein Hirngespinst war, aber die so vertraute Stimme sprach weiter: "Mami... wo warst du so lange? Ich hab dich vermisst!"

"Mein Junge... du bist wieder da... Ich hatte solche Angst um dich!" Sie war kurz davor, das Nachttischlicht anzumachen, als sie erneut die Hand spürte, dieses mal aber mit mehr drück: "Nein, lass das Licht aus. Sonst muss ich gehen!"

"Was ist los Sven, wohin willst du gehen? Du bist doch wieder zu Hause, bei mir. Es wird alles gut!"

"Nichts wird gut und ich kann auch nicht bleiben. Sprich mit Mandy, die weiß vieles, was du wissen musst. Ich kann dir nichts sagen. Sonst schlägt er mich wieder." Seine Stimme war traurig.

"Wer schlägt dich?"

"Mami, frag Mandy."

Dann stieß eine weitere Stimme dazu: "Sven, du musst dich verabschieden. Ich spüre ihn. Lange kann ich das Tor nicht mehr offen halten." Es war eine männliche Stimme. Sie war nicht drohend oder befehlerisch sondern anziehend und angenehm.

"Sven! Bleib bei mir, bitte! Wir gehören doch zusammen!"

"Mami... du fehlst mir. Ich muss gehen. Rede mit Mandy, vertraue ihr."

"Sven! Nein!"

Aber es kam keine Antwort.

Den Rest der Nacht konnte sie nicht mehr schlafen, so dass sie froh war, als endlich der neue Tag anbrach und es hell wurde. Die meiste Zeit hatte Esperanza damit verbracht, sich im Bett umherzuwälzen und zu verstehen, was das war. Sie hatte gehofft, dass, wenn sie wieder Schlaf finden würde, noch mal bei ihrem Sven sein konnte, was ihr aber verwehrt blieb. Kein weiterer nächtlicher Besucher, soweit man das sagen konnte, war erschienen. Eigentlich war es nicht ihre Art, so früh morgens Telefongespräche zu führen, aber der Drang, mit Mandy zu reden, war einfach zu stark. Esperanza hatte ja schon ein schlechtes Gewissen, bei ihr anzurufen, als diese jedoch dran ging und sie direkt zum Frühstück einlud. Eigentlich wollte sie lieber alleine sein, den Erinnerungen an Sven nachhängen, jedoch die Bitte der Stimme ihres Jungen hielt sie davon ab, abzulehnen.

Kurze Zeit später machte Esperanza sich auf den Weg und war erstaunt, dass Mandy sie anscheinend schon erwartete.

"Hi Esperanza, wie geht es dir denn? Hast du die erste Nacht wenigstens etwas geschlafen?" Die Angesprochene spürte den prüfenden Blick auf sich, was sie ihr aber nicht verübelte.

"Ich habe kein Auge zu gemacht. Eigentlich wollte ich dir das ja alles am Telefon sagen, aber du warst ja zu schnell." Esperanza brachte ein leichtes Lächeln hervor und wie zu Bestätigung musste sie gähnen.

"Oh, das hört sich aber nicht gut an. Aber komm erst mal rein. Gleich kommen frische Brötchen und dann haben wir Zeit."

Misstrauisch sah die Jüngere die Journalistin an: "Wie, da kommen gleich Brötchen? Erwartest du noch Besuch?"

"Ja, Sebastián hatte sich angekündigt."

Mandy wurde unterbrochen: "Ah ja, und er ist wirklich nicht dein Freund?"

Verlegen antwortete sie: "Nein, bestimmt nicht. Du wirst ihn mögen."

"Meinst du, aber nicht, dass es nachher anders kommt."

"Ich denke nicht. Seitdem ich Urlaub habe, kommt er fast jeden Morgen und geht vorher zum Bäcker. Es hat sich so eingespielt, aber ganz sicher sind wir nicht zusammen."

"Ja, ja." Esperanza zwinkerte ihr zu. "Ich würde es dir aber wirklich gönnen."

"Danke, das weiß ich zu schätzen."

Die Frauen gingen in die Küche und ließen sich nieder. Nicht viel später stand Mandy ein weiteres Mal auf und kam mit Sebastián wieder. Als er hinter ihr eintrat, musterte Esperanza den Gast genau, bis Mandy beide vorstellte: "So Esperanza, dass ist Sebastián, Sebastián, dass ist Esperanza."

"Hallo Esperanza, freut mich, dich kennen zu lernen." Er streckte ihr die Hand entgegen, die von der Angesprochenen nicht wahrgenommen wurde, sonder ihn nur mit offenem Mund anstarrte. Erst als sie sich wieder etwas gefangen hatte, erwiderte sie seinen Gruß: "Hallo... äh... äh... Ganz meinerseits."

10

Tatsächlich war es ihm gelungen, mit seiner Mutter reden zu können. Möglich hatte es der Mann gemacht, der nur selten da war. Er war anders als der Rest und Sven überraschte es, als der Fremde zu ihm kam und ihm mitteilte, dass er seine Hilfe brauche und er mit seiner Mutter sprechen konnte. Zwar war das nur ein kurzer Moment gewesen, aber das hatte Sven gezeigt, wie es seiner Mami ging. Er wusste nicht, warum dieser Mann erst jetzt zu ihm gekommen war, da er doch immer wieder gesagt hatte, dass er seine Mutter vermisste. Vielleicht gab es so eine Chance, wieder zu ihr nach Hause zu kommen oder sie zumindest öfters zu sehen, was ihm eigentlich verboten war. Sowieso war es eh komisch, dass einer der Großen ihm half, obwohl er doch immer der Außenseiter war, mit dem keiner etwas zu tun haben wollte.

Im Moment saß er in seiner Kammer, die so kühl wirkte, wie alles hier. Keine bunten Farben, keine frohe Musik, kein Lachen, all das, was er früher immer so gerne hatte. Mit einem Mal hatte sich sein Leben total verändert. Damals spielte er mit Ben in dem Steinbruch, obwohl seine Mutter ihn bat, wegen des Regens nicht dorthin zu gehen. Dennoch taten sie es. Sie spielten im Schlamm, bauten mit denn nassen Steinen kleine Türme und Burgen. Der klebrige Boden war ideal, um kleine Kugeln zu kneten und sie dann auf die Burg des anderen zu werfen und zu hoffen, dass die Steine zusammen fielen. Gewonnen hatte der, dessen Steine am längsten standen. Oft spielten sie das und dieses Mal sah es so aus, dass er gewinnen würde, als Ben sagte, dass er nach Hause müsse. Enttäuscht, dass er alleine zurück blieb, war er wenig später auch aus dem Bruch geklettert, um nach Hause zu laufen. Eigentlich dauerte es nur ganz kurz, bis er daheim ankam, aber es war alles anders. Er lief entlang der Straße auf der fast kleine Bäche entlang flossen, sich ihren Weg in den Gulli suchten oder sich zu Pfützen sammelten. Zu erst war er von einer Pfütze zur nächsten gesprungen, einfach nur, weil er frustriert war, dass Ben schon gegangen war, dann, weil es ihm Spaß machte. Seine Socken waren schon durchnässt, als er die eine auf der anderen Straßenseite erblickte. Er war sich sicher, dass er geschaut hatte, ob auch kein Auto kam und er hatte auch keines gesehen, sodass er rüber rannte. Kurz bevor er die Wasserstelle erreicht hatte, hörte er quietschende Reifen und blickte in die Richtung aus der das Geräusch kam. Das dunkle Auto drehte sich, schlängelte dabei über die Straße direkt auf ihn zu. Er merkte eher das Regenwasser, das sich in seine Kleidung zog, als die Schmerzen, als er in der Pfütze, zu der er wollte, lag. An mehr konnte er sich nicht erinnern.

Die Stimme seines Meisters riss ihn aus den Erinnerungen.

Er wusste nicht genau, wo er war, aber es reichte ihm zu spüren, dass er dem Ort nahe war, den er nie kennenlernen wollte. Alle Bemühungen waren gescheitert, selbst sein ausgeklügeltes System von Schutzbarrieren und Vorsichtsmaßnahmen waren umsonst gewesen. Sie hatten ihn erwischt, am helllichten Tag und er hatte nichts dagegen ausrichten können. Bisher war er davon ausgegangen, dass Sonnenlicht reichte, um unbehelligt weiter ziehen zu können, aber offensichtlich war das ein Irrtum. Würde man ihn fragen, was er empfand, so hätte er das nicht genau sagen können.

Jeans Handgelenke taten weh, die Eisenbeschläge machten es schwer, die Arme oben zu behalten, aber sobald er sich nach vorne hängen ließ, durchzog ihn dieser Schmerz. So musste sich jemand fühlen, der gekreuzigt wurde. Alles was ihn oben hielt, waren seine Fesseln. Er hatte keine Sitzmöglichkeit, so dass all sein Gewicht auf die Hand- und Schultergelenke übertragen wurde. Das ungleichmäßige Mauerwerk führte dazu, dass er Druck- und Scheuerverletzungen hatte, die alles noch angenehmer machten.

 Hin und wieder kam jemand, der ihm für wenige Minuten eine Fessel öffnete, so dass er zumindest essen konnte, jedoch sprach diese Person nicht mit ihm. Es war nicht der Junge, dem er damals mit Mandy und Esperanza begegnet war, was ihm vielleicht geholfen hätte, aus dieser Situation herauszukommen. Vom Aussehen, soweit das Dämmerlicht es zuließ, könnte es eine jugendliche Person sein, was ihn aber auch wunderte.

 Vieles rief Fragen auf, auf die er noch keine Antwort hatte. Warum hielten sie ihn am Leben, wenn eigentlich feststand, dass sie ihn töten würden? Oder drohte ihm das gleiche Schicksal, wie dem kleinen Sven, der zu etwas wurde, was er nicht werden wollte, wenn er nicht schon die ganze Umwandlung vom Mensch zum Vampir durchlaufen hatte.

 Bei dem Gedanken wurde ihm anders. Dann gab es definitiv keine Rettung mehr für den Jungen und alle Bemühungen, einer verzweifelten Mutter zu helfen, waren umsonst. Als ihm klar wurde, um was es geht, hatte er alles getan um zu vermeiden, dass jemand weiteres Wind davon bekam. Schon damals hatte er die Befürchtung gehabt, dass das böse Enden würde und die Vermutung hatte sich leider bewahrheitet. Man würde ihn töten, sowie all die, die wussten, dass es solche Geschöpfe der Unterwelt gab. Nur die Frage, wann und wie das geschieht, blieb weiter ungeklärt. Für sich hoffte Jean, dass es schnell und schmerzlos vonstatten ging, was er aber auch den anderen wünschte.

Immer wieder hatte er versucht, Jean zu erreichen, aber jeglicher Versuch scheiterte. Zwar konnte er einen kleinen Erfolg verbuchen, aber das, was er erreichen wollte, war wieder in weite Ferne gerückt. Ihm blieb zu hoffen, dass sein weiterer Ansatzpunkt standhaft blieb und nicht wieder in so eine Phase geriet, die sie zurück in die Arme des Doktors treiben würde. Noch war er vorsichtig mit dem, was er Esperanza gegenüber äußerte und war auch froh, dass Mandy seinem Ratschlag folgte. Mit ihr hatte er eine Verbündete gefunden, die ihn die Kontakte in die andere Welt ermöglichten. Er war erstaunt darüber, wie sie die Tatsachen hinnahm, aber das war es, was ihm wichtig war. Er brauchte niemanden, der alles in die Öffentlichkeit trug, sondern der schwieg, wenn es wichtig war und wusste, was er wann mitteilen durfte.

Ihm war klar, dass er irgendwann sein Geheimnis offenbaren musste, aber mit der geleisteten Vorarbeit würde das einfacher sein, wie sie dann aber darauf reagieren würden, war nicht absehbar.

Er verfluchte den Moment, der ihn in diese Situation gebracht hatte, die Sekunden, die Tod und Leben trennten und man hatte ihm keine Wahl gelassen, sondern ihn auf diesen Weg gezwungen. Nur zu Gut verstand er das Verhalten des Jungen, der sich mit allen Mitteln wehrte, aber auch dessen Zukunft war festgelegt. Inzwischen war er soweit, dass die Metamorphose nicht mehr gestoppt werden konnte, aber dennoch kämpfte er gegen sein Schicksal.

In ihm sah er die Möglichkeit, sich zu rächen und die werdende Übermacht dieser Bestien zu bekämpfen, aber dazu brauchte es noch mehr, als das, was für ihn in Reichweite kam. Mit jedem Erfolg schadete er ihnen und hoffte, ihnen einen weiteren Schlag zu verpassen und so zu zermürben. Er wollte Mikael vernichten, ihm heimzahlen, was er ihm angetan hatte und war um so überraschter, als er erfuhr, dass sein Feind auch Mandys war, so dass er nicht lange zögerte, um ihr zu helfen. Eigentlich hatte er sich geschworen, niemals mehr Kontakt zu diesen Lebewesen zu haben, aber es kam meistens anders. Wichtig war zu verhindern, dass Mandy doch noch in die Arme seines Feindes geriet, dann wäre alle Mühe umsonst.

 Schönheit, die niemals enden würde, ein Versprechen, auf das sie reingefallen war. Er hatte ihr alle Wünsche erfüllen wollen, nur um sie für sich zu gewinnen. Sie hatte sich darauf eingelassen. Wie verlockend das Angebot in der Situation doch gewesen war. Zu vergessen, was geschah, als er sie sich untertan machte. Sie war ihm ausgeliefert... wegen ihrem Aussehen.
 Wie viele Jahre sie nun lebte, wusste sie nicht mehr und es war eingetreten, was er versprochen hatte: Sie hatte sich nicht verändert, spürte nicht die Schmerzen der Alten, hatte alle überlebt, die ihr einst nahe gestanden hatten, obwohl diese es nicht wussten. Sobald sie soweit war, dass sie sich ihnen gefahrlos nähern konnte, ohne über sie herzufallen, hatte sie jede Gele-

genheit genutzt, das auch zu tun. Unbemerkt für ihre Sinne beobachtete sie die Personen, die ihr soviel bedeuteten. Bei Belagerungen, bei Jagden bei anderen Anlässen. Aber dennoch war sie alleine. Sie spürte die Freude der Anderen, deren Begeisterung für Musik, Tanz und Mahl, aber sie konnte nicht daran teilnehmen. Unzählige Male hatte sie aus ihrem Versteck den Feiern der Reichen und Adeligen beigewohnt und davon geträumt, wie es wäre, wirklich daran teilzunehmen, was ihr aber zu ihren Lebtagen nicht möglich war.

Sie hatte hart arbeiten müssen für eine Schüssel Haferbrei, musste im Winter frieren, da sie nicht die Mittel hatten, wärmenden Stoff zu kaufen, Pelze durfte sie nicht tragen. Ihre Kindheit war von Armut geprägt, vorbestimmt, früh zu heiraten, Kinder zu gebären, die sie im Alter unterstützten... das sie nie erreichen würde. Sie hatte sich so darauf gefreut, als ihr die Nachricht mitgeteilt wurde, dass sie Schwanger war, hatte sich Namen ausgedacht und davon geträumt, wie es wäre, so ein kleines, hilfloses Bündel Mensch in den Armen zu halten... bis sie auf dem Weg zur Kirche viel zu früh Wehen bekam. Mit letzter Kraft schaffte sie es, sich vor die Tore des nahen Klosters zu schleppen, als bereits das Blut ihre

Beinen herunter lief. Niemand beachtete sie, eine hochschwangere Bäuerin. Sie spürte den Schmerz, die aufziehende Kälte und das Licht, als sie diese Stimme hörte: "Du bist schön, aber leidest. Ich kann dir helfen, das alles gut wird." In ihrer Verzweiflung gab sie sich diesem Singsang hin, dem Glauben, dass er ihr helfen würde. Sie bemerkte nicht, als er sie davon trug. In die dunkle Höhle am Rande der Stadt um sein Werk zu vollbringen. "Du wirst nicht mehr leiden, immer satt und wohlhabend sein, wirst niemals altern, dass tue ich, um dir zu helfen, wenn du mir eines versprichst." Wie in Trance lauschte sie ihm, gepeinigt durch die immer wiederkehrenden und sich verschlimmernden Schmerzen. "Sei meine Gefährtin, bei Tag und Nacht und ich werde dir jeden Wunsch erfüllen." Sie nickte, gab sich ihm hin und fühlte nicht mal, wie er ihr in die Kehle biss. Ihr wurde schummerig, aber der Schmerz ließ nach. Irgendwann war alles dunkel um sie, sie fühlte sich mit einem Mal frei wie ein Vogel, der über das weite Land flog. Getragen von den Luftströmungen. Als er ihr sagte, zu was sie geworden war, verfluchte sie ihn. Sie war eine Ausgeburt der Hölle geworden, eine Gefährtin, die den Sinn in der Situation dieser Unterhaltung nicht verstand. Schließlich war damals doch all das, was sie wollte, dass ihr Leid zu ende war. Er hatte das ausgenutzt um sie zu seiner Sklavin zu machen, die ihm ausgeliefert war und gehorchen musste. Lange hatte sie gebraucht, um sich von ihm loszusprechen und schließlich gegen ihn zu kämpfen. Aber alleine war sie zu schwach und sie brauchte Unterstützung, um seine Macht zu brechen und sie nutzte jede Gelegenheit, um Helfer für sich zu gewinnen.

Sebastián saß in seinem Landsitz außerhalb der Ballungszentren. Er genoss die Stille und diese andere Atmosphäre, als die, die in den Tiefen der der in die Erde eingearbeiteten Stollen herrschte, die das Versteck der Verschwundenen war. Er musste sich nicht mehr an die alten Regeln halten, die sich diese Gesellschaft selber aufgezwungen hatte, solange er regelmäßig zu den festgelegten Treffen kam. Dennoch war er häufig da, um zu sehen, was er mit Sven machen konnte. Am liebsten wäre es ihm, wenn er den Jungen bei sich hätte, aber so lange der Meister den Jungen noch nicht entließ, war das unmöglich. Er hatte seinen Wunsch geäußert und musste sich mit der Antwort zufrieden geben: "Wenn er soweit ist, werde ich es dich wissen lassen."

Für ihn selber war es schwer, sich so zu geben, dass niemand dahinter kam, was ihn wirklich beschäftigte. Seine Feindschaft gegenüber Mikael war allen bekannt, nur durfte niemand wissen, dass dieser Hass eigentlich allen galt und er nur darauf wartete, ihnen eines auszuwischen. Mit allem, was er tat, musste er aufpassen, dass niemand Verdacht schöpfte und ihm womöglich folgte.

So war er froh, dass er hier seine Ruhe hatte und über weitere Schritte nachdenken konnte. Er hatte Esperanza aus den Händen von Foxius geholt, Mandy war eingeweiht und Sven kämpfte tapfer weiter. Nun war es an der Zeit, den Vampiren und ihrer fortschreitenden Ausbreitung, Unterdrückung und Einfluss entgegenzuwirken. Er musste an den Meister kommen und ihn ausschalten. Dieser war derjenige, der das Kommando gab, neue Menschen zu rekrutieren und diese auch aussuchte. Sie mussten ihm gefallen, vom Aussehen, vom Geschlecht und vom Alter. Meistens kamen Bestellungen anderer hoch stehender Vampire die ihre Sammlung, ihr Heer oder auch ihren Harem erweitern wollten. All das hatte er in jahrhundertlanger Kleinstarbeit aufgedeckt und es war nichts anderes als Menschenhandel. Man tauschte nicht Mensch gegen Mensch, sonder Mensch gegen Gold, Geld, Land und weitere Luxusgüter. Alle wollten nur ihren Spaß haben und nicht jeder wurde zum Vampir, sondern ein Großteil wurde einfach nur getötet und diente der Nahrungsgewinnung.

Nur unter besonderen Bedingungen und Wünschen kam der Befehl zur Umwandlung und keines traf auf Sven zu. Er war einfach zum falschen Zeitpunkt am falschen Ort und ein erst kürzlich entlassener Novize hatte die Kontrolle über sich verloren und war über den Jungen hergefallen. Es war also einfach nur ein Unfall. Das änderte jedoch nichts daran, dass er sein weiteres Vorgehen planen musste. Ihm fehlte die Einsicht in die aktuelle "Bestellliste", so dass er nicht wusste, wo die Rekrutierer zuschlagen würden. Alles was feststand war, dass er sich weiter um Esperanza und Mandy kümmern musste um zu verhindern, dass auch sie in die Hände der Blutsaugerbestien gelangten, und wenn es nur darum ging, zu verhindern, dass diese das Wissen, das kein Sterblicher haben durfte, weitertrugen. Denn dann würde die Menschheit alles in Bewegung setzen, nur um diese Armee und Menschenhändler aus der Dunkelheit zu bekämpfen.

Geschwächt saß Sven in seiner Kammer. Immer noch fiel es ihm schwer, das Blut der Toten zu trinken und er nahm nur wenige Schlucke zu sich, weil man ihn dazu zwang. Nachdem er das erste Mal dabei war und mit ansehen musste, als sie den Fahrradfahrer töteten, war Elena die einzige der neuen, die sich etwas um ihn kümmerte. Er hatte erfahren, dass sie nur kurze Zeit nach ihm gekommen war und als sie ihm erzählte, wie die Zeitungen täglich mit neuen Meldungen auch zu seinem Verschwinden berichtet hatten, bekam er Schuldgefühle. Niemals wollte er, dass fremde Leute nach ihm suchten, niemals wollte er, dass seine Mami so litt und alles war eingetroffen. Obwohl er erkannte, dass es ihr nicht gut ging, sagte sie immer genau das Gegenteil. Sie gab sich auch viel Mühe, ihn auf irgendeine weise zu unterstützen, wie auch dieses Mal: "Du machst Fortschritte, Sven. Aber wenn du immer nur ein paar Schlücke nimmst, wirst du nie richtig kräftig werden. Du hast dann nicht die Kraft, selber zu jagen."

"Das will ich auch nicht! Niemals will ich viel Blut trinken! Dafür sterben andere Menschen und die werden dann wieder gesucht und vermisst... wie ich."

"Du musst, Sven. Sonst wirst du den anderen noch mehr ausgeliefert sein. Du kannst dich nicht wehren und man wird dich dann töten, wenn du nicht von alleine zu Grunde gehst. Du wirst immer stärkere Schmerzen haben und eines Tages durchdrehen und vielleicht Leute töten, die du liebst."

"Das stimmt nicht! Du lügst!"

"Nein Sven, ich sage dir nur das, was wahr ist. Ich habe schon mehrmals miterlebt, wie so was stattfindet. Derjenige, der dich verwandelt hat, wurde so gefoltert und schließlich eliminiert."

"Was ist denn eliminiert?"

Elena lächelte. Er war doch noch ein Kind: "Das ist so was wie töten. Da man Vampire, wie wir es sind, aber nicht töten kann, nennt man das hier auch eliminieren."

"Blödes Wort" fügte Sven hinzu.

"Ich weiß. Aber so ist das."

Sven ließ erst den Kopf hängen und überlegte. Er wollte zu gerne eines wissen, traute sich aber noch nicht, zu fragen.

"Was ist los, Kleiner?"

"Ähm... ähm... bist du gerne hier?" Nun war es raus. Die Angesprochene schwieg eine Weile.

"Das ist von Tag zu Tag verschieden. Gerne würde ich wieder in die Schule gehen. Ich vermisse meine Freunde, meine Geschwister und meine Eltern immer mal. Aber ich freue mich, hier zu sein, weil hier alle so anders sind. Ich werde sehen, was in vielen Jahren sein wird, ich bin unsterblich und für mich ist es kein Thema, das ich alt werde. Ich kann die Zukunft erleben, was sich viele wünschen. Das ist doch herrlich!"

Sven schaute sie ungläubig an und fragte sie dann. "Suchen dich deine Eltern nicht?"

Ohne eine Antwort zu bekommen, blieb er alleine zurück, nachdem Elena aufsprang und davon lief.

Sie war gebunden durch ihren Schwur, war ihm ausgeliefert ohne es wirklich zu wollen. Das, was ihr widerfahren war, wünschte sie nicht mal ihrer ärgsten Feindin. Wann immer er rief, musste sie ohne Wiederworte gehorchen.

"Geh nicht mit fremden Männern mit.", wurde ihr immer gepredigt, nie hatte sie das in Frage gestellt. "Nur so kannst du verhindern, dass man dich misshandelt." Sie hatte daran geglaubt, dass das ausreichte, aber was hätte sie tun sollen, als er sie einfach nahm? Keine Chance hatte er ihr gelassen und inzwischen verstand sie, warum. Sie hatte gefleht, verschont zu werden, sie gehen zu lassen und geschworen, niemandem was zu sagen, wenn er sie doch bloß gehen ließ. Aber er hatte nichts gesagt, nur gelächelt und sie auf den Armen in den Wald getragen. Erst da sprach er zu ihr: "Du bist jung, wunderschön und intelligent. Ich will, dass das so bleibt. Du brauchst keine Angst haben, mein Kind. Alles wird gut. Du wirst wie im Paradies leben. Mit der Zeit werden alle das tun, was du willst. Du wirst über dein eigenes Reich herrschen."

Mit aufgerissenen Augen hatte sie ihn angesehen, gedacht, er sei verrückt, aber er hatte nur gelächelt und ihr über das Gesicht gestreichelt. Er hielt ihr den Mund zu, als sie den Biss spürte. Erst viel später war sie aufgewacht. Umgeben von feuchter Kälte. Es war nicht der Wald, sondern ein Gebäude, das sie umgab. Diese friedvolle Stille ließ sie glauben, dass sie tot sei, dennoch spürte sie das Verlangen, aufzustehen und zu gehen, vielleicht die Hoffnung, nach Hause zu kommen und alles würde gut werden. Aber die Mauern hinderten sie daran. Sie fühlte sich anders, so verändert, gestärkt, aber doch schwach. Sie suchte nach einem Waschbecken, einer Badewanne oder einer Dusche, um ihr Bedürfnis nach Sauberkeit zu stillen, als sie sich an den Fremden erinnerte.

Die Erinnerungen taten weh und sie ging den ihr inzwischen vertrauten Weg zu den Gräbern auf dem Friedhof. Vielleicht mit der Hoffnung, den Geist der Frau zu treffen, die sie hier angetroffen hatte, vielleicht mit der Hoffnung zu erfahren, was auf der anderen Seite des Schleiers geschah... in ihrem alten Leben, vor der Zeit ihrer Verwandlung zur Sklavin des Meisters.

Sie blieb stehen, als sie vor das große Grabmal kam, auf das in letzter Zeit so viele neue Namen eingemeißelt worden waren. Das Datum ihres Ablebens zeigte ihr, wo sie war. Im Jenseits, aber nicht tot, sondern als Vampir. Neben fast jedem Geburtsdatum stand das Sterbedatum, außer dem des Jungen. Offensichtlich war er noch nicht ganz übergetreten. Das Jahr stand bereits, also würde er innerhalb der kommenden sechs Wochen bis zum Jahresende endgültig einer von ihnen werden. Sie hatte gelernt, dass dieser Prozess, sobald er einen gewissen Fortschritt erreicht hatte, nicht mehr gestoppt werden konnte. Es tat ihr leid, das zu erfahren, aber vielleicht würde es ihm dann viel besser gehen.

11

Diese Stimme... sie kam ihr so vertraut vor, so verführerisch wohlwollend, dass sie fast schon wieder angsteinflößend war. Esperanza betrachtete den Mann noch ein mal genauer und kam zu dem Entschluss, dass diese kräftige Statur nicht so wirklich zu der Stimme passte, aber sie gehörten zusammen.

"Ist alles in Ordnung?", unterbrach Mandy ihre Gedankengänge.

"Ja, ja. Alles Bestens." Sie sah noch ein mal zu dem Hinzugestoßenen und glaubte zu spüren, dass er sie durchschaute und erkannte, was wirklich in ihr vorging. Jedoch wusste sie noch nicht, wie sie damit umgehen sollte.

"Okay, das ist Sebastián. Ich hatte von ihm schon erzählt und gesagt, dass er uns vielleicht helfen kann.", stellte Mandy ihn vor.

Hilfe, ja, die brauchte Esperanza in dem Moment. Unterstützung zu verstehen, was vor sich ging.

"Ich kann nichts versprechen, aber ich werden alles versuchen, was in meiner Macht steht."

Unsicher sah Esperanza zu der Journalistin, die sich jedoch zurück hielt, das Gespräch weiterzuführen.

"Und.. und wie soll das aussehen?", fragte sie.

"Ich glaube, wir müssen vorher etwas klären. Mandy, kannst du mich und deine Freundin bitte kurz alleine lassen?"

Jetzt war es Mandy, die verwundert zu ihm sah.

"Nur zehn Minuten."

Widerwillig stand Mandy auf, sah besorgt zu der Jüngeren und dann warnend zu Sebastián, bis sie schließlich ging.

"Was soll das?" Unsicher vergrößerte Esperanza den Abstand zu ihm.

"Ich will euch helfen."

"Wobei denn? Wer bist du eigentlich?"

"Worum es geht, wirst du erfahren, wenn es an der Zeit ist. Wer ich bin, spielt keine Rolle. Alles was für dich relevant ist, kann Sven dir sagen."

"Hör mit dem Blödsinn auf! Sven ist tot und damit habe ich mich abgefunden."

"Glaubst du das wirklich? Und was war in der letzten Nacht?"

Erschrocken fuhr sie zusammen: "Was soll da gewesen sein? Ich habe geschlafen! Verfolgst du mich? Bist du ein Stalker?"

"Nein, ich bin weder das eine noch mache ich das andere."

"Was dann? Es war falsch, dass ich auf Mandy gehört habe! Es war falsch, dass ich aus der Klinik raus bin. Da ging es mir wenigstens gut und ich musste mir nicht Spinnereien anhören von Leuten, die meinen, sie könnten mir helfen. Der einzige, der das kann, ist Dr. Foxius. Ich sollte gehen, meine Sachen packen und wieder zur Klinik fahren."

"Willst du das wirklich? Dann würdest du genau das machen, was er will. Du würdest ihm in die Arme laufen mit dem Erfolg, dass du deinen Jungen vergessen wirst. Er ist ein Meister seines Faches und falls er selbst damit nicht weiter kommt, würde er dich töten."

"Ach, warum sollte er das tun? Ich habe ihm nichts getan und außerdem ist er Arzt..." sie hielt kurz Inne und fügte dann schweren Herzens hinzu: "Und womöglich Kinderschänder." Dann ließ sie den Kopf hängen.

Sebastián beobachtete sie einen kurzen Moment: "Hat Mandy dir das erzählt?"

Die Angesprochene begann zu weinen: "Ja, stimmt das etwa nicht?"

"Da steckt mehr dahinter, aber das kann sie nicht wissen. Sie hat sich was einfallen lassen müssen, wie wir dich da möglichst schnell herausbekommen und das ist ihr zum Glück gelungen."

"Aber warum?"

"Weil du, beziehungsweise ihr etwas wisst, was ihr besser nicht wissen solltet und Foxius will genau das verhindern. Darum hat er sich so um dich bemüht. Er will dich da haben, um deine Erinnerungen zu löschen, weil du ihm gefährlich werden kannst."

"Und was hat Sven damit zu tun?" Sie schnäuzte.

"Durch ihn seid ihr erst darauf gekommen. Es war nicht vorgesehen, dass er zu dem wird, was ihr wisst."

"Aber was wissen wir denn schon? Er ist tot!"

"Nein, ist er nicht. Und er wird nach der Verwandlung auch nicht sterben."

"Wie geht das?"

"Ihr wisst es." Er deutete dabei auf ihr Handgelenk, als sie schließlich verstand.

"Mandy hatte also recht. Aber wie kann es Gestalten geben, die man doch nur aus Märchen, Sagen und Legenden kennt?"

"An allem ist was wahres dran."

Schließlich rief er Mandy wieder rein.

Mandys erster Blick galt Sebastián, der darauf nur nickte. Dann setzte sie sich neben Esperanza, die den Kopf hängen ließ und offensichtlich geweint hatte. "Die Wahrheit ist schwer zu glauben, aber wir werden uns damit abfinden müssen. Wir sollten uns ein neutrales Wort ausdenken, das wir als Synonym verwenden."

"Das ist eine gute Idee. Ich weiß nicht, wie sich alles andere auf eure Markierungen auswirkt."

Verständnislos sah Esperanza auf: "Bitte was?"

"Deine Handgelenke, Mandys Handrücken. Alles hat die gleiche Bedeutung."

"Häh? Das versteh ich nicht."

Mandy half ihr auf die Sprünge und hielt ihre Hand Esperanza vor: "Das Blut, das Wort."

"Wo hast du das her?" Erstaunt betrachtete sie den Handrücken.

"Ich hatte Begegnungen mit einem Typen, der mir das zugefügt hat. Wahrscheinlich ähnlich dem deiner Verletzung bei mir."

"Aha. Und mit welcher Begründung?"

Sebastián mischte sich ein. "Damit andere der Sorte wissen, wie sie mit euch umzugehen haben."

"Gibt es etwa noch mehr davon?" erkundigte sich Esperanza.

"Ja. Und du hattest mit einem bereits zu tun." fügte er hinzu.

Esperanza schielte kurz zu Mandy, ob sie mehr wusste und allein die Stimme, die sie in der vergangenen Nacht gehört hatte, legte nah, wen er meinte. Umso überraschender war die Aussage, die er danach machte: "Dr. Foxius ist einer davon."

"Aber wie kann das sein? Laut den Legenden vertragen die doch kein Tageslicht. Aber er war immer da!"

Prompt kam eine Gegenfrage: "War er jemals draußen oder immer nur im Gebäude?" Eine spontane Antwort fiel Esperanza nicht ein.

"Tages- und Sonnenlicht sind verschiedene Dinge. Das eine vertragen sie, das andere vertragen sie nur, wenn sie Vorkehrungen getroffen haben, die sehr aufwändig und trainingsintensiv sind."

Nun war es Mandy, die genaueres wissen wollte: "Woher weißt du so genau bescheid?"

"Ich habe schon länger damit zu tun und mich folglich intensiv mit ihnen befasst."

Für Esperanza stand fest, dass sie die Frage, die eben von Mandy gestellt wurde, nie in den Raum geworfen hätte. Sie vermutete einen anderen Hintergrund, der aber zu absurd klang.

"Was machen wir hier eigentlich genau?" Es war wiederum Esperanza, der immer noch nicht klar war, um was es eigentlich ging.

"Du hast recht. Warum sitzen wir hier zusammen?" Auch Mandy interessierte die Antwort.

"Okay. Ich werde versuchen, euch alles zu erklären. Um Unannehmlichkeiten zu vermeiden, bezeichne ich unsere unerwünschten Bekannten einfach mal als Wandler. Die Definition dürfte im Laufe meiner Ausführungen deutlich werden. Sollte einer von euch unwohl werden oder sich eure Markierungen bemerkbar machen, gebt mir bitte ein Zeichen." Nachdem die beiden Frauen zugestimmt hatten, verlangte Sebastián ein weiteres Opfer: "Ich muss mir sicher sein, dass alles, was ihr gleich erfahrt, nicht weiter verbreitet wird. Auch nicht an Leute, die sich als Helfer und Ärzte bezeichnen. Gerade die könnten den Auftrag haben, Leute ausfindig zu machen, die zuviel wissen und diese dann zu töten. Das muss euch klar sein und ihr allein habt das in der Hand."

Dieses mal folgte die Zusage bei beiden zögerlicher. Besonders Esperanza überlegte mehrmals, ob sie diese Last auf sich nehmen wollte.

"Ich fange am besten mit dem an, was die Mehrheit glaubt. Die Sagen und Legenden beschreiben Wesen, die in Gruften und unter der Erde leben. Es heißt, dass sie kein Licht vertragen und zu Staub zerfallen würden. Wie ich bereits erwähnte, ist das nicht ganz korrekt. Alles ist machbar, wenn darauf hin trainiert wird. Die Sache, dass die Wandler sich ausschließlich von Menschenblut ernähren, ist auch nicht ganz korrekt, was die Vergangenheit gezeigt hat. Die neuen, die sogenannten Novizen ernähren sich zu erst von Tieren. Der Energiegehalt davon reicht für den Beginn aus, aber mit Fortschreiten der Entwicklung wird mehr Energie benötigt, die nur von ähnlichen Kreaturen, in dem Fall dem Menschen, aufgebracht werden kann. Dennoch kann bei genug Aufnahme von tierischem Blut der Bedarf soweit erfüllt werden, dass ein Wandler existieren kann. Er ist dann zwar nicht in der Lage, die Kraft aufzubringen wie einer, der sich von Menschenblut ernährt, aber stark genug, um Beute zu schlagen."

"Aber warum gehen die Wandler denn dann nicht alle so vor und geben sich mit Tieren zufrieden?"

"Weil es immer wieder welche gibt, die mehr wollen. Sie sind vom Gedankengut, von der Statur und der Lebensweise dem Menschen sehr nahe. Auch da gibt es welche, die stärker und mächtiger sein wollen, als der Rest. Die Menschen rüsten mit Waffen auf, die Wandler erledigen das durch ihre Ernährung."

"Wenn die uns brauchen, um zu überleben, warum bekämpfen die uns dann?", stellte Esperanza zur Diskussion.

"Sie bekämpfen nicht den Menschen, der nichts von ihnen weiß, sondern die, die dahinter gekommen sind, dass es sie gibt, wie es bei euch der Fall ist."

"Und warum?", wollte Mandy nun wissen. "Wenn sie in jeder Situation in der Lage sind, ihre Beute anzugreifen, stellen wir doch keine Gefahr da."

"Das stimmt, solange nur wenige etwas wissen. Wenn es aber alle wüssten, würde es immer wieder welche geben, die Mittel und Methoden kennen oder erforschen, gegen diese Gegner vorzugehen. In dem Fall würden sie zu einer Gefahr für die Gesellschaft der Wandler werden."

"Reicht denn diese geringe Zahl von Bekämpfen, aus um die zu vernichten?"

"Eigentlich nicht. Es sei denn, man greift sie aus ihren eigenen Reihen an. Das wäre die sicherste Methode, ihnen einen derben Schlag zu verpassen."

"Zu vernichten?", erkundigte sich Esperanza.

"Nein, dazu sind es zu viele. Sie werden immer existieren."

"Wie soll man sie denn aus ihren eigenen Reihen angreifen?"

"Das ist das Problem. Sie sind eine eingeschworene Gemeinschaft, die mit Eiden aneinander gebunden sind. Sie wissen, dass sie ganz oben an der Nahrungskette stehen und keine natürlichen Feinde haben. Sie genießen den Luxus, den sie sich über hunderte von Jahren erarbeitet haben, die Tatsache, dass sie niemals altern werden. Wer will denn schon auf dieses Privileg verzichten?"

"Oh, das stimmt tatsächlich?"

"Ja. Das ist Fakt. So alt, wie sie waren, als sie endgültig verwandelt wurden, werden sie ewig bestehen. Zumindest vom optischen her. Das Wissen wird erweitert, die körperliche Verfassung verbessert, aber der Rest bleibt so, wie er zu dem Zeitpunkt war."

"Was ist aber nun mit Sven?" Endlich beteiligte sich die Jüngere.

"Ihm widerfährt das gleiche Schicksal wie vielen anderen."

"Und was machen wir dann hier? Ihm kann man nicht mehr helfen, stimmt's? Er ist tot und wird immer tot sein! Also lasst mich doch aus allem raus. Ihr macht es doch nur schlimmer!" Der Schmerz saß tief bei ihr und Mandy spürte, dass

es immer schwieriger werden wird, ihre Freundin dabei zu behalten. Dennoch gab sie nicht auf, obwohl sie mehr und mehr davon überzeugt war, dass sie in einer Sackgasse saßen: "Esperanza, bitte beruhige dich. Wir finden eine Lösung."
 "Ach komm, das glaubst du doch wohl selber nicht. Wie um alles in der Welt sollen wir gegen diese Bestien ankommen? Sie bekämpfen uns und sind uns bei weitem überlegen! So lasst mich doch einfach in Ruhe, damit ich mit allem abschließen kann!" Wütend wurden Mandy und Sebastián angeschrien. "Ich werde gehen, Danke für die Einladung, ich hätte sie aber niemals annehmen dürfen." Esperanza erhob sich, zog ihren Mantel über und verließ das Haus.

 Der Wind blies ihr ins Gesicht und sie ahnte, dass es bald Winter würde. Esperanza hob den Kragen an und zog ihren Schal etwas über den Mund obwohl das nicht dazu führte, dass ihr wärmer wurde. Am liebsten wollte sie das Gespräch bei Mandy vergessen, hinter sich lassen, aber jedes Wort verfolgte sie. Ihr Junge, ein Wesen der Dunkelheit und dieser Sebastián so undurchschaubar und geheimnisvoll. Unter anderen Umständen hätte sie ihn attraktiv gefunden, aber seine Art machte ihr Angst. Es war definitiv seine Stimme, die sie in dem Traum gehört hatte, als Sven zu ihr sprach. Aber wie konnte das sein? Nein, sie zog nicht in Erwägung, ihn bei Gelegenheit speziell deswegen zu fragen. Lieber wollte sie ebenfalls vergessen. Sie suchte jemanden, dem sie vertrauen und mit dem sie reden konnte, aber es gab niemanden mehr. War da überhaupt noch jemand, der ihr nur was Gutes wollte? Das war schwierig zu beantworten, also ließ sie es.

Es begann zu regnen und dieses nasskalte Wetter trieb sie vorwärts. Einen Regenschirm hatte sie nicht dabei, also blieb nur laufen und durchhalten. Die wenigen Menschen auf der Straße machten es vor, aber nichts trieb sie nach einem Augenblick des Nachdenkens mehr an und sie blieb einfach stehen. Zu Hause würde nur trostlose Einsamkeit herrschen. Der Geruch nach verbranntem Papier, der noch nicht vollständig gewichen war. Vielleicht war es auch einfach das Gefühl, dass dieses unangenehme Wetter sie womöglich mit ihrem Jungen auf seltsamer Weise verband. Wenn es stimmte, was Sebastián sagte, wie würde es ihrem Kind gehen? Oder war es die langsam eintretende Ruhe in der hektischen Welt, die sie dazu brachte, Inne zu halten und sich einfach durch regnen zu lassen?

Eigentlich war es ihr auch egal, was sie machte. Sie hatte alles verloren und nichts mehr, woran sie hängen und was sie lieben konnte außer ihre Erinnerungen an den kleinen, quietschfidelen Jungen. Aber auch die Bilder waren in all den Monaten verblasst.

"Haben Sie denn keinen Regenschirm, gnädiges Fräulein?" Esperanza fuhr erschrocken zusammen.

"Äh, äh... nein."

"Oh, verzeihen Sie. Ich wollte Sie nicht erschrecken. Darf ich Ihnen behilflich sein und ins trockene geleiten?"

Irritiert sah sie den Fremden an und suchte nach einer Antwort, während der Unbekannten seinen Schirm über sie hielt.

"Das... das ist nicht nötig. Ich habe es nicht mehr weit."

"Dann erlauben Sie mir doch, Ihnen solange den Schirm zu halten."

"Nein, das brauchen Sie wirklich nicht. Es geht auch ohne.", versuchte sie ihn abzuwimmeln.

"Sie brauchen keine Angst haben. Lediglich meine Erziehung zum Gentleman hindert mich daran, Sie alleine im Regen stehen zu lassen. Das kann ich nicht mit meinem Gewissen vereinbaren." Er lächelte sie freundlich an. "Nun geben

Sie sich einen Ruck in dieser unfreundlichen Welt und lassen Sie mich Ihnen die Höflichkeit entgegen bringen, die jede Dame verdient hat."

"Nun gut. Aber es reicht voll und ganz, dass Sie mich lediglich bis zur Straßenabbiegung begleiten. Dann sind es wirklich nur noch ein paar Meter, bis ich im trockenen bin.", stimmte sie schließlich zu.

"Es wäre mir eine Ehre." Der Herr deutete eine Verbeugung an und Esperanza musste sich ein Lachen verkneifen.

Anders als sie zunächst vermutet hatte, baggerte der Fremde nicht weiter. Er bot ihr zwar seinen Arm zum einharken an, aber dennoch war er nicht böse, als sie ablehnte. Er zeigte sogar so etwas wie Verständnis: "Nun gut. Wenn Sie nicht wollen, müssen Sie meinen Arm ja auch nicht annehmen. Es freut mich aber umso mehr, wenn ich Ihnen wenigstens etwas helfen kann."

"Ich bin überrascht, dass es überhaupt noch solche Menschen gibt, die so höflich sind. Deswegen war ich mehr als erstaunt."

"Ich verstehe Sie. In der heutigen Gesellschaft fehlt es immer mehr an guter Erziehung und an den Grundsätzen der respektvollen Umgangsweise. Sie ist schnelllebig geworden. Oftmals fehlt sogar die Zeit um danke oder bitte zu sagen oder einfach einen schönen Tag zu wünschen."

"Da muss Ihnen leider recht geben. Ich kenne keinen in meinem Bekanntenkreis, der einer fremden Frau einfach so einen Regenschirm anbieten würde."

"Dann zählen Sie mich doch einfach dazu und Sie können sagen, dass Sie einen wahren Gentleman kennen, der sowas als normal betrachtet."

"Das würde ich gerne machen. Aber mit wem habe ich denn die Ehre?" Die erste Anspannung flog davon.

"Sie dürfen mich Ville nennen."

"Oh, das ist aber kein gewöhnlicher Name."

"Ich weiß. Es ist ein Skandinavischer. Meine Vorfahren kamen aus dem Norden. Darf ich Sie nach Ihrem Namen fragen?"

"Gerne. Ich heiße Esperanza."

"Esperanza- die Hoffnung. Ein schöner Name. Sie sollten stolz darauf sein, dass Ihre Eltern sich dafür entschieden haben."

Lachend sagte sie: "Ich werde ihnen bei Gelegenheit dafür danken. Kommen Sie hier aus dem Ort?"

"Nein. Ich bin zu Besuch bei einem alten Bekannten und war wie Sie auf dem Heimweg. Und Sie? Kommen Sie von hier?"

"Ich bin vor ein paar Jahren zugezogen. Der Liebe wegen."

"Ich höre aus Ihrer Stimme Trauer und Enttäuschung.", er stellte keine Frage mehr.

"Schon gut. Es ist schon länger aus."

"Das tut mir Leid."

"Da können Sie ja nichts für. Er ist zum Arschloch geworden und da war es das Beste."

"Wenn Sie das so sehen, wird es schon seine Richtigkeit haben."

Zustimmend nickte sie ihm zu.

Als sie die Kreuzung erreicht hatten, stoppte Esperanza: "Vielen Dank. Aber den Rest des Weges laufe ich alleine. Es war nett, Sie kennenzulernen."

"Wie Sie wünschen. Das Vergnügen war ganz meinerseits."

"Sind Sie noch länger bei Ihrem Bekannten?"

"Ja, noch ein paar Tage. Wieso fragen Sie?"

"Nun ja, vielleicht ergibt sich dann noch mal die Gelegenheit, dass ich mich bei Ihnen bedanken und ich Sie zu einem Kaffee einladen kann."

"Das wäre mit eine Ehre. Aber verstehen Sie es nicht als Ablehnung, ich würde es begrüßen, Sie einladen zu dürfen. Alles andere schickt sich nicht." Er zwinkerte ihr zu.

"Okay, dann schlagen Sie einen Termin vor."

"Morgen Nachmittag gegen 16 Uhr? Ich würde Sie abholen und sie entscheiden dann, wo es hingeht. Ist Ihnen das genehm?"
"Natürlich. Ich freue mich."
Er verabschiedete sich mit einem Handkuss und Esperanza rannte die letzten Meter durch den Regen nach Hause.

"Hast du was erreicht?"
"Ja Meister. Sie ist unter Beobachtung."
"Gut. Wie weit bekommen wir sie?"
"Ich werde alles in die Wege leiten, damit es klappt."
"Das hoffe ich. Sie ist und bleibt eine Gefahr."
"Was ist mit der anderen?"
"Nun, da haben wir ein Problem."
"Ich weiß! Beseitigt es!"
"Das ist nicht so einfach. Ihr kennt die Lage."
"Schlimm genug. Sowas können wir nicht gebrauchen!"
"Ich weiß. Wenn wir aber eingreifen, dann erhöht es das Risiko, dass es auffällt."
"Ja leider.Trotzdem beseitigt ihn möglichst schnell. Und die anderen am besten gleich mit."
"Wie ihr wünscht, Meister."
"Und ohne Spuren zu hinterlassen!"
"Natürlich."

Nach langer Zeit der Trauer und Verzweiflung ging es Esperanza gut. Sie freute sich auf das Wiedersehen mit Ville. Er schien anders zu sein als die meisten Männer, mit denen sie es zu tun hatte. Seine ganze Art und Weise hatte sie in den Bann gezogen und das, obwohl sie sich bisher nur das eine Mal gesehen hatten. Seine Höflichkeit gefiel ihr besonders, auch wenn viele vielleicht sagen würden, dass es "Altmodisch" wäre, aber sie störte es nicht.

Wieder regnete es, aber dieses Mal kümmerte sie sich selber um Wetterschutz, als sie zu der Straßenecke aufbrach, an der sie sich gestern verabschiedet hatten. Sie war überpünktlich, aber er war bereits da.

Mit einem "Pünktlichkeit ist das A und O des Lebens" und seinem warmherzigen Lächeln begrüßte er sie.

"Und ich dachte immer, dass ich die Einzige bin, die das so sieht.", war ihre Antwort.

"Nein, gewiss nicht. Wohin darf ich Sie denn nun einladen?"

"Ist es in Ordnung, wenn wir uns duzen?", war ihre Reaktion darauf.

"Wenn du das willst, gerne. Dazu kamen wir gestern leider nicht mehr."

"Schön. Na dann auf ins Café um diesem Wetter zu entkommen."

"Den Eindruck hatte ich gestern nicht, als ich dich auf der Straße im Regen stehen sah, dass du das Verlangen hattest, ins trockene zu gelangen. Aber nur zu. Gehen wir." Wieder bot er ihr seinen Arm und dieses Mal nahm sie sein Angebot an.

"Gestern waren es andere Bedingungen. Ich hatte Streit mit einer Freundin und danach war mir der Regen mehr als egal. Vielleicht hatte ich gehofft, so diverse Probleme einfach wegzuspülen."

"Oh, das hört sich aber nicht gut an. Aber glaub mir, ich kenne das auch. Es gibt Augenblicke, da ist einem einfach mal danach. Um was für Probleme ging es denn, wenn ich mir die Frage erlauben darf."

"Ach vielen. Ich will dich damit aber nicht belasten. Da muss ich alleine durch." Esperanza wusste nicht, warum sie überhaupt angedeutet hatte, dass sie Dinge beschäftigten, und sie damit ihr Leben vielleicht aufs Spiel setzte, aber er gab ihr einfach das Gefühl, wichtig zu sein und das man mit ihm reden konnte. Dennoch wollte sie sich den Nachmittag nicht durch solche unschönen Gedanken ruinieren lassen.

"Dann verzeih mir meine Frage. Was trinkst du denn?" Inzwischen hatten sie das Café erreicht, indem sie sich immer mit Mandy traf.

"Einen Kaffee. Nach was außergewöhnlichem ist mir im Moment nicht."

Als die Bedienung kam, bestellte er und wandte sich dann wieder seiner Begleitung zu.

"Warum denn nichts besonderes? Ab und zu muss man sich sowas mal gönnen."

"Naja, Erinnerungen." Ihre gute Laune verschwand immer mehr.

"Mit deinem ehemaligen Lebensgefährten hast du abgeschlossen, so habe ich das bei unserem ersten Aufeinandertreffen verstanden."

"Das stimmt. Aber... meinen Sohn. Ich habe auch ihn verloren."

Verständnisvoll ergriff er ihre Hände. "Das tut mir so leid. Es war bestimmt nicht meine Absicht, verheilte Wunden aufzureißen."

"Die sind noch lange nicht verheilt. Und bis es dazu kommt, wird es noch dauern, so lange ich kein Grab habe, an dem ich trauern kann."

"Wenn du Geld brauchst, da kann ich helfen. Ich wünsche mir nur, dass du zu Ruhe kommst und es dir gut gehst. Ihm geht es da, wo er jetzt ist, ganz sicher gut."

"Nein, ich glaube das nicht. Oft höre ich ihn im Schlaf nach mir rufen und wenn ich dann wach werde, habe ich immer das Gefühl, dass er in der Nähe ist, aber ich kann ihn nicht sehen."

"Das sind Hirngespinste. Du hast dein Kind verloren, das alles gehört dazu, diesen Verlust zu verarbeiten."

"Ich wünschte, ich könnte dir glauben. Aber das kann ich nicht."

"Warum nicht?"

"Weil sein Leichnam noch nicht gefunden wurde und so lange habe ich nicht die Gewissheit, dass er wirklich tot ist."

"Deine Ehrlichkeit ehrt mich und ich wünschte, ich könnte dir helfen. Nur leider ist das nicht möglich."

Eigentlich hatte sie sich vorgenommen, kein Wort über Sven in seiner Anwesenheit zu verlieren, aber es ging einfach nicht. Sie weinte leise und wahrscheinlich war er der einzige, der das merkte, aber in dem Moment war es ihr egal und sie war froh, dass er einfach nur zuhörte und ihr nicht mit Märchen kam, wie es bei Mandy und Sebastián der Fall war.

12

Bewusst hielt sie sich von Mandy und Sebastián fern und genoss die Zeit mit Ville. Ihre erste Vermutung, dass er anders was, hatte sich nach mehrmaligen Treffen bestätigt. Obwohl ihr gerade zu Beginn danach war, Mandy von ihrem neuen Bekannten zu erzählen, zog sie es vor, alles erst mal für sich zu behalten. Inzwischen war es ihr auch egal, was Mandy von ihr denken würde. Sie konnte und wollte nicht mehr den alten Zeiten hinterher hängen und lieber neu beginnen. Ville und sie unterhielten sich viel, wobei sie dennoch darauf zu achten versuchte, nur soviel preis zu geben, wie sie es für richtig hielt und die ganze Story mit Vampiren verschwieg.

Der erste Schnee war Ende November gefallen und bei einem gemeinsamen Spaziergang mit Ville kam es zu dem Treffen, mit dem Esperanza nicht gerechnet hatte. Sie sah Mandy in der Ferne, machte aber nicht auf sich aufmerksam. Als die Journalistin sie entdeckte, näherte sie sich.

Eigentlich passte es ihr nicht, jetzt von der Freundin gestört zu werden, aber es ließ sich auch nicht mehr vermeiden. Mit einem freundlichen "Hallo" begrüßte Mandy sie, jedoch erkannte Esperanza sofort, dass sich der Gesichtsausdruck der Älteren innerhalb weniger Sekunden verfinsterte, was sie nicht zu deuten wusste. Irritiert nickte Esperanza erst mal und sah dann zu Ville, dessen Mimik sich ebenfalls verändert hatte. Mit einem Mal war die entspannte Atmosphäre vorbei und nichts als Spannung war zu spüren. Das Schaubild, das sich Esperanza bot, war mehr als unheimlich. Ihre beiden Bekannten musterten sich wie Kontrahenten, die kurz vor einem Duell standen, aber keiner sagte etwas. Erst als Mandy unsicher einen Schritt zurück machte, ergriff Esperanza die Initiative und schritt ein: "Hallo Mandy. Schön, dich mal wieder zu sehen." Es sollte höflich klingen, kam aber nicht so rüber. "Darf ich dir Ville vorstellen? Ich habe ihn vor ein paar Wochen kennen gelernt. Er ist ein wundervoller Mann."

Mandy starrte erneut zu ihm und dann zu ihr, ohne ein Wort zu verlieren. Erst danach bat sie Esperanza: "Wir beide müssen uns mal unterhalten, Esperanza. Sofort und unter vier Augen."

"Was soll das denn?" empörte sie sich. "Ich glaube nicht, dass ich mich vor die rechtfertigen muss, mit wem ich mich treffe. Seit dem du in mein Leben getreten bist, lief alles schief! Jetzt, wo ich ein Licht im Tunnel sehen, tauchst du wieder auf und mischt dich in mein Leben ein! Du hast doch Sebastián und erzähl mir jetzt ja nicht, dass ich nicht zusammen seid! Also gönn mir doch einfach mal eine nette Bekanntschaft und halte dich ein für alle Mal aus meinem Leben raus! Ich hab echt die Schnauze von deinen Märchen und Vermutungen voll!" Sie griff nach Villes Hand, um ihn fortzuziehen, jedoch ohne Erfolg. Überrascht schaute sie ihn an.

"Ist das deine Freundin, mit der du dich gestritten hattest, als wir uns begegnet sind?" Esperanza nickte nur. "Dann komm ihrem Wunsch nach einem Gespräch doch nach. Wenn dann über alles geredet wurde, kannst du dich in Frieden von ihr abwenden."

Esperanza haderte mit sich selbst, entschloss aber dann für sich: "Nein. Wir haben nichts mehr zu bereden. Unsere Wege trennen sich hier und heute endgültig voneinander." Es war eine Aussage, die keinen Widerspruch duldete. Noch einmal sah sieh zu Ville, der sich ihr dann langsam zuwandte und ihr schließlich folgte, als sie von dannen zog.

"Sie hat sich von der anderen losgesprochen, Meister."

"Das ist eine gute Nachricht."

"Dann gibt es noch was. Es gibt die Bestätigung vom Verräter. Er steht im Kontakt zu ihr."

"Also stimmten die Vermutungen. Hol mir den Jungen!"

"Jawohl, Meister."

Schritte hallten durch das Gemäuer. Die verwinkelten Gassen waren ein Labyrinth für Fremde und selbst für die Jüngeren unter ihnen eine Herausforderung. Die wenigstens kannten alle Wege und selbst für die alteingesessenen der Gesellschaft waren sich nicht sicher, ob es nicht doch noch weitere Wege und Räume gab. Dieses Unterirdische Höhlensystem war ihnen eine Heimat geworden, nachdem man sie zu Beginn ihrer Ausbreitung gejagt und vertrieben hatte. Es gab eine Zeit, da lebten sie unerkannt neben den Menschen und die, die von ihrer Existenz wussten, hielten den Mund oder halfen ihnen sogar beim Nahrungserwerb. Damals gab es Freiwillige, die sich den Blutsaugern anboten, die Gefallen daran hatten, dass sie gebissen und ihnen Blut abgezapft wurde. Für einige war es eine Erfüllung zu leiden, dem Tod so nahe zu sein, wie für andere guter Sex. Das waren die Einen. Oftmals gab es dann noch die Anderen, die sich an diese Gesellschaft wandten. Die Gründe waren vielfältig und reichten vom Wunsch nach Rache bis zu härteren Bestrafung von Verbrechern, die nach der Meinung vieler Menschen zu milde davon gekommen waren.

Es war ein Miteinander, das aber mit dem Erscheinen sogenannter Heiliger zu Ende war. Eine undichte Stelle hatte ausgereicht, so dass nur noch die Möglichkeit des Untertauchens vor dem Aussterben rettete.

Alleine waren die Menschen hilflose Opfer, sobald sie sich aber zusammen taten, traf es oft die jüngeren, da ihnen das Know-How fehlte, zu entkommen. Mit dem Wissen, wie man sie vernichten konnte, wurden die Menschen zur einzigen Gefahr.

Die Treppen zu den Räumen der Novizen waren ihm so vertraut, wie alles hier. Mikael war oft hier unten, um sie zu erziehen und zu bestrafen. Er hatte keine Gefühle mehr, so dass es ihm nicht Leid tat, was er ihnen zufügte. Befehl war Befehl und das galt vor allem bei Aufsässigen. Sie hatten nun die Beweise, um das Kind zur Rechenschaft zu ziehen.

Er brauchte nicht lange suchen, bis er den Jungen antraf. Im gewohnten, militärischen Umgangston machte er auf sich aufmerksam: "Novize, antreten!"

Sven gehorchte abrupt und stellte sich Mikael gegenüber. "Folgen!" Eiligen Schrittes schloss Sven auf.

Sven kannte den Raum zu gut. Oftmals musste er hier erscheinen, wenn er sich widersetzt hatte. Dieses Mal kannte er allerdings nicht die Gründe. Er hatte zwar mehrmals versucht, zu seiner Mutter Kontakt aufzunehmen, jedoch war er immer wieder gescheitert. Er wusste nicht, was los war, jedoch spürte er, dass sie etwas damit zu tun hatte. Das der Mann, der ihn hier hin geführt hatte, Mikael hieß, wusste er, nicht jedoch, welche Funktion er ausübte.
 Elena hatte ihm viel darüber erzählt, wie alles ablief und das er es wie eine große Familie sehen sollte, wobei aber mehr als einer die Gruppe anführte.
 Immer, wenn er hier war, faszinierten ihn die Wände, da alles so aussah wie das Spiel, in dem er kleine Steinchen auf ein Brett legte und wenn man es dann bügelte, gingen sie nicht mehr auseinander. Seine Mama hatte das immer als Mosaik bezeichnet und gerne hatte er ihr solche Bilder gemacht. Aber während seine immer bunt und mit Herzen waren oder aussahen, wie eine Wiese voller bunter Blumen, war hier alles nur

grau. Gerne hätte er die Wände mal berührt um
zu sehen, ob sie sich aus so anfühlten, aber er
hatte sich nie getraut. Zu groß war die Angst,
dass vielleicht eines der Steinchen abfiel und
man ihn dafür bestrafen würde. Eine Weile war
er nur mit Mikael in dem Zimmer, der jedoch
kein Wort sprach, so als würde er auf etwas warten. Für Sven war es ungewohnt, so lange in diesem Raum zu sein, ohne dass etwas geschah. Als
dann schließlich die Tür aufging und sein Meister
eintrat hatte das Warten ein Ende. Dem Jungen
genügte ein Blick und er wusste, dass irgendetwas vorgefallen war, das ihm sehr missfiel.
 Aufgerichtet zu seiner vollen Größe schien er
dahin zu schweben, bis er sich schließlich auf seinem Stuhl niederließ, der wie immer in einer
Ecke stand. Mikael folgte ihm mit etwas Abstand
und blieb an der Seite des Meisters stehen. Man
musterte ihn wie etwas, dessen Wert man einschätzen wollte, bis die Stille endlich ein Ende
fand: "In wenigen Tagen wirst du deine Verwandlung hinter dir haben und das, obwohl du
geistig noch nicht so weit bist. Für uns heißt es,
dass du weiterhin unter Beobachtung stehst und
keinen Schritt alleine machen wirst. Das dient
zum einen deinem eigenen Schutz, aber, und das
hat oberste Priorität, dem Schutz der Gemein-

schaft. Spätestens dann werden auch deine Ausflüge zu den minderen Kreaturen ein Ende haben! Du weißt, wovon ich spreche?" Es war eher eine Feststellung als eine Frage und wie zur Bestätigung senkte Sven den Kopf. Er wusste inzwischen, dass er dem Meister nichts vormachen konnte.

"Deine albernen Versuche unterstreichen, dass du eigentlich noch nicht so weit bist, wobei wir eh davon ausgehen, dass es nie den passenden Zeitpunkt bei dir geben wird! Aber ich bin optimistisch, dass wir dem ein Ende setzen werden. Niemals hättest du den Menschen ein Zeichen geben dürfen, dass es uns überhaupt gibt! Niemals hätte dir einer zeigen dürfen, wie du in deinem Zustand diese so wichtige Grenze zu unserer Welt durchschreiten kannst! Und deswegen, Novize, werden all die Kreaturen, die das wissen, sterben müssen! Deine Mutter, die die Chance verspielte, alles zu vergessen und weiterleben zu dürfen. Dein Unterstützer und damit unser Verräter, aber auch die Menschen, die mit den beiden einen regen Umgang gepflegt haben!"

Sven verstand noch nicht so genau, um was es ging, lediglich ahnte er, dass etwas schlimmes passieren wird.

Der Meister erhob sich und lief auf ihn zu: "Bist du dir der Auswirkung deines verbotenen Verhaltens bewusst?" Der Junge schaute ihn fragend an. "Ich denke, dein Gesicht sagt alles aus. Nun denn, so werden wir dir deine Vergehen wohl vor Augen führen müssen!" Mit wenigen Schritten erreichte er seinen Platz und ließ sich nieder. Im gleichen Moment entfernte sich Mikael aus dem Raum und er war alleine mit dem Meister.

Es dauerte etwas, bis Mikael ein weiteres mal eintrat, jedoch war er nicht alleine. Hinter ihm lief ein älterer Mann, dem wiederum ein weiterer Mann folgte, den Sven schon mehrmals angetroffen hatte und der die ein oder andere Lehreinheit begleitet hatte. Der ältere hatte Probleme zu stehen und war fast froh, als man ihn zu Boden stieß und er liegen konnte. Die Verletzungen zeigten Sven deutlich, dass er schon länger gefesselt war, da der Junge selber immer wieder diese Tortur mitgemacht hatte, wenn er sich widersetzt hatte. Allerdings waren seine Handgelenke nie so in Mitleidenschaft gezogen worden. Sven überlegte, was dieser Mann hier zu suchen hatte, ob er ihn vielleicht sogar kannte, aber er kam nicht drauf.

"Jean, es freut mich, dich in dieser illustren Runde begrüßen zu dürfen. Aber ist es zuviel verlangt, dass du vor mir niederkniest und mir den entsprechenden Respekt zollst?" Es war keine Frage, sondern ein indirekter Befehl. Jean versuchte, sich aufzurichten, was ihm aber nur mit Unterstützung Mikaels und dem anderen Vampir gelang. "Ich sehe nicht ein, warum ich einem wir dir Respekt zollen sollte." Mit diesen Worten erinnerte sich der Junge, wer es war. Er kannte die Stimme, hatte bereits mit ihm gesprochen, aber dennoch fand er keine Erklärung, was diese Jean hier zu suchen hatte.

Das Aufbegehren quittierte Mikael mit einem vernichtenden Blick, lediglich der Meister konnte ihn davon abhalten, auf Jean loszugehen.

"Ein Wunder, er kann doch Sprechen! Nun denn, sprich. Teile uns dein Wissen mit."

Fragend riskierte Sven einen Blick zum Meister, was diesem nicht verborgen blieb.

"Wie ich sehe, weiß unser kleiner Freund nicht Bescheid. Kläre ihn auf, was dich in deine etwas missliche Lage gebracht hat, Jean. Es sei denn, du willst, dass der Junge deine weitere Tortur miterlebt." Er hielt kurz inne. "Was vielleicht gar nicht so schlecht wäre. Schließlich muss er noch viel lernen und vor allem, dass man meine Befehle nicht in Frage stellt!"

"So lass doch den Jungen in Ruhe. Er hat euch nichts getan. Wurde er gefragt, ob er einer von euch werden will?"

"Du meinst, er hat uns nichts getan. Wer ist denn dann dafür verantwortlich, dass ein paar Menschen wissen, dass es uns gibt? Und zu deinem weiteren Anliegen: Wir Fragen nicht, wir handeln."

"Der Junge kann doch nichts dafür. Er will doch nur zurück zu seiner Mutter. Warum behaltet ihr ihn bloß hier?"

"Weil er nun mal einer von uns ist und vielleicht finden wir noch Verwendung für ihn."

"Ihr habt sein Leben ruiniert."

"Nein, wir ermöglichen es ihm, für immer zu leben und niemals die Schmerzen und Sorgen des Alters kennen zu lernen."

"Aber will er das auch?"

"Alle wollen das, aber die wenigstens erfahren dieses Privileg. Aber du hast mir meine Frage noch nicht beantwortet: Woher wissen die Menschen von uns? Da du den Jungen so in Schutz nimmst, komme ich ja fast in die Verlegenheit, dass er daran beteiligt ist. Sven, tritt vor."

Widerwillig tat er es: "Ja, Meister."

"Kennst du diesen Mann?", wurde er gefragt.
"Nein, Meister."
"Wirklich nicht? Kommt dir seine Stimme bekannt vor?"
Sven nickte leicht.
"Du bist ein guter Junge. Deine Ehrlichkeit macht dich stark. Was hat er dir gesagt?"
"Das ich mit meiner Mutter reden soll."
"Du sollst mit ihr reden. Und worüber? Darüber, wo du bist?"
Diese bedrohliche Stimme hasste er. Er wusste, dass er die Wahrheit sagen musste, da er sonst mit Gewalt versuchen würde, die Antwort zu bekommen, die er brauchte. Es tat ihm leid und schmerzte ihn, den alten Mann seinem Meister auszuliefern.
"Ja, Meister." Er senkte den Kopf, wollte am liebsten weinen, aber er traute sich nicht.
"Deine Mutter wäre stolz auf dich Sven. Ehrlichkeit ist sowohl Last als auch Segen aller Geschöpfe.Du darfst gehen."
Sven verbeugte sich leicht und verließ die Kammer. Er war froh, nicht mehr dabei sein zu müssen.

Sven hatte sich zurückgezogen und sein schlechtes gewissen plagte ihn. War es richtig gewesen, dem Meister zu sagen, was geschehen war? Viel hatte er nicht in seinen vier Wänden, die seine Heimat, aber auch sein Gefängnis waren, die ihm so etwas wie Wärme und Geborgenheit gaben. So blieb ihm nur eine raue Decke, in die er sich kuschelte und der Vergangenheit nachhing.

Als es an der Tür klopfte, richtete er sich auf. Es konnten nur Elena oder Sebastián sein, die sich so ankündigten. Die große, schlanke Gestalt ging zu ihm. "Was ist denn los,Kleiner?" Sie setzte sich neben ihn und strich ihm übers Haar.

"Der Meister weiß, dass ich mit Mami gesprochen habe. Auch darüber, wo ich bin. Was passiert jetzt?"

"Warst du alleine bei ihm?"

"Nein, Mikael war da und dann noch Jean. Der hat dafür gesorgt, dass ich überhaupt erst mit ihr reden konnte. Sie werden ihn bestrafen!"

Sebastián hielt inne. Die schlechte Nachricht passte ihm gar nicht. "Du bist sicher, dass Jean da war?"

"Ja, der Meister hat ihn so genannt. Ich wollte doch nicht, dass das passiert. Aber ich hatte Angst." Er begann zu schluchzen,

"Wir können es nicht mehr ändern Sven. Gib dir keine Schuld dafür. Wahrscheinlich wussten sie es eh schon und wollten nur noch eine Bestätigung. Du sagtest, Mikael war auch da. Hat er was gesagt?"

"Nein, nur böse geguckt."

Sebastián musste grinsen "Das kann er ja auch."

"Kann ich mal wieder zu Mami?" Flehend schaute Sven ihn an.

Der Angesprochene verzog den Mund und suchte nach einer Antwort. "Ich glaube, das wird nicht mehr gehen."

"Aber warum nicht? Das hat doch sonst auch immer geklappt."

"Ja, jedoch war es da leichter. Weißt du Sven, deine Mutter ist nicht mehr alleine. Mit Mandy und mir will sie nichts mehr zu tun haben."

Erschrocken sah er auf: "Was? Warum nicht mehr? Sie war doch nie alleine. Ich war doch immer da!"

"Ich weiß. Mandy hat deine Mutter letztens mit einem Mann gesehen. Sie hat ihn als Ville vorgestellt."

"Aber warum kann ich denn dann nicht mehr zu ihr? Ich mache das heimlich, wenn sie alleine ist. Das geht doch, oder?"

"Der Mann ist nicht irgendwer. Du kennst ihn und ich weiß, dass du sowohl Angst als auch Wut auf ihn hast. Er wird es merken, wenn du da bist."

"Nein, wird er nicht!"

"Doch, das wird er. Wir müssen aufpassen, was wir machen. Es hat sich einiges geändert und das ist nicht gut für uns. Ich muss nun aber gehen und überlegen, was wir machen. Lass den Kopf nicht hängen, mein Junge. Wenn ich eine Möglichkeit gefunden habe, wie du wieder zu deiner Mama kannst, werde ich es dir sofort sagen. Das verspreche ich dir."

Er zog den Jungen an sich und drückte ihn einen Moment, bis er schließlich aufstand und ging.

"Verdammt noch mal, was soll das? Was macht er hier?" Mandy saß mit Sebastián in ihrer Wohnung und war wütend. Noch immer konnte sie nicht begreifen, was sie vor kurzem erlebt hatte.

Sebastián erging es nicht anders, lediglich, dass er seine Gefühle besser unter Kontrolle hatte. "Ich weiß nicht, wer ihm den Auftrag erteilt hat, aber das war ein guter Schachzug von ihrer Seite. Was aber dahinter steckt, kann ich dir wirklich nicht sagen."

"Hast du wenigstens eine Vermutung?"

"Vielleicht, aber mir wäre es lieber, sie würde sich nicht bestätigen."

"Und die wäre?"

"Das sie wissen, dass jemand aus ihren Reihen zu weit gegangen ist und Geheimes verraten hat."

"Aber das erklärt doch noch nicht, dass dieser Mikael an Esperanzas Seite ist!"

"Vielleicht wollen sie so herausbekommen, wo die undichte Stelle ist. Und außerdem: Sie haben Esperanza so unter Kontrolle. Mikael kann sie lenken und auf sie einwirken."

"Aber warum gibt er sich dann als Ville aus?"

"Womöglich vermuten sie, dass irgendjemand mal seinen Namen erwähnt hat. Wir selber haben ihn Esperanza gegenüber erwähnt. Hätte er sich so bei ihr vorgestellt, hätte sie vielleicht Verdacht geschöpft."

"Du meinst also, dass er nun auch die Aufgaben übernimmt, die Foxius eigentlich hatte?"

"So sieht es aus."

"Und wie kommen die dann darauf, dass es eine undichte Stelle gibt?"

"Die sind nicht blöd, Mandy. Denen ist sicherlich nicht entgangen, dass Sven versucht hat, abzuhauen und versuchen nun, dem Helfer auf die Sprünge zu kommen."

"Und welche Helfer sind das?" Ihr gefiel der Gedanke nicht, dass womöglich sie damit gemeint war.

"Jean. Er war der einzige, der in der Lage war, diese Verbindung überhaupt aufzubauen."

"Warum sprichst du so, als würde er nicht mehr leben?" Mandy war erschrocken.

"Wann hast du ihn das letzte Mal gesehen? In welchem Zustand war er da?"

"Das war in der Halle und er sah nicht gut aus. Meinst du..." Sie wollte nicht zu ende denken.

"Ich glaube schon. Sie haben ihn bekommen und aus dem Weg geräumt, wie sie es schon mit dir und Esperanza versucht haben."

"Und er hatte keinen Helfer."

"Er wollte nicht. Er hat sich damit abgefunden und wollte nicht noch mehr Leute damit hinein ziehen."

"Das stimmt. Selbst mit mir wollte er nicht mehr reden oder mich gar ansehen."

"Bleiben also nur noch wir. Du, Esperanza und ich.", führte Sebastián ihr deutlich vor Augen.

"Mit Mikael und Foxius als Gegner."

"Ich denke, Foxius wird sich da heraus halten. Er weiß, dass sie wieder unter Kontrolle ist."

"Blieben noch wir. Aber immer noch Mikael als Gegner."

"Ja, und ihn müssen wir ausschalten."

"Und dann? Bringt das Sven wieder zurück?"

"Ich fürchte nicht, Er wird schon soweit in der Verwandlung sein, dass sie nicht mehr zu stoppen oder umzukehren ist."

"Das heißt also, auch er ist... verloren." Mandy ließ den Kopf hängen.

"Mehr oder weniger, ja."

"Wie meinst du das?" Die Aussage irritierte sie. "Das sind bluttrinkende Bestien, die kleine Kinder zu Ebensolchen machen. Wie soll Esperanza damit leben, dass sie weiß, dass ihr Sohn noch lebt, aber sie ihn nie wieder sehen wird? Ich bezweifle, dass sie das schaffen wird!"

"Ich meine damit, dass er zwar einer der Ihren ist, aber du hast glaub ich schon selber gemerkt, dass er es trotzdem geschafft hat, Kontakt zu den Menschen zu halten."

"Ach und woher weißt du das schon wieder?"

"Ich habe das aus deinen Aussagen interpretiert und außerdem... " Er stockte, schien zu überlegen.

"Worauf willst du hinaus? Das hört sich für mich so an, als wüsstest du etwas, was vielleicht hilfreich sein könnte."

"Vergiss es einfach. War nur ein Blitzgedanke, aber der ist noch nicht Spruchreif. Aber nun werde ich mich mal wieder aufmachen. Ich habe noch zu tun." Ohne weitere Erklärungen stand er auf, verabschiedete sich von ihr und ging.

Fast hätte er ihr sein größtes Geheimnis verraten. Er glaubte noch nicht, dass sie soweit war, die Wahrheit zu verkraften und sie sah auch noch nicht so aus, als würde sie etwas ahnen. Dennoch musste er vorsichtig sein. Einiges hatte sich verändert und er wusste, dass ihm nicht mehr viel Zeit blieb, bevor Mikael dem Schauspiel ein Ende setzte. Ihm war klar, was dessen Aufgabe war. Er würde Esperanza solange benutzen, bis offene Fragen geklärt waren und sie dann töten. Würde er sie verwandeln, könnte sie wenigstens bei Sven sein, aber das würde er nicht machen. Mikaels Aufgabe war es, Zeugen umzulegen und das tat er auch. Für Verwandlungen waren andere zuständig. Sebastián hatte Mandy einiges verschwiegen, auch das er vermutlich derjenige war, auf denen es Mikael im Endeffekt abgesehen hatte, schließlich war er die undichte Stelle. Mit der Zeit war er davon überzeugt, dass sie ihn inzwischen im Visier hatten und nur darauf warten, ihn als Verräter auffliegen zu lassen und entsprechend bestrafen zu können. Er war einer von ihnen, wusste, wie sie tickten und kannte ihre Strafen. Sie waren als

Vampire zwar äußerst hart im nehmen, aber dafür waren die Methoden, einen von ihnen zu Rechenschaft zu ziehen ebenso hart und brutal. Sollten sie ihn kriegen, würden sie ihn lange leiden lassen und ihn nur langsam in den endgültigen Tod schicken. Um dem zu entkommen, blieb ihm nur, zu erst Mikael und dann den Meister zu schlagen. Alles weitere würde sich ergeben. Er könnte dem Spuk der Vampire ein Ende machen, aber er würde sie niemals alle vernichten, was auch nicht sein Ziel war. Er wollte, dass diesem sinnlosen Entführen und Verwandeln von Menschen jeden Alters und Geschlechts ein Riegel vorgeschoben wurde und dass die, die davon profitierten, in die Schranken verwiesen würden. Sebastián kannte seit hunderten von Jahren das Leiden der Menschen, aber auch das Geheimnis der Verschwundenen. Irgendwann wird er Mandy alles erklären müssen und ihm blieb dann nur zu hoffen, dass sie es für sich behielt, aber das sah er positiv.

13

Unruhig wälzte sie sich hin und her. Die Bilder, die sie plagten, waren der Grund dafür:
Jean war mit Ketten gefesselt und hing an der Wand. Schmerzen zeichneten sein Gesicht. Er versuchte, seine Position angenehmer zu machen, was aber sehr schwer war. Jemand trat in den Raum, löste Jeans Fesseln, aber ließ ihn nicht einen Moment aus den Augen, sondern führte ihn raus. Es war dunkel, und sie sah nichts, bis Jean in einen helleren Raum eintrat. Die Gestalt, die ihn dorthin geführt hatte, stieß ihn zu Boden, aber Jean entwich kein Ton. Erst als er aufsah, erblickte auch sie ihn: Ihren Sven. Der Junge war blass und schien überrascht zu sein, aber er sagte nichts. Er hatte sich verändert, aber dennoch war es ihr Junge. Offensichtlich führten die dort Anwesenden eine Unterhaltung, aber sie hörte nichts. Die Stille schien sie zu umgeben, als wäre sie taub. Esperanza versuchte, diesen Bildern, diesem Film zu entkommen, aber eine unsichtbare Kraft ließ es nicht zu. Der Versuch, die Augen zu öffnen und alles zu vergessen scheiterte, wie der Wunsch zu schreien, dass alles aufhören solle. Es war, als wäre sie ein Teil dessen, was sie se-

hen musste und sie erkannte neben Sven, Jean und dessen Bewacher eine weitere Gestalt. Sie war groß, mager, hatte kinnlanges, graumeliertes Haar und saß auf einem Stuhl. Er schien alles genau zu beobachten. Erst dann erkannte sie, wer der Bewacher war, verwarf diesen Gedanke aber sofort wieder. Es musste alles ein Alptraum sein, es war unrealistisch, Ville, Jean und Sven zusammen zu sehen. Außerdem glaubte sie Ville, dass alle Erinnerungen nur Ergebnisse ihres Traumas waren. Er würde sie niemals anlügen, sie kannte und vertraute ihm.

Sie sah, wie Sven ging und hoffte, das Gleiche tun zu können, aber es war ihr nicht möglich. Der erneute Versuch, aufzuwachen, misslang. Sie fühlte sich gefangen und dieser unbekannten Macht ausgeliefert.

Sobald die Erwachsenen alleine waren, sah sie wieder Ville. Dieses mal hielt er Jean am Nacken hoch und nötigte ihn so, zu dem Langhaarigen zu sehen. Jean versuchte, dem Griff zu entkommen, aber Ville schien kein Problem damit zu haben, ihn zu halten.

Dieses Trugbild sollte aufhören! Esperanza schrie innerlich, als sie plötzlich selber einen Griff im Nacken spürte, so als wäre sie an Jeans Stelle. Die Angst, seine Angst durchfloss sie und sie empfand das gleiche Gefühl wie damals, als sie erstmals über Jean mit Sven in Kontakt gekommen war. Sie waren auf eine merkwürdige Art verbunden. Dieses Band ließ sie so leiden, wie Jean, sie spürte die kalte Hand im Nacken, etwas spitzes an ihrem Hals und die Angst, die sie zu übermannen schien.

 Sekunden später merkte Esperanza, dass sich etwas verändert hatte. Sie war nicht mehr tauber Beobachter sondern mit einem Mal auch Zuhörer:
"Wer ist es?" war die harte, donnernde Stimme desjenigen, der auf dem Stuhl saß.
 Jean schüttelte nur den Kopf.

 "Du schützt den Verräter, Jean. Das macht alles nur noch schlimmer... für dich."
 "Ihr erfahrt nichts von mir!", schrie Jean.
 "Du solltest deinen Ton den Umständen entsprechend anpassen! So spricht keiner mit dem Meister." Sie war es, seine Stimme, die sie so gerne hörte. Aber das konnte nicht sein! Ville war das nicht!
 Daraufhin zog er Jean noch höher und ließ ihn ohne Vorwarnung los, so dass er auf dem Boden aufschlug. Erneut hob er Jeans Kopf an und

schlug ihn dann auf den steinernen Boden. Das Blut lief an seiner Schläfe entlang und tropfte hinunter.

Esperanza spürte, wie auch sie der Schmerz durchzog, aber ohne, dass es zu bluten begann.

"Wer ist es? Willst du wirklich, dass sie noch mehr spürt?" Villes Stimme klang bedrohlich.

"Was?" Jean war irritiert

"Glaubst du, wir wissen nicht, dass du in der Lage bist, mit ihr in Verbindung zu treten? Willst du wirklich, dass die Mutter des Menschenkindes mitleidet? Du bist nicht der Einzige, der das kann. Wir alle können das. Also: Wer ist es?"

"Ich weiß nicht, was ihr wissen wollt!"

"Wirklich nicht?" Ville führte seine zweite Hand an Jeans Kehle und begann, zuzudrücken. Auch Esperanza musste nun um jeden Atemzug kämpfen

"Wer ist der Verräter? Sag es!" Sie begann; wie er; zu röcheln.

"Halt!" es war der Meister, der nun einschritt. „Lass ihn los Mikael. Noch nicht."

Widerwillig löste der Angesprochene den Griff, Esperanza japste nach Luft und Jean tat es ihr gleich.

Mikael... diesen Namen hatte sie schon mal gehört. Mandy sprach davon, er sei ein Wandler.

Was sollte das alles? Wie konnten ihr Ville und dieser Mikael die gleiche Person sein?

"Du hast einen Fehler zu viel gemacht. Dein Wissen hättest du für dich behalten sollen." begann nun der Meister.

"Von dem Moment an, an dem du von unserer Existenz gewusst hast, wäre das Beste gewesen, du wärest einfach verschwunden. Du hättest mit niemanden reden sollen, dann wäre dir vieles erspart geblieben. Was hast du dir dabei eigentlich gedacht?"

"Ich... ich wollte nur helfen." brachte Jean stöhnend hervor. "Ich wollte ihr helfen, zu verstehen und zu verarbeiten, dass sie ihr Kind verloren hat. Aber was soll ich euch da erklären. Ihr versteht es ja eh nicht. Ihr nutzt eure Stellung um uns untertan zu machen."

"Schweig!" Mikael holte aus und schlug auf Jean ein, der einige Meter durch die Luft flog und dann stöhnend auf den Boden aufschlug.

Es fühlte sich so an, als wären etliche Knochen gebrochen. Überall tat es ihr weh, aber sie war immer noch nicht in der Lage, zu entkommen.

"Wenn dir deinesgleichen wirklich so wichtig sind, hüte deine Zunge. Jeder Vorwurf quittieren wir mit Schmerzen, den nicht nur du spürst, sondern auch die Mutter des Jungen. Alles was du erfährst, ereilt auch sie. Das sollte dir bewusst sein."

Diese Worte trafen Jean und Esperanza hart. Er war geschockt, während sie nun langsam verstand, was mit ihr geschah. Es war kein Traum, sie war keine Beobachterin oder Zuhörerin, sondern mittendrin in diesem makaberen Film.

Jean sank zusammen und Esperanza fühlte, dass er am Ende war. Immer noch tropfte das Blut hinunter und als Mikael seinen Finger an die Verletzung hielt, Blut darüber laufen ließ und dann genüsslich den Lebenssaft in den Mund führte, bekam sie es noch mehr mit der Angst zu tun. Sie erwartete insgeheime, dass er sich auf Jean stürzte, wie man es von Vampiren immer in Geschichten las, aber nichts geschah weiter.

"Da du nun weißt, was Sache ist, frage ich dich noch mal: Wer hilft euch Menschen? Wer stellt Verbindungen zwischen dem Jungen und seiner Mutter her?"

"Lieber sterbe ich, als dir diese Fragen zu beantworten. Er hat seine Gründe!"

"Das verhärtet den Verdacht, dass es ein bestimmter war. Er ist wie das Kind. Wollte sich nie damit abfinden, dass er was besseres ist."

"Also der Spanier:" Es war eher eine Feststellung als eine Frage, die der Meister in dem Raum warf.

"Ich gehe davon aus. Aber da wären noch andere, wobei die nicht die Stärke und den Mut hätten, sich zu widersetzen."

In dem Moment wurde die Tür aufgestoßen und eine junge Frau trat zu der Gruppe. Esperanza, die immer noch diesen Traum oder was es auch immer war, miterleben musste, erkannte sie. Sie schien wütend zu sein und griff ohne Vorwarnung Mikael an. Die stehende Verbindung, die ihr dieses Drama ermöglichte, wurde schwächer, aber sie wusste nicht, warum. Sie war zwar dafür dankbar, aber als sie registrierte, wie Jeans Körper plötzlich zuckte und ein Schwall Blut aus seinem Mund lief, hatte sie Angst, dass auch sie seinen Todeskampf durchleben musste.

Mit einem Mal merkte sie, wie sie die Kontrolle über ihre Gedanken und ihren Körper wieder bekam und endlich aufwachte. Dennoch wusste sie, dass Jean nicht mehr lebte. Esperanza tastete ihre Gliedmaßen und vor allem ihre Handgelenke ab und als sie sich durchs Gesicht fuhr, bemerkte sie, dass sie ebenfalls blutete. Zügig begab sie sich ins Badezimmer und schaute in den Spiegel. Offensichtlich hatte sie sich auf die Lippen gebissen und leichtes Nasenbluten, aber das war alle mal besser, als das, was sie vor wenigen Minuten auf unerklärliche Weise erlebt hatte.

Das kalte Wasser ließ sie über ihre Hände laufen, bis sie eine Schale formte und sich einen Schwall des kühlen Nass ins Gesicht spritzte.

Das Schwert war aus purem Silber, eine Waffe, die auch jene vernichtete, die nicht mehr sterben konnten. Alizé sprang auf Mikael zu, der zwar überrascht war, aber im letzten Moment noch auswich. Unter der Klinge gingen die steinernen Bodenfliesen zu Bruch, als wären sie aus Butter, was sie aber nicht davon abhielt, einen weiteren Angriff zu starten: "Du hast mir alles genommen, was ich liebte! Du hast mein Leid ausgenutzt um Dein zu sein! Und dafür wirst du bezahlen!" schrie Alizé Mikael an. Das der Meister sich ebenfalls in dem Raum befand, interessierte sie nicht und er griff auch nicht ein, sondern beobachtete nur. "Glaubst du wirklich, dass du mit deinem Benehmen zu deinem Ziel kommst? Das ist kindisch und du bist immer noch chancenlos mir gegenüber." Mikael grinste hämisch. Er schien Spaß daran zu haben, sie zu erniedrigen.

"Das werden wir sehen!" Alizé hielt inne und starrte in seine Augen, die sie so gut kannte. Einmal war sie ihnen verfallen, aber es würde kein zweites Mal geben.

"Wäre es dir lieber gewesen, da zu verrecken, zu verbluten und zu leiden? Ich tat dir damals einen Gefallen und du solltest mir dankbar dafür sein." Er stand aufrecht mit überkreuzten Armen vor ihr.

"Wie kann ich dir dafür dankbar sein, dass du mich aus meinem Leben gerissen hast? Ich wäre lieber gestorben, als deine Sklavin zu sein, Mikael."

"Wie wahr deine letzten Worte sind. Meine Sklavin. Die warst du und die bist du auch immer noch. Damit befehle ich dir, vor mir nieder zu knien und mit diesem Blödsinn aufzuhören."

"Und dann? Niemals! Ich habe mich von dir losgesagt und damit hast du mir nichts mehr zu befehlen!"

"Ich würde dir verzeihen meine teuerste. Du hast mir stets wohl gedient, bis du diesen einen Fehler gemacht hast. Bis dieser Spanier auftauchte und dir Dinge erzählte, die Lügen waren und Lügen sind!"

"Der einzige, der mir Lügen erzählt hat, warst du."

"Ein Irrtum. Ich habe dir versprochen, dich von deinem Leid zu befreien und dir das Altern zu ersparen. Du bist immer noch genauso hübsch wie damals, als ich dich das erste Mal sah, auch deine Verletzungen, deine Schmerzen belasten dich nicht mehr. Ich halte mein Wort und das erwarte ich auch von dir. Dein Versprechen galt mir, dass du mir gehorchst, mir nicht widersprichst, mich achtest und nichts von dem in Frage stellst, was ich sage. Keines davon hältst du ein und doch stehst du mir mit all deinen Lebensfunktionen gegenüber. Wer ist nun der Lügner?"

Alizé spürte den Hass in sich aufsteigen. Den Wunsch, Mikael zu vernichten, aber auch den Zweifel, ob sie es schaffte. Mit einem Schrei erhob sie das Schwert, stach in seine Richtung, aber verfehlte ihn ein weiteres mal. Als sie schwer atmend landete un sich auf der Waffe abstütze, eilte Mikael vor, trat ihr vor die Brust, so dass sie gegen die nächste Wand krachte und ihr die Waffe aus der Hand glitt, bis sie sich stöhnend aufrichtete und nach dem Griff tastete, es aber nicht zu fassen bekam. Alizé ahnte, woran das lag und als sie Mikael neben sich stehen sah, bestätigte sich ihre Vermutung. Er hatte das Geschmiede in der Hand und begutachtete es sorgfältig.

"Wo hast du es her?", fragte er barsch.

"Das wirst du niemals erfahren!"

"Ach, wirklich nicht?" Er richtete die Spitze auf ihre Brust.

"Nein, von mir erfährst du kein Wort."

"Hast du es von ihm?"

"Worauf willst du hinaus?" Alizé presste sich an die Wand.

"Nur die wenigsten wissen von ihr. Und zu denen gehörst du ganz bestimmt nicht."

Sie lächelte ihn an: "Aber ich habe es und es wird dein Ende sein."

"Wie willst du das anstellen? Es liegt in meiner Hand, du kannst es nicht erreichen, da du wie ein wimmernder Hund vor mir im Dreck liegst. Ich frage dich also noch mal: Woher hast du es?"

Sie sagte kein Wort, sondern schwieg und grinste.

"Jammerschade, dass du so enden musst Alizé, Tochter einer Leibeigenen und eines Bauern. Du hättest alles haben können, aber du hast dich dagegen entschieden. Eigentlich hast du diese sanfte Art in den endgültigen Tod nicht verdient. Du müsstest brennen wie die Hexen zu deiner Zeit, bei lebendigem Leibe qualvoll verenden. Aber wenn wir schon dabei sind, mit dem Schwert unserer Vorfahren zu kämpfen, so sollst du spüren, wie es sich anfühlt, in die dunkelste Welt der

Dunkelheit zu gelangen und nie mehr zurück zu kommen.

Mikael erhob das Schwert wie einen Speer. Die Spitze zeigte auf ihr Herz, das es in kürze zerstören würde. Sie schloss die Augen, spürte, wie die Klinge durch Haut und Muskel schnitt und realisierte den Schmerz, der ihr Inneres vernichten sollte. Das letzte, was ihrer Kehle entrann, waren die Worte: "Sebastián wird das beenden, was ich angefangen habe!" dann war ihre Seele frei

Die Nachricht erreichte ihn nicht viel später. Jean war gefallen und das auch Alizé den Kampf verloren hatte, hatte er selber mit ansehen müssen. Er trat in dem Moment ein, als Mikael das Schwert in ihr Herz stieß. Sie rief noch seinen Namen, was für ihn nun hieß, dass der Meister und auch sein Gegner Mikael wussten, das er dahinter steckte. Noch bevor die beiden anderen Vampire seine Anwesenheit bemerken konnten, war er geflüchtet. Gerne hätte er Alizé die letzte Ehre erwiesen und ihr in den letzten Sekunden ihrer Existenz die Hand gehalten, aber es war anders gekommen. Sie hatte sich erst sehr spät dazu entschieden, an seiner Seite zu kämpfen und zwar erst, als Esperanza in der Klinik war und Alizé Svens Leiden gesehen hatte. Sie beide wussten, was der Junge durchgemacht hatte und was noch vor ihm stand. Die endgültige Eingliederung in ihre Gesellschaft. Es war wie die Taufe der Menschen. Sie versprachen, füreinander da zu sein, dem Kodex zu folgen und ihre Existenz zu verstecken, sowie kein Wort zu einem Sterblichen zu sagen, es sei denn, er kommt von selber darauf und auch alle noch bestehenden Verbindungen zu den Menschen aufzugeben, sich ihnen nur in dem Moment zu zeigen, wenn sie bissen und Nahrung zu sich nahmen. So hatte der Mensch die Möglichkeit zu wissen, was ihm geschah und das es seine Bestimmung war, für die Lebensform zu sterben, die allen überlegen war. Es war natürlich, dass es Jäger und Gejagte gab und der Vampir am obersten Ende der Nahrungskette stand.

Nach der Taufe kamen die Zeiten, die vielen zu schaffen machten: Abstand wahren von denen, die man einst liebte, die einst für jemanden da war, die einen geboren und gezeugt hatten. Es war zwar keine Regel, an die sie sich zu halten hatten, aber ein ungeschriebenes Gesetz, dass man sein eigen Fleisch und Blut, egal ob Geschwister, eigene Kinder oder Eltern, nicht anrührte. Trotzdem war die Angst allgegenwärtig, dass ein Vampir sich genau diese Person aussuchte. Einige taten es auch genau deswegen, um dem anderen weh zu tun, so wie Mikael es bei Esperanza versuchen wird. Sebastián war sich dessen sicher, nur wann es dazu kommen würde, war ungewiss. Sie war das Druckmittel, um Sven gefügig und willig zu machen, damit Mikael seinen Spaß haben konnte. Jetzt, wo Alizé ein für alle Mal gegangen war, würde er sich einen neuen Sklaven oder eine neue Sklavin suchen und da kam Sven ihm sehr gelegen. Er kann den Jungen nutzen, um Menschen anzulocken, die er töten kann. Er ist klein und wirkt hilflos, der Mensch ist bestrebt stark zu sein und zu beschützen, was Mikael in die Arme spielt.

 Es tat so weh, dieser Schmerz, der sich in ihr ausbreitete. Sie hatte gehofft, dass es mit Ville bei ihr wieder aufwärts gehen würde, aber er war nicht der, für den er sich ausgab. Mikael war sein Name, und Mandy hatte von ihm erzählt, von ihren Begegnungen mit ihm, wie er versucht hatte, sie umzubringen. Gab es überhaupt noch so etwas wie Liebe und Frieden in ihrer Welt? Sie musste es verneinen. Sie war alleine, hatte ihr Kind verloren und ihr Wille war gebrochen. Sie musste erleben, wie Jean starb, war dabei gewesen und hatte ihm nicht helfen können. Und wer half ihr? Da waren nur Mandy und Sebastián. Aber auch er war seltsam, so anders und sie glaubte zu wissen, woran das lag. Er war da und wenn er da war, konnte sie ihren Sven bei sich spüren. Seinen Atem, seine kalten Hände, die sie so gerne wärmen würde. Seine Stimme, sein Lachen. Mit jedem Tag glaubte sie, dass sich alles weiter entfernte, außer Reichweite gelang und irgendwann wird der Punkt kommen, an dem sie ganz alleine war. Sie sah ihr Ende vor sich, wie eine Maus, die die Zähne der Katze im Nacken spürt. Todesangst und niemand, der ihr beistehen würde. Sie war eine gebrochene junge Frau, die mit dem Verlust ihres Kindes nicht klar kam und das würde sie zu Grunde richten. Vielleicht wäre es einfacher, diesen Schritt zu beschleunigen und sich das Leben zu nehmen.

"Mama... warum weinst du?" Es war die Stimme ihres Jungen. Sie war so nah und doch so fern. Dann spürte sie etwas kaltes auf ihrer Hand. Erschrocken fuhr sie zusammen, bis sie sich erinnerte, dass sie das schon mal erlebt hatte.

"Sven? Bist du da?"

"Mami, hier, bei dir. Ich halte deine Hand."

Erst jetzt begriff sie, was das Kalte war. Vorsichtig tastete sie danach. "Was machst du hier? Ich kann dich immer noch nicht sehen."

"Du fehlst mir, Mama. Ich schaffe es noch nicht, mich dir zu zeigen. Aber ich übe fleißig."

"Du übst? Kannst du das lernen?"

"Ja, Sebastián kann das doch auch. Er hilft mir."

"Wer ist Sebastián eigentlich?", fragte sie vorsichtig.

"Mein einziger Freund den ich habe. Er sagte, dass Mikael immer wieder bei dir ist. Dur darfst ihm nichts glauben! Er ist böse."

"Woher weißt du das, mein Junge?"

"Das wissen alle. Er macht das, was der Meister sagt. Er hat auch Jean getötet! Ich habe es gespürt."

"Ich auch, Sven. Ich habe es auch gespürt."

"Wie kann das sein? Du bist doch kein Vampir!"

"Nein mein Schatz, das bin ich nicht. Ich weiß es auch nicht. Vielleicht kann Sebastián das erklären. Ist er oft bei dir?"

"Nicht so oft. Er hat gesagt, dass er aufpassen muss, dass Mikael ihn töten will. Aber das darf er nicht!"

"Du hast recht, mein Kleiner, niemand darf einen anderen töten. Egal ob Vampir oder Mensch."

"Aber warum machen die das trotzdem?"

"Auch darauf kann ich dir keine Antwort geben. Wenn ich könnte, würde ich dich jetzt drücken."

"Du hast keine Angst vor mir?"

"Nein, du bist und bleibst mein kleiner Engel. Für immer!" Esperanza merkte, wie er sich an sie drückte und schlang vorsichtig ihre Arme um seinen vermuteten Körper.

"Du musst vorsichtig sein, Sven." Es war Sebastiáns Stimme, die erklang und wenig später stand er neben ihr.

Esperanza erschrak über sein plötzliches Erscheinen und auch Sven schien seine Haltung verändert zu haben, da sie seine Kälte nicht mehr spürte.

"Aber das ist doch meine Mami!"

"Genau deswegen. Wenn du sie nicht verlieren willst, pass auf, was du tust, Kleiner."Sebastián schien besorgt zu sein.

"Ich mache doch nichts." Sven hörte sich unsicher an.

"Ich weiß, Kleiner. Aber es gibt da andere, die nur darauf warten, dass du einen Fehler machst. Außerdem ist die Gefahr sehr groß, dass Mikael hier auftaucht und dann haben wir ein Problem."

Nun schaltete sich Esperanza ein: "Wer ist er denn nun wirklich? Ich kenne ihn als Ville." Sie konnte ihre Ängste nicht für sich behalten.

"Er nennt sich so, um dich unter seine Kontrolle zu bekommen. Er spielt dir was vor. Wir sollten uns alle vier treffen. Ich bringe den Jungen mit, und du, Esperanza, kommst gegen Abend zu Mandy. Aber pass auf, dass er nicht in der Nähe ist. Ich denke, du wirst ihn spüren. Und nun müssen wir gehen, Sven. Du siehst deine Mutter später wieder. Es gibt einiges zu bereden."

Noch einmal merkte sie Svens kalte Hand auf ihrer. Dann war auch Sebastián verschwunden und mit ihm ihr Junge.

Es war bereits nach 21 Uhr, als Sebastián eintraf. Zuvor hatten Mandy und Esperanza die Wartezeit damit verbracht, sich auszusprechen und alle Tatsachen zusammen zu tragen. Nach langer Zeit fühlte sich Esperanza erleichtert, als sei eine Last von ihr abgefallen, die sie seit den Streitigkeiten mit Mandy mit sich herum trug. Beide hatten sich der anderen gegenüber unangemessen verhalten, aber nach dem Gespräch waren alle Differenzen beseitigt.

Überrascht waren beide, als neben Sebastián ein kleiner Junge stand. Das erste Mal seit ihrer Begegnung sah Mandy den Jungen leibhaftig vor sich stehen. Auch Esperanza war zu erst etwas irritiert, aber dann sprang sie auf, um Sven in die Arme zu schließen.

"Sven, Sven, du bist es wirklich! Wie lange habe ich mir gewünscht, dich wieder zu sehen. Aber du hast dich verändert."

Sanft aber bestimmend ging Sebastián dazwischen: "Wir haben nicht soviel Zeit. Daher sollten wir schnell zur Sachse kommen."

Mandy war die erste, die darauf reagierte. Sie trug ihre Frage vor, die sie seit langem beschäftigte und vielleicht hier und jetzt eine Antwort bekommen konnte: "Hat irgendjemand was von Jean gehört? Seit unserem letzten treffen ist er spurlos verschwunden." An den Gesichtern ihrer Freundin und Sebastián erkannte sie, dass etwas vorgefallen war. Der Vampir gab die Antwort: "Die anderen hatten ihn gefangen und er ist letzte Nacht gestorben." Sein Blick streifte Esperanza, die schluckte, als wüsste sie, wie er gelitten hatte. "Ist etwas?" fragte er vorsichtig nach.

"Ich war dabei. Ich kann nicht erklären, wie, aber ich war dabei."

Sebastián runzelte die Stirn: "Mikael?" Sie nickte und er verstand.

Nun war es Mandy, die ihn ansah: "Wie kann das sein?"

"Er nutzt Esperanza, um ihr zu zeigen, was ihr blüht. Er stellt eine Verbindung her, so dass sie alles sieht und spürt, was er in diesem Fall Jean antat. Es ist etwas übersinnliches, was für euch Menschen schwer zu verstehen ist und eine Fähigkeit, die uns als Gestalten der Nacht auszeichnet. Jedoch ist nicht jeder von uns in der Lage, das so zu nutzen, wie Mikael. Er hat diese Gabe nahezu perfektioniert, was ihn noch gefährlicher macht, als er so schon ist."

"Er kann andere das fühlen lassen, was sein Opfer fühlt?"

"Ja, so ist es. Und da Esperanza ihm vertraut, kann er sie so manipulieren."

"Er hat sich an mich heran geschmissen um mir weh zu tun?" Esperanza war fassungslos.

"Ja, das ist sein Job. Alles, was er macht, dient seinem Ziel, das er im Auftrag des Meisters anstrebt."

Sie ließ den Kopf hängen und fühlte sich bestätigt, was sie seit kurzem geahnt hatte. Er war nie an ihr interessiert, nicht so, wie sie es erhofft hatte. Sven warf einen kurzen Blick zu Sebastián, der darauf nickte. Der Junge erhob sich, und ging zu seiner Mutter: "Mami, bitte hör auf zu weinen." Er klang so erwachsen, was zu seinem kindlichen Körper nicht passte. Dann setzte er sich neben sie und schlang seine Arme um ihren Hals, um sie zu trösten.

Einen Augenblick betrachtete Mandy die beiden, bis sie sich wieder an Sebastián wandte: "Und wer bist du wirklich? Du tauchst auf einmal auf und inzwischen glaube ich, dass es kein Zufall war. Du bist anders. Keiner von uns, aber auch nicht so einer wie Mikael."

Er verstand sie und begann: "Du hast recht. Ich bin anders. Keiner von euch, aber dennoch einer wie Mikael. Allerdings habe ich einen anderen Weg eingeschlagen."

Seine Worte waren wie Peitschenhiebe, die beide Frauen zusammen zucken ließen. "Mein voller Name ist Sebastián de la Vie und meine Wurzeln liegen in Spanien. Du fragtest mich einst, wie alt ich denn sei. Nun, geboren bin ich im 12. Jahrhundert. Ich habe also schon so einiges erlebt. Man sieht es mir nicht an, da ich mich körperlich nicht mehr verändere. Auch Sven teilt das Schicksal. Er wird sein kindliches Aussehen immer beibehalten, nur sein Geist entwickelt sich weiter. Er wirkt so erwachsen, da ihm keine andere Wahl blieb. Er ist noch nicht lange bei uns, aber er musste sich den Gegebenheiten anpassen, auch, wenn er die Umwandlung noch nicht vollendet hat. Jedoch kann man diesen Prozess nicht mehr umkehren und inzwischen auch nicht mehr stoppen. Noch vor Jahresende wird er ein vollwertiger Vampir sein. Seine Weigerung, das anzunehmen, was er wird, hat diesen Vorgang verzögert. So lange der Geist noch nicht bereit dazu ist, wird die körperliche Entwicklung deutlich verlangsamt, aber dennoch geht sie schleichend voran. Es gibt Mittel, die die Metamorphose in den ersten 24 Stunden abbrechen können, dann wäre er ganz normal gestorben, aber man fand ihn erst danach und Mikael hat alles dafür getan, dass niemand dazwischen funken würde."

"Aber man hat mir gesagt, dass das ein Unfall war!" Sven unterbrach ihn.

"Ein Unfall, den sich Mikael zu nutzen machen konnte. Ein frisch verwandelter Vampir konnte sich nicht beherrschen und hat dich angegriffen. In der Regel kommen so junge Menschen nicht in Frage, verwandelt zu werden. Derjenige wollte dich töten, aber er hat beim Biss zu wenig Gift benutzt, da ihm die Erfahrung fehlte. Als Mikael dahinter kam, hat er sich darum gekümmert, dass du zu ihm kommst. Alles in Absprache mit dem Meister. Keiner verstand, was der Grund dafür war. Selbst ich bin erst später dahinter gekommen."

"Und warum?" fragte Esperanza traurig. "Wenn Sven normal gestorben wäre, hätte man ihn gefunden und ich hätte ihn beerdigen können! Vieles wäre uns allen erspart geblieben." Der Junge verstand nicht, was seine Mutter damit sagen wollte, aber schwieg.

"Sven ist ein Kind und ihr Menschen wollt Kinder beschützen und helfen. Für Mikael wäre das eine sehr simple Art gewesen, neue Opfer zu finden, in dem er ihn als Lockvogel einsetzt. Er braucht einen Sklaven, der ihm die Drecksarbeit abnimmt, der ihm bedingungslos gehorcht, und alles macht, was er will. Und glaub mir, er unterscheidet nicht männlich oder weiblich, Jung oder Alt. Er nimmt alles, um diverse Praktiken auszuüben. Dazu kommt, dass seine frühere Sklavin, die sich bereits von ihm losgesagt hatte, endgültig tot ist. Kurz nach dem Jean fiel, hat es sie erwischt. Ein junges Mädchen, dein Alter" Er nickte Esperanza zu. "Alizé wollte ihren ehemaligen Herr eliminieren, aber sie war nicht stark genug. Sie hat ihn in Wut und Verzweiflung angegriffen, was für Mikael ein leichtes war, sie auszuschalten."

Esperanza war den letzten Worten sprachlos gefolgt, bis sie ihre Stimme wieder fand: "War das so ein schlankes Mädchen? Ich habe sie in der Klinik kennen gelernt."

"Ihr kennt sie beide. Da hat sie jedoch noch eigenwillig agiert. Ja, sie war bei dir in der Klinik, aber sie musste aufpassen, dass Foxius sie nicht bemerkte. Und du, Mandy, kanntest sie aus dem Park. Sie war kurz vor mir bei dir. Sie sprach dich auf dein Mal an und als ich dann in die Nähe kam, verschwand sie wieder. Erst nachdem sie sich euch gezeigt hat, habe ich sie ausfindig machen können."

"Ich hätte mit vielem gerechnet, aber nicht damit." Sowohl Mandy als auch Esperanza waren erstaunt und sahen sich immer wieder an.

"Wie viele gibt es noch von euch?", wollte Mandy nun wissen.

"Viele. Die meisten werden sich aber nie einem Menschen zeigen. Sie leben im Verborgenen."

"Aber warum tauchst du dann auf?" erkundigte sich Esperanza,

"Weil ich etwas beenden will, das Ausmaße annimmt, die man nicht gutheißen kann. Viele sehen es so, nur sie haben nicht den Mut und auch nicht die Stärke, es mit denen aufzunehmen, die das Zepter in der Hand halten. Ich kämpfe im Grunde alleine gegen die Großen."

"Führt Mikael sie an?", wollte Mandy wissen.

Schnell schüttelte Sven den Kopf und Sebastián fügte hinzu: "Nein, Mikael ist der, der organisiert, aber der Auftrag kommt vom Meister. Es ist wie bei den Menschen, wenn einer die Macht hat, der dazu nicht geeignet ist, nutzt er das auf Kosten derer aus, die ihm untertan sind und die ihm nichts können. Es bedarf eine Armee, einen Diktator zu stürzen, aber nur wenige, um das Volk zu unterdrücken. Das war früher so, ist heute immer noch so und auch in Zukunft wird das der Fall sein."

"Gibt es denn einer Armee, die dazu in der Lage ist?" Esperanza klang hoffnungslos.

"Nein, leider nicht. Ich bin alleine und hatte nur wenige Unterstützer. Ich brauchte jemanden, der mir in eurer Welt Informationen überbringt, die ich brauche, um meine Schritte zu planen und dafür hatte ich Jean. Er hatte die Fähigkeit, mit denen in Kontakt zu treten, die nicht mehr hier weilten. Er konnte mir Anhaltspunkte geben, wenn es jemanden gab, der weder Mensch noch Vampir war. Jedoch war er beim ersten Mal selber überrascht, dass sowas möglich schien. Das war, als du, Mandy, zu ihm kamst und ihr den ersten Versuch startetet, Sven zu erreichen."

"Ich war aber beruflich bei ihm. Woher konnte er wissen, dass ich die richtige Person bin?"

"Viele Komponenten sind nötig, um das Geschehen zu begreifen. Schicksal, aber auch Glück, gehören dazu. Darauf haben auch wir keinen Einfluss. Wir müssen es so hinnehmen. Es gibt nicht für alles eine Erklärung."

"Wie willst du dann gegen den Meister kämpfen?"

"Es gibt eine Möglichkeit, aber auch ein Problem. Vampire können nur mit wenigen Mitteln getötet werden. Die stärkste und zuverlässigste Waffe ist ein silbernes Schwert, dass in Weihwasser gekühlt wurde, als es vor vielen hundert Jahren geschmiedet wurde. Durchstößt man damit das Herz eines Vampirs, ist er unwiderruflich tot."

"Und wo ist es?", fragte Mandy langsam euphorisch.

"Das ist das Problem. Mikael hat es. Alizé wollte ihn damit umbringen, aber da sie es nicht schaffte, starb sie durch die Waffe in seiner Hand, nachdem er es ihr abgenommen hatte. Normalerweise ist es in den Katakomben des Petersdoms in Rom und man kommt nur durch das altrömische Abwassersystem dorthin. Wie sie davon wusste und wie sie es an sich nahm, weiß ich nicht."

"Du bist dir sicher, dass er es hat? Womöglich hat er es schon wieder dorthin gebracht."

"Ja, er hat es noch. Es kann nur von dort genommen und wieder dorthin gebracht werden, wenn in Rom Dunkelmond herrscht. Also kein Mond am Himmel zu sehen ist. Die nächste Möglichkeit wäre um den Jahreswechsel."

Mandy sah auf ihren Kalender nach und folgerte: "Also bleiben uns noch knapp drei Wochen."

"So sieht's aus."

"Wo bewahrt er es in der Zeit auf?" fragte Esperanza

"Entweder er trägt es bei sich oder es wird in der ehemaligen Drachenhöhle am Rhein aufbewahrt."

"Etwa am Drachenstein? Dort wo Siegfried der Sagen nach den Drachen besiegte?"

"Genau da."

"Und wie finden wir das heraus?"

Sein Block glitt zu Sven, der sich reflexartig hinter seiner Mutter verstecken wollte. "Das wird dein Job sein, Sven. Du bist der einzige, der sich einigermaßen unbemerkt bei denen herum treiben kann. Es reicht, wenn du herausfindest, ob er das Schwert bei sich trägt. Er wird dich in nächster Zeit genauer im Auge behalten und in deiner Nähe sein. Also ideale Voraussetzungen."

"Warum gerade Sven? Er ist doch noch ein Kind!" Esperanza war besorgt.

"Wenn ich da auftauche, bin ich tot. Es wird zum Kampf kommen, aber dann ist es mir lieber, wenn ich weiß, wo sich das Schwert befindet."

"Kommt denn keine andere Höhle in Frage?"

"Nein, das ist bedingt durch unsere Geschichte, aber das zu erklären, steht mir nicht zu."

"Und wie wissen wir, dass wir dir vertrauen können?" Ganz überzeugt war Esperanza noch nicht. "Du hast uns immer noch nicht gesagt, was dich dazu antreibt."

"Mandy hatte sich damit befasst. Aber dir ist vielleicht der ganze Zusammenhang nicht bekannt."

Die Journalistin dachte nach und alles was ihr einfiel, war: "Hat es was mit den ganzen Vermisstenfällen zu tun?"

"Ja, du könntest mir sicherlich sagen, wie viele es in den letzten drei Monaten waren, aber das brauchst du nicht, da ich die Zahlen selber kenne. Wurden jemals die Leichen gefunden oder sind sie wieder lebend aufgetaucht?"

Mandy verneinte: "Nicht, dass ich was davon wüsste."

"Wirklich nicht?" er deutete mit seinem Kopf zu Sven.

"Nein..." sie stockte "... bitte sag, dass das nicht wahr ist!"

"Doch. Alle sind da, wo Sven auch ist. Du kennst den ein oder anderen."

"Elena?" Es war Sven, der den Namen aussprach.

"Ja, auch sie.", bestätigte Sebastián.

Mit einem Mal fiel es Mandy und wenig später auch Esperanza wie Schuppen von den Augen.

"Alle die verschwunden sind, sind zu solchen Bestien geworden?"

"Nicht alle sind Bestien. Sieh uns an."

"Aber warum?"

"Weil Menschen, naja, Grundnahrungsmittel für uns sind, was aber nicht die Masse erklärt. Die meisten von uns sehen sich als was Besseres, was mehr oder weniger auch stimmt. Sie benötigen welche, die für sie arbeiten und ihre unmenschlicher Triebe befriedigen. Sie brauchen Sklaven und Sexualpartner und da hat jeder andere Wünsche und Vorstellungen. Es gibt immer Zeiträume, wo mal mehr und mal weniger die Nachfrage nach was Neuem ist. Die jetzige Phase ist wieder so eine, wo viele was neues haben wollen. Man kann das mit Menschenhandel vergleichen, nur das das hier auf Bestellung geht. Jemand meldet sich, teilt seine Vorstellungen den Jägern mit und derjenige kümmert sich dann darum. Dazu gibt's die Wandler, wie Mikael einer ist. Sie nehmen die Bestellung in unserer Welt auf und suchen in eurer nach dem Passenden. Der Meister übermittelt die Wünsche der anderen und darum kümmert sich Mikael dann."

"Das ist krass. Kann man sagen, dass alle, die mal verschwunden sind, Sklaven oder ähnliches bei den Vampiren sind, wenn man von ihnen nichts mehr gefunden hat?"

"Nicht alle, aber einige."

Kopfschüttelnd saßen die Frauen da und versuchten zu verstehen, was sie gerade mitgeteilt bekommen hatten.

Sebastián beendete das Schweigen nach einigen Sekunden: "Ich denke, das reicht für heute. Wir müssen auch wieder zurück. Sonst fällt das auf. Wenn es was neues gibt, erfahrt ihr es. Nun komm, Sven. Verabschiede dich von deiner Mutter. Es wird Zeit."

Der Junge schaute traurig zu ihr, aber er wusste, dass Sebastián recht hatte. "Hab dich lieb Maml." Er drückte sie noch ein mal, dann ergriff er Sebastiáns Hand. Mit einem: "Behaltet das alles für euch und lasst euch nichts anmerken. Schon gar nicht Mikael gegenüber." verabschiedete er sich und sie verschwanden.

14

Die Frauen schwiegen eine Weile, bis Mandy schließlich das Wort ergriff: "Oh man, ich hätte ja mit vielem gerechnet, aber nicht damit. Ich hätte nicht gedacht, dass er auch einer von denen ist."

"Du sagst es. Ich habe das mit Sebastián geahnt. Seine Stimme habe ich in so einer Art Traum gehört, als Sven irgendwie dabei war. Ich kann es nicht erklären."

"Das brauchst du nicht. Ich weiß, wovon du sprichst. Warum hast du nichts davon gesagt?"

"Weil ich nicht wusste, ob du mir glauben würdest oder ob er das will. Das erste mal, als ich ihm bei dir begegnet bin, habe ich seine Stimme erkannt. Ich war total irritiert."

"Kein Wunder."

"Ich mache mir Sorgen um meinen Jungen. Ich habe Angst, dass er das nicht schafft."

Mandy setzte sich neben sie und legte ihr einen Arm um die Schulter: "Er wird es schaffen. Sebastián wird sich um ihn kümmern und ihn unterstützen."

"Das mag schon sein. Aber trotzdem."

"Glaube daran. Die machen das schon."

"Und danach? Wenn sie das Schwert dann haben, was werden sie tun?"

"Ich hoffe, diesen Albtraum beenden."

"Was wird dann aus Sven?"

"Das kann ich dir nicht sagen. Vielleicht kümmert sich Sebastián um ihn und vielleicht ermöglicht er dir so, dass du ihn hin und wieder sehen kannst."

"Das wäre schön. Hast du eine Idee, welche Rolle Dr. Foxius spielt? Von ihm hat Sebastián nichts gesagt."

"Gute Frage. Vielleicht ist er nur einer derjenigen, die das Angebot wahrnehmen."

Esperanza wandte ihren Kopf ab und hing ihren Gedanken nach.

Eine Weile war Stille, bis Mandy sagte: "Na komm. Lass uns den Tag beenden. Es ist spät geworden. Alles wird seinen Weg gehen."

Er beobachtete das Geschehen aus etwas Entfernung. Nachdem sich die Gruppe langsam aufgelöst hatte, musste er Acht geben, dass Sebastián ihn nicht bemerkte. Da Mikael sich denken konnte, worüber sie sich unterhalten hatten, war nun er an der Reihe, das Wissen für seine Interessen zu nutzen. Seine nächsten Schritte würden daraus bestehen, Esperanza weiter zu beeinflussen, soweit sie sich darauf noch einließ. Wenn er sie unter seiner Kontrolle wusste, konnte er Sebastián, den Jungen und Mandy mit einem Mal auslöschen. Fast zärtlich fuhr er über den geschmiedeten Stahl, der an seiner Seite hing und die Klinge schien ein Lied zu singen. Seine tote Sklavin hatte ihm einen großen Gefallen damit getan, dass sie das Schwert zu ihm brachte, wenn auch aus einem anderen Grund. Es ersparte ihm die Zeit, es zu holen, und ermöglichte so, das er den Verräter und seine sterblichen Helfer schneller aus dem Weg schaffen konnte. Für die Menschen benötigte er es eigentlich nicht, davon abgesehen, dass es ihnen auch nicht zustand, durch diese Waffe zu sterben, aber es würde ihnen sicherlich Angst machen, es in seiner Hand zu sehen. Das Ende der Erwachsenen stand also fest, nur mit dem, was er mit dem Kind machte, war er sich noch unsicher. Einerseits war er wie der Spanier ein Verräter, aber andererseits würde ihm der Junge in vielen Dingen guten Dienst erweisen. Außerdem war es Strafe genug, wenn er den Tod seiner Mutter miterleben musste, jedoch verschob er diese Entscheidung und nahm sich vor, diese erst dann zu treffen, wenn die Zeit gekommen war.

Ein weiteres Problem bestand darin, dass Esperanza nun gewarnt sein könnte und sich von ihm fernhalten würde. Er musste an sie denken und stellte sich jeden Zentimeter ihres Körpers vor, ihren Geruch und das Geräusch, wie ihr Blut in den Adern pulsierte. Noch würde er sich gedulden müssen, bis er sich an ihr gütlich tun konnte, aber bald konnte er seiner Gier freien Lauf lassen.

Sein Verlangen steigerte sich, aber er verlor nicht die Beherrschung. Es war eine Art Sucht, die ihn überfiel. Dieses Gefühl, kurz davor zu stehen und die Kontrolle über sich zu verlieren, trieb das Adrenalin durch seinen Körper und fühlte sich für ihn an wie ein Orgasmus.

Sicherheitshalber zog Mikael sich noch mehr zurück, bis er sich wieder ganz in die andere Welt begab. Es war eine Fähigkeit, die alle Vampire beherrschten, das Wandern zwischen den Welten, jedoch erfuhren Neulinge erst dann von der Gabe, wenn sie sich unter Kontrolle hatten und keine Gefahr bestand, dass sie negativ auffielen. Er fand es leichtsinnig, dass Sven bereits Bescheid wusste und nur Sebastián in Frage kam, der ihm das beigebracht hatte.

Eigentlich konnte es ihm egal sein, aber es störte ihn dennoch, dass sich der Spanier über die

Regeln hinweg gesetzt hatte. Das er so aber in Ungnade gefallen war, kam Mikael sehr entgegen.

Mit jedem Tag der verging, fühlte sich Esperanza mehr und mehr beobachtet, so dass sie sich häufig umsah. Es wunderte sie nicht, dass sie niemanden sah, der dazu in Frage käme, da sie ahnte, wer der Auslöser sein könnte. Es kam nur Ville, oder wie er wirklich hieß, Mikael, in Frage. Seit dem Treffen war er bei ihr nicht mehr aufgetaucht, was ihr nur Recht war, da sie nicht wusste, wie sie sich ihm gegenüber nun verhalten sollte. Einerseits war sie froh, nun zu wissen, mit wem sie es zu tun hatte, andererseits war es aber beängstigend zu wissen, was er vorhatte und zu was er fähig war.
"Werte Esperanza, es freut mich, dich zu sehen."
Erschrocken fuhr sie herum und vor ihr stand derjenige, an den sie gerade noch gedacht hatte. "Oh, ich habe nicht mit dir gerechnet... Ville." Sie war froh, dass sie sich nicht verraten hatte und versuchte, begeistert auszusehen.
"Ich hoffe, ich störe dich nicht, meine Teuerste."
"Äh, nein, ganz bestimmt nicht."

"Du wirkst sehr überrascht und erschrocken, meine Liebe."

"Ich... ich hatte nicht mit dir gerechnet."

"Den Eindruck habe ich auch." Er ergriff ihre Hand und begrüßte sie mit seiner Art, die sie so fasziniert hatte. Er war der Einzige, der eine Dame ohne Scheu mit einem Handkuss begrüßte. Jetzt, wo sie wusste, was er war, konnte sie es etwas besser verstehen. Er kam aus einer Zeit, als es zum guten Ton gehörte oder aber er hatte diese Zeit miterlebt und war noch älter. In vielen Dingen war er anders und sie hatte gehofft, dass für sie ein neuer Lebensabschnitt begann.

"Erlaubst du mir die Frage nach deinem Befinden?"

"Es geht mir einigermaßen. Aber das Leben geht weiter."

"Du wirkst so nachdenklich. Was beschäftigt dich? Ich hoffe, dass nicht ich der Auslöser bin?"

"Ähm, nein." Verzweifelt suchte sie nach einer Erklärung, ohne, dass er Verdacht schöpfen konnte.

Sein Blick verriet ihr, dass er ihr nicht glaubte.

"Nun ja, ich habe mich gefragt, wo du in den letzten Tagen warst. Ich... ich habe dich vermisst."

Es war eine glatte Lüge, die sie ihm auftischte, jedoch war ihr in dem Moment nichts anderes eingefallen.

Seine Augen leuchteten, als er das hörte: "Oh, das tut mir ausgesprochen Leid und war bestimmt nicht meine Absicht. Meine Anwesenheit wurde woanders benötigt. Wie kann ich das wieder gut machen, meine Teuerste?"

"Oh, das ist nicht nötig. Du bist ja da." Es war ihr Versuch, in keine für sie gefährliche Situation zu kommen.

"Nein, ich habe dich warten lassen und du hast dir womöglich Sorgen gemacht. Versage mir nicht den Wunsch, das wieder gut zu machen."

"Es ist so in Ordnung, wie es jetzt ist, Ville." Um ihre Aussage zu unterstützen, ergriff sie seine Hand, drückte sie und zog die ihre fast erschrocken schnell wieder zurück. Seine Hand war kalt, eiskalt.

"Lass uns ein paar Schritte gehen, Esperanza und teil mir mit, wie ich mein Fernbleiben entschuldigen kann."

Er war hartnäckiger als sie dachte und sie ahnte, dass sie sich etwas einfallen lassen musste, um aus der Situation heile wieder heraus zu kommen. Schweigend liefen sie nebeneinander her, was ihr Unbehagen bereitete. Lieber wäre es ihr gewesen, wenn sie sich wie sonst einfach unterhalten konnten und sie ihn, beziehungsweise seine Stimmung, deuten konnte. Es war die Angst, die sie davon abhielt, auch nur ein falsches Wort zu sagen. Er war gefährlich und dieses Wissen lastete sehr auf ihr.

"Was ist dein größter Wunsch?", fragte er plötzlich unmittelbar. Ihre Antwort war es auch, und das bereute sie noch, bevor sie zu Ende sprach: "Sven wiederzu..."

Abrupt stoppte sie und biss sich auf die Lippen. "Dein Sohn? Denkst du immer noch an ihn?"

Sie nickte nur und als sie merkte, dass sie aus einer Lippe blutete, wandte sie sich schnellst möglich von ihm ab.

Esperanza konnte nicht erklären, woher dieses Gefühl kam, aber sie wusste, dass sie ganz schnell unter Menschen musste, weg von ihm. Irgendetwas hatte sich an ihm verändert und mit dem, was sie von Sebastián erfahren hatte, war es das sicherste, zu verschwinden.

"Entschuldige. Ich muss weg. Ich brauche Ruhe.", stammelte sie, drehte sich um und ging.

Ihr Weg führte sie in die sonst so belebte Einkaufsstraße, wo aber wegen des Novemberwetters kaum jemand unterwegs war. Fast verzweifelt hielt sie nach Leuten Ausschau, immer die

Angst im Nacken, dass Ville jeden Moment über sie herfallen konnte. Erst in ihrem Café, in dem sie oft mit Mandy war, fühlte sie sich einigermaßen sicher. Es war hell, freundlich und warm. An einem freien Platz in mitten des Raumes ließ sie sich nieder, griff nach einem Taschentuch und tupfte ihre Lippe ab. "Was kann ich Ihnen bringen?", fragte die zu ihr geeilte Bedienung.

"Einen Tee bitte."

"Kräuter oder Früchtetee?"

"Früchtetee."

"Kommt sofort.", war ihre Antwort.

Sie beobachtete ihre Mitmenschen, die verschiedene Beschäftigungen nachgingen und stellte sich wie sooft die Frage, wer von dem Geheimnis wusste, vielleicht sogar ein Teil davon war. Was würde passieren, wenn all das publik werden würde? Gäbe es Panik oder würden das alle für lächerlich halten?

"Verzeih meine unhöfliche Frage von eben. Ich würde dir gerne etwas Einzigartiges zeigen. Komm bitte morgen gegen 16.30 Uhr zur alten Linde am Friedhof. Und enttäusche mich nicht." Mikaels Anrede riss sie aus ihren Gedanken und sie sah ihn neben sich stehen. Er lächelte sie an und wartete auf eine Antwort. "Was machst du hier?", fragte sie ihn.

"Mich entschuldigen. Das bin ich dir schuldig. Nun, sehen wir uns morgen?"
Sie wollte ihre Ruhe haben, ihn loswerden und sagte zu.

Sie starrte in das Teewasser und schüttelte immer wieder leicht mit dem Kopf. Esperanza wusste, dass sie ihr Versprechen nicht einhalten konnte. Mit Mikael alleine am Friedhof zu sein, war eine Vorstellung, die sie frösteln ließ. Bilder, die sie verdrängt hatte, kamen vor ihrem inneren Auge auf, die Schmerzen, die Jean bei seinem Tod gehabt hatte und weitere Bilder aus diversen Filmen trugen dazu bei, dass es ihr plötzlich ganz anders ging. Noch schlechter, als Sven mit einem Mal verschwunden war. Das Gefühl von leere, von der Dunkelheit nach dem Leben, die Einsam- und Hilfslosigkeit machten alles noch schlimmer. Sie glaubte, dass der morgige Tag ihr letzter werden würde, wenn sie sich darauf einließ, dass er sie finden würde, falls sie nicht erschien machte sie aber auch traurig. Besser wäre es gewesen, wenn sie sich eine Ausrede hätte einfallen lassen, um den Tag eines Wiedersehens mit Mikael weiter herauszuzögern.
Die warme Tasse hatte sie mit beiden Händen umfasst und genoss, wie die Kälte aus ihren Kno-

chen wich. Dennoch blieb ein Teil dieser Kälte enthalten. Sie konnte ihn nicht mit einem warmen Tee verdrängen, da er sich in ihren Erinnerungen eingebrannt hatte. Mikaels Hände waren viel kälter als die ihres Jungen, selbst Sebastián schien bei weitem nicht so 'tot' zu sein, wie ihr Feind.

Als sie ausgetrunken und bezahlt hatte, machte sie sich auf den Weg nach Hause, jedoch kurz bevor sie endgültig dorthin lief, änderte sie ihr Ziel und ging zu Mandy. Vielleicht konnte sie ihr helfen, dem aus dem Weg zu gehen, was ihr am nächsten Tag blühte.

"Oh, hallo Esperanza!" wurde sie von einer überraschten Mandy begrüßt. "Was führt dich zu mir?"

"Ich habe ein Problem."

"Na komm rein, dann können wir reden." Dankend nahm sie das Angebot an.

"Also, was ist los?"

"Mikael... er war wieder da."

Bei dem Namen schüttelte sich die Journalistin: "Was will er denn? Du hast ihm doch nichts gesagt?"

"Nein. Aber er will mich morgen treffen."

"Warum? Hat er etwas gesagt?"

Sie verneinte. "Ich weiß, dass ich da nicht hin kann, aber er wird mich finden!"

"Hast du ihm zugesagt?"

"Ja, was blieb mir anderes übrig? Er wollte sofort eine Antwort!" Esperanza begann zu schluchzen.

"Du wirst da aber nicht hin gehen! Das kann ich nicht zulassen! Wo und wann denn?"

"Morgen um 16:30 Uhr an der alten Linde am Friedhof. Ich habe Angst, Mandy!"

"Es ist alles gut. Ich lass dich da nicht hin. Es ist einfach viel zu gefährlich!"

"Ich weiß. Aber was soll ich machen? Wenn ich nicht dahin komme, findet er mich woanders."

"Wir müssen uns was einfallen lassen."

"Und was? Es sind nur noch wenige Stunden bis dahin."

"Noch haben wir Zeit. Uns fällt was ein. Hat er wirklich nicht gesagt, was er da will?"

"Er will mir was zeigen. Das war alles, was er noch dazu gesagt hat."

"Das kann alles sein. Vielleicht machst du dir auch umsonst Sorgen und er hat wirklich nichts schlimmes vor."

"Glaubst du das wirklich?"

Stumm schüttelte Mandy den Kopf.

"Siehst du, wenn das alles so ist, wie Sebastián meint, dann hat er da was mit mir vor. Was auch immer das sein wird, ich will nicht!"

"Beruhige dich erst mal." Tröstend legte Mandy ihren Arm um die Jüngere. "Wir finden eine Lösung."

"Kann Sebastián da was machen?", fiel Esperanza nach einigen Minuten ein. "Er könnte ihn vielleicht davon abhalten, mir was anzutun."

"Ich weiß nicht, ob das Sinn macht. Dann würde alles auffliegen und wir wissen immer noch nicht, wo das Schwert ist."

"Versuch ihn bitte zu erreichen!", flehte Esperanza.

In dem Moment läutete es an Mandys Haustür. Die Frauen schauten sich an. Die eine ängstlich und die andere überrascht. Schließlich erhob sich Mandy und öffnete.

Wenig später stand Mandy mit Sebastián im Raum, was nun auch Esperanza ein erstauntes Gesicht entlockte. Während sich die Freundinnen ansahen, Mandy mit den Schultern zuckte, begrüßte Sebastián nun auch Esperanza.

"Wir haben gerade von dir gesprochen.", war alles, was der Jüngeren einfiel.

Er schaute zu Mandy, die nickte.

"Okay, dann sagt mir doch mal, warum."

In wenigen Worten fasste Mandy das zusammen, was sie bisher erfahren hatte, was Sebastián dazu veranlasste, sich erst mal zu setzen.
"Das ist wirklich nicht gut. Aber wir müssen das Beste daraus machen."

Sven tat alles, um nicht aufzufallen. Meistens hielt er sich in der Nähe von Elena auf, die ihn wenigstens ein bisschen achtete. Vieles hatte er inzwischen gelernt und sein Kampf gegen das, was er fast vollständig war, hatte er mehr und mehr aufgegeben. Es war ein sonderbarer Moment für ihn gewesen, als er in seinem Inneren spürte, dass er zu etwas wurde, das er nicht mehr abwenden konnte. Nur durch Sebastián hatte er gelernt, dass das sein neues Leben war. Sebastián war eine Art Vater für ihn, der ihn das lehrte, was er brauchte, auch wenn er vieles noch nicht anwenden konnte oder durfte, um nicht aufzufallen. Er sollte sich weiterhin so verhalten, wie bisher, damit niemand einen Verdacht schöpfte. Gerne hätte er all die Dinge ausprobiert, die ihm Spaß machten, aber nur bei Sebastián hatte er die Gelegenheiten dazu. Diese Mission hatte ihn und den erfahrenen Vampir zusammen geschweißt und jetzt, wo er wusste, was er machen konnte um sein neues Leben angenehm zu machen, war es ihm leichter gefallen, es auch anzunehmen. Er war stärker geworden, was ihm gefiel. Auch verstand er inzwischen vieles besser, was die älteren und erwachsenen Menschen taten und sagten. Er fühlte sich erwachsener, wenn er auch nicht größer oder älter geworden war.

Dennoch widerte es ihn an, was er machen musste. Er musste sich ernähren und dafür töten. Inzwischen hatte man auch ihn dazu überredet, menschliches Blut zu sich zu nehmen, jedoch zog er es vor, soweit er die Möglichkeit hatte, dem aus dem Weg zu gehen und hin und wieder Tiere zu töten. Mit Sebastián war das kein Problem, da er auch nichts anderes tat, was, so hatte er ihm mal erzählt, den Umgang mit Menschen leichter machte. Er konnte sich weitestgehend beherrschen, wenn er unter den Menschen war, ohne aufzufallen, was Sven ebenfalls anstrebte.

Sven wusste, dass Sebastián bei Mandy und seiner Mutter war, da er beide unauffällig beobachtete um im Falle eines Angriffs von Mikael einzugreifen. Oft verbrachte Sebastián Tag und Nacht damit, sie zu beschützen, da nie klar war, wann sich Mikael wo aufhielt. Durch das sensible Gehör nahm er jedes Wort auf viele Meter Entfernung genau wahr.

Svens eigenen Sinnesorgane waren noch nicht so ausgeprägt wie die eines erfahrenen Vampirs. Aber dennoch merkte er, wie sie immer schärfer wurden.

Gerade hatte er sich eine weitere Lehreinheit über die Geschichte der Vampire angehört, als er Mikaels Anwesenheit spürte. Sebastián hatte ihm beigebracht, wie er diese Gabe einsetzen konnte und es war ihm leicht gefallen, das auch umzusetzen. Dadurch war ihm in der letzten Zeit nicht entgangen, dass Mikael immer häufiger in seiner Gegenwart war und ihn wahrscheinlich beobachtete. Jedoch war dessen Aura anders als sonst. Auch das spürte er. Mikael wirkte angespannt, so als würde er auf etwas warten, das bald eintrat. Unweigerlich musste er an seine Mutter denken und erneut hoffte er, nun endlich herauszufinden, wo das silberne Schwert war.

"Novize! Antreten!" Mikaels Ruf war nicht zu überhören und da er der einzige war, konnte nur er gemeint sein. In demütiger Haltung, also mit gesenktem Kopf lief Sven zu ihm.

"Du hast dich sehr verändert und endlich akzeptiert, was du wirst. In kürze wird deine Verwandlung vollendet sein. Am kürzesten Tag des Jahres wirst du diesen Teil deiner Ausbildung beendet haben. Danach lernst du, selbständig auf die Jagd zu gehen. Niemand wird dir dann bei der Nahrungssuche mehr helfen, wie du es jetzt noch kennst.Bereite dich darauf vor."

 Sven nickte nur, als Mikael sich jedoch zu ihm runter beugte und seinen Kopf ergriff, musste er ihn ansehen. "Du wirst danach neue Aufgaben bekommen und mir dienen, wie ich es will. Das ist deine Bestimmung und der wirst du dich fügen. Dem Wusch des Spaniers werde ich demzufolge nicht nachkommen."

 Der Junge musste schlucken. Er wusste, was das bedeutete. Er konnte danach nicht mehr bei Sebastián sein. "Geh wieder an deine Arbeit!" Sven gehorchte und trat einen Schritt zurück. Als Mikael sich abwandte, entging ihm nicht, dass dieser seine Hand auf etwas abstützte, was er zu verbergen versuchte. Unter dem Mantel zeichnete sich für einen Augenblick eine Silhouette ab, als Mikael sich mit Schwung umdrehte und ging.

 Die Meldung kam ihm wie gerufen und mit einem Mal sah die Zukunft gar nicht mal so schlecht aus. Wenn Svens Vermutung stimmte, würde es am nächsten Tag zum Kampf kommen. Wie seine Chancen standen, wusste Sebastián nicht zu sagen. Mikael hatte das Schwert bei sich und er musste hoffen, dass er es auch zum vereinbarten Treffen mit Esperanza mitbrachte. Zwar konnte es auch sein, dass er die Waffe nicht mitbrachte, aber das wäre für Mikael sehr untypisch. Vielleicht versteckte er das Schwert, aber er würde es in Reichweite haben.

In seinen Augen war es viel zu früh, zum entscheidenden Schlag auszuholen, jedoch konnte das die einzige Gelegenheit sein, so nah an seinen Gegner heran zukommen. Überraschend für ihn war, dass er sich mit Esperanza am Friedhof treffen wollte. Dort war geheiligter Boden, den keiner ihrer Spezies freiwillig betreten würde. Sie zogen es vor, einen riesen Bogen um solche Orte zu machen. Sie waren Untote und hatten dort nichts verloren, was Mikael aber offensichtlich nicht störte. Auch die Linde war ein Objekt, welches die Ihren mieden. Viel Blut war zu Zeiten der Kelten und Germanen dort geflossen, es war ein Baum, dem man Achtung zollte. Wenn Sebastián diese Fakten aufzählte, konnte er sich nur schwer vorstellen, dass Esperanza dort sterben würde. Zu vieles sprach einfach dagegen, dennoch musste er darauf gefasst sein.

Am Steinbruch, der Svens Spielplatz gewesen war, saß Sebastián an den Abhängen. Dieser Ort war für ihn ein Zeichen seines Kampfes geworden. Als er Mandy vor Mikaels Angriff beschützt hatte, konnte er noch nicht ahnen, wie weitreichend diese Begegnung mit der Journalistin wirklich war. Es hatte Augenblicke gegeben, in denen er zweifelte, ob sein Widerstand überhaupt Sinn gemacht hatte, aber je intensiver er sich mit Mandy und später auch Esperanza befasst hatte, umso mehr glaubte er daran. Mikael war ein Problem weniger, wenn er ihn erledigt hatte, aber dann waren da noch Dr. Foxius und der Meister. Die wenigsten wussten, dass die beiden Brüder waren. Ihm würde es reichen, wenn er einen der beiden eliminieren würde, da der eine ohne den anderen nicht existieren konnte. Starb der eine, würde auch der andere zu Grunde gehen, da ein Schwur sie miteinander verbannt. Dieser hatte damals dem Zweck gedient, dass sie sich nicht gegenseitig töteten um Neid abzuwenden. Es gab Zeiten, da war dieses Vorgehen üblich gewesen, was nun sein Vorteil sein konnte.

Die Nacht würde kalt werden, vielleicht sogar den ersten Frost bringen. Es passte zu dem, was sich in wenigen Stunden ereignen würde. Kälte, Finsternis und Tod. Drei Dinge, die Mikael in die Hände spielten, aber für die Menschen unangenehm waren. Er machte sich langsam auf den

Weg in seine Unterkunft. Sein Plan stand, jedoch musste er die Kleinigkeiten noch einmal im Kopf durchspielen.

15

Am Morgen hatte der erste Frost des Jahres die Eifel in ein zartes Weiß getaucht. Unschuldig, aber auch unheimlich. Verzweifelt suchte Esperanza nach einer Möglichkeit, den Tag herum zu bekommen. Kurz nach Mittag traf sie bei Mandy ein, von wo aus Sebastián sie abholen wollte. Sie war nervös, hatte kaum geschlafen und auch Mandy konnte ihr die Anspannung nicht nehmen. Esperanza kam siech vor, als wäre das ihr letzter Tag, was ja auch nicht sehr abwegig schien. Zwar würde sich Sebastián in der Nähe aufhalten, jedoch war sie die meiste Zeit auf sich alleine gestellt. Einen genauen Plan hatten sie nicht, da keiner wusste, wie Mikael reagieren und handeln würde. Er war die große Unbekannte in ihrer Rechnung.

"Wie geht's es dir?", erkundigte sich Mandy.
"Nun ja, ich fühle mich nicht besonders gut."
"Ich verstehe dich voll und ganz, aber du machst das schon. Wir sind ja in der Nähe."
"Ich weiß. Trotzdem mache ich mir Sorgen, dass das alles schief geht."

"Das wird es nicht. Mikael rechnet bestimmt nicht damit, dass du Hilfe hast."

"Weißt du es?"

"Hast du ihm etwa was davon gesagt?" Mandys vorheriger Optimismus schwand.

"Nein, ganz sicher nicht. Aber er ist nicht dumm. Vielleicht beobachtet und verfolgt er mich oder er hat jemanden, der das für ihn übernimmt!"

"Nun beruhige dich wieder. Falls es so sein sollte, finden wir schon eine Lösung."

"Aber was ist, wenn er Sven was antut? Vielleicht ist eh schon alles zu spät."

"Das hättest du doch bestimmt gemerkt. Schließlich bist du seine Mutter!"

"Und wenn nicht? So eng wie früher ist unsere Bindung nicht mehr. Das spüre ich."

"Sicher hätte Sebastián dann etwas gesagt."

"Ich wünschte, ich könnte das so sehen, wie du." Esperanza lief geknickt umher.

"Wir schaffen das. Glaub an dich!" Aufmunternd klopfte Mandy ihr auf die Schultern. "Noch ist alles im grünen Bereich,"

"Vielleicht für dich, nicht jedoch für mich. Wahrscheinlich bin ich heute Abend tot. Wie soll bei mir dann alles in Ordnung sein?"

"Du wirst nicht sterben."

"Bist du so von Sebastián überzeugt?" Esperanza war den Tränen nah. "Er wird es nicht mit Mikael aufnehmen können! Er ist viel kräftiger als er. Außerdem, warum sonst hat Mikael seine Position inne, wenn das, was Sebastián sagt, stimmt? Dieser Meister sucht sich sicherlich keinen Schwächling aus, um uns umzubringen."

"Du hast es gerade selber gesagt", unterbrach Mandy sie. "Er will uns umbringen. Der Meister könnte jeden anderen schicken, um uns zu töten, aber er schickt Mikael. Und warum? Weil er Angst vor uns hat. Außerdem haben wir zwei starke Mitstreiter an unserer Seite."

"Als könnte Sven uns beschützen. Er ist noch ein Kind! Er weiß doch gar nicht, was hier wirklich passiert!"

"Du hast recht, er ist zwar ein Kind, aber ein besonderes. Das darfst du nicht vergessen."

"Für dich vielleicht, aber ich sehe in ihn nur meinen Jungen und ganz sicher will ich nicht, dass er zu schaden kommt."

"Ich denke, eher bekommen du und ich was ab, als Sven. Er mag zwar noch so aussehen wie ein Kind, aber erinnerst du dich noch daran, was geschehen wäre, als wir fast gegen den Baum gefahren sind, wenn er nicht da gewesen wäre? Wir haben ihn beide gesehen und mit dem, was wir jetzt wissen, war das keine Einbildung. Sven ist stark und ich glaube, dass er ganz genau weiß, was Sache ist und was er zu tun hat. Glaube an ihn, an Sebastián und an uns."

„Ich glaube an gar nichts mehr. Ich will nur noch, dass dieser Tag zuende geht, ich tot bin, oder zu Hause in Ruhe ins Bett gehen kann. Ich will einfach, dass dieser Alptraum endlich zu ende geht"

"Wir wollen alle, dass das vorbei ist. Mit einem guten Ende für uns alle."

"Ich wünschte, ich hätte etwas von deinem Optimismus, Mandy."

Als langsam die Dämmerung begann, stießen Sven und Sebastián zu ihnen. Offensichtlich hatte sich der Junge noch mehr verändert. Vor Freude sprang Esperanza auf, um ihren Sohn in die Arme zu schließen, Sebastián ging jedoch dazwischen. "Bitte, Esperanza, er hat es im Moment nicht leicht. Mache es ihm nicht noch schwerer."

Fragend sah sie ihn an und blickte dann zu Sven, der sich etwas entfernt hatte, so als hielte er es für besser, einen möglichst großen Abstand zu wahren.

Nur widerwillig ließ sie sich darauf ein. Sven war still, hatte sich in sich zurück gezogen und war angespannt.

Auch Mandy war das aufgefallen, äußerste sich jedoch nicht dazu, sondern drängte zum Aufbruch: "Kommt, wir haben was zu erledigen. Lasst uns nicht länger warten, sondern versuchen, dem Ganzen ein Ende zu setzen."

Sebastián schloss sich dem an: "Sie hat recht. Danach haben wir hoffentlich genug Zeit für andere Dinge." Er legte seine Hand auf Svens Rücken und schob ihn leicht vor sich her: "Komm, wir haben was zu tun." Er schaute zu den Frauen: "Wir sehen uns später. Ihr wisst, was zu tun ist. Bis nachher."

Als Mandy und Esperanza alleine waren, nahmen sie sich gegenseitig in die Arme. "Ich hoffe, alles wird gut gehen", sprach Esperanza.

"Wir schaffen das. Nun aber los. Nicht, dass du zu spät kommst und er Verdacht schöpft." Mandy drückte die Jüngere noch einmal, reichte ihr die Handtasche und begleitete sie noch zur Tür: "Also nicht vergessen: Du bist nicht alleine. Danach trinken wir was zusammen."

Nur ein schwaches Nicken brachte Esperanza zum Abschied rüber und Mandy übersah nicht, wie schlecht es ihrer Freundin ging.

Es war seit dem plötzlichen Verschwinden von Sven zu einem Ritual geworden, welches sie automatisiert hatte, sobald sie ein Gebäude verließ. Esperanza griff in die Handtasche, tastete nach Schlüssel und Portmonee, bis sie die kleine Flasche mit Pfefferspray erfühlt hatte. Diese zog sie nun hervor, verbarg sie in der Hand, die sie dann in die Jackentasche steckte. Es gab ihr das Gefühl von Sicherheit, dass sie sich verteidigen konnte, was auch immer geschah. Immer wieder ging sie im Kopf durch, was sie machte, sollte man sie angreifen. Obwohl sie davon überzeugt war, dass das Spray sie nicht vor einem Angriff von Mikael bewahren konnte, gab es ihr das Gefühl, nicht ausgeliefert zu sein. Innerlich hoffte sie, dass er nichts Böses vorhatte, sondern nur mit ihr spazieren gehen und reden wollte, wie sooft bei den letzten Verabredungen.

Esperanza sog die kalte Luft ein, so dass sie Husten musste. Es war wirklich kalt und in kürze könnte schon der erste Schnee fallen. Er würde die Landschaft in seinen Bann ziehen und verzaubern, Spuren verwischen und neue entstehen lassen. Was wäre, wenn sie starb? Würde es Hinweise geben, wo sie war, was geschehen war? Wer würde nach ihr suchen? Nach ein paar Tagen wären es ihre Eltern, die den Gang gehen mussten, den sie nach Svens Verschwinden antrat. Zu Polizei, eine Vermisstenmeldung aufgeben. Vielleicht taten die Beamten dann was, machten sich auf die Suche und vielleicht würde man sie irgendwann finden. Wie sähe sie dann aus? Würde Mikael überhaupt etwas zurücklassen, das auf sie deuten könnte oder würde er ihren Leichnam entsorgen, so dass man nichts mehr fand? Die Gedanken ließen sie noch mehr frösteln.

 Die Straßen waren leer, kaum jemanden zog es bei diesen Temperaturen aus den warmen Häusern. Der böige Wind trug seinen Teil dazu bei. Es war das passende Untergangwetter. Keiner da, keiner, der sie schreien hören würde. Der Drang, umzudrehen und in ihre vier Wände zu verschwinden wurde immer stärker.

 Eine Katze huschte vor ihr über den Gehweg und kroch in die Büsche, die nur noch hölzerne Gerippe waren. "Mieze, du machst das einzig Richtige. Ab ins Warme, wo keine Gefahren lauern." Kurz hielt sie Inne, lauschte, ob sie das Tier noch mal hörte, aber da war nichts. Esperanza zog den Mantel noch enger an sich, was aber gegen die Angstkälte in ihrem Körper nicht half. Mehrmals sah sie sich um, um vielleicht jemanden zu sehen, der ihr folgte. Vielleicht Mikael, vielleicht auch jemanden, der für ihn arbeitete und ihm Informationen über sie brachte, sah aber niemanden. Keine Menschen, keine Schatten, keine Schritte, die sie hörte. Folglich auch niemanden, der ihr zur Hilfe eilen könnte. Wo Sven und Sebastián waren, wusste sie nicht, was für den Fall, dass Mikael etwas in der Richtung wissen wollte, vielleicht auch besser war.

 Mit dem Wissen, dass sie in kürze abbiegen musste, um direkt auf den Platz mit der Eiche zuzulaufen, verlangsamte sie ihre Schritte. Eine Stimme in ihr warnte sie, nur einen Meter weiterzugehen, eine andere sagte, dass sie gehen musste, um Klarheit zu bekommen und wieder eine schrie, dass sie nach einer Alternative suchen sollte. Immer wieder blieb sie stehen, um daraufhin wieder vorwärts zu gehen und als sie abbog, erkannte sie aus der Entfernung, dass Mikael bereits auf sie wartete.

 Er sah sie kommen, so dass es keine Chance gab, noch zu verschwinden. Esperanza versuchte, erfreut auszusehen, ihm ein Lächeln zu schenken, was ihr aber sehr schwer fiel.

 "Esperanza, es freut mich, dich zu sehen. Du strahlst so voller Lebensfreude, das gefällt mir", begrüßte er sie.

"Oh, ich gebe mir Mühe. Wartest du schon lange?" Seine Aussage ließ sie frösteln und sie hoffte, dass er es ihr nicht ansah.

"Nein, meine Teuerste. Ich war nur wenige Augenblicke vor dir hier. Nun komm, ich möchte dir was zeigen." Mikael bot ihr seinen Arm an, den sie aus Höflichkeit ergriff. Lieber wäre sie hinter ihm her gelaufen. "Wo gehen wir hin?", wollte sie wissen.

"Zu einem besonderen Ort. Er bedeutet mir sehr viel und es ist mir eine Ehre, ihn dir zu zeigen."

"Ist es weit bis dahin?"

"Nur wenige Schritte." Er merkte ihr Zögern. "Vertraue mir."

Wie gerne würde sie ihm das glauben, aber sie tat sich schwer. Er legte seine Hand auf ihre, was er nie zuvor getan hatte. Erschrocken wollte sie sich losmachen, aber es gelang ihr nicht.

"Verzeih mir. Ich wollte dir keinen Schreck einjagen. Wie ist dein Befinden?" Besorgt sah er sie an. Nur schwer konnte sie sich vorstellen, dass er die Frage ernst meinte und sie suchte rasch nach einer Antwort: "Es geht. Die Kälte gefällt mir nicht."

"Dann sollten wir raschen Schrittes voranschreiten, so dass dir wärmer wird."

Esperanza hatte gehofft, dass er daraufhin sein Vorhaben abbrechen würde und mit ihr ins Café ginge, was er aber nicht tat. So blieb ihr nichts anders übrig, als sich seinem Tempo anzupassen, da er sie immer noch festhielt. Unsicher sah sie sich um, als sie erkannte, dass er tatsächlich mit ihr auf den Friedhofseingang zulief. Zu all dem, was sie über Vampire gehört hatte, passte es gar nicht, diese geweihte Erde zu betreten, was ihn offensichtlich nicht abschreckte. "Müssen wir da wirklich hin?", fragte sie ihn.

"Es ist nicht mehr weit." Sein Ton veränderte sich in ein Drängen.

"Was wird das? Was hast du vor?" Esperanza verlor mit jeder Minute die verging mehr Zuversicht und es fiel ihr immer schwerer, nicht in Panik zu geraten.

"Dein Sohn ist tot und ich will dir den Beweis zeigen, Ich möchte nur, dass du endlich Ruhe findest."

Abrupt stoppte Esperanza, Mikael tat es ihr gleich und drehte sich zu ihr:"Du bist eine engelsgleiche Frau und deine Schönheit sollte in ihrem ganzen Glanz erstrahlen und nicht traurig durch diese Welt wandeln."

"Wie willst du mir das zeigen? Ich habe ihn nie zu Grabe getragen und solange glaube ich, dass er lebt!" Seine plötzlich andere Art machte ihr Angst.

"Er ist tot! Folge mir und du wirst es selber sehen!" Fast grob zog er Esperanza nun mit sich.

Jeder Versuch, sich zu wehren, schlug fehl.

"Bitte! Lass mich los, du tust mir weh!"

"Du fügst dir deinen Schmerz selber zu! Hör auf dich zu wehren und alles wird einfacher."

"Mikael, hör auf! Bitte!" In ihrer Verzweiflung vergaß sie, dass sie ihn unter einem anderem Namen kannte und als ihr das bewusst wurde, war es bereits zu spät. Sein sonst so freundlicher Blick ihr gegenüber erstarrte. Mit einem Mal glaubte Esperanza, ein schweres Tuch auf sich zu tragen. Ihre Beine gaben nach, sie ging in die Knie und ihre Finger krallten sich in den Boden, der noch nicht gefroren war. Als nächstes spürte sie Mikaels kalte Hand in ihren Nacken, die sie aufzog: "Hat der Spanier dir also meinen Namen genannt, oder sogar dein Sohn? Wie dem auch sei, ändert es nichts daran, dass du zuviel weißt."

Ohne Rücksicht marschierte Mikael mit Esperanza im Schlepptau zwischen den Gräben entlang. Esperanza glaubte, immer wieder Stimmen zu hören, traute sich aber auch nicht, was zu sagen. Zwar kannte sie den Friedhof, aber in dem Moment konnte sie sich nicht orientieren. Hin und wieder gelang es ihr, sobald etwas Mondlicht schien, einen Blick auf den ein oder anderen Grabstein zu werfen, jedoch wusste sie nicht einzuordnen, auf welchem Teil des Geländes sich Grabsteine aus den vergangenen Jahrhunderten befanden. Sie suchte nach der Kapelle, aber auch diese fand sie nicht. Als sie zwischen einer Hecke durchgingen, hielt Mikael an. Soweit es Esperanza möglich war, versuchte sie etwas zu erkennen, aber mehr als Umrisse waren bei den wieder schlechteren Sichtverhältnissen nicht auszumachen.

Als sie stehen blieben, glaubte Esperanza vor sich eine gebäudeähnliche Struktur auszumachen und als der Mond kurz etwas Licht spendete, erkannte sie, dass sie vor einem Mausoleum standen. Irritiert sah sie zu Mikael, der nicht viel später die Antwort lieferte,die sie sich gerade gestellt hatte: "Hier ist es." Dabei deutete er auf die Wand, wo seine Begleiterin aber nichts erkennen konnte: "Was soll da sein? Sven liegt hier nicht, also ist das auch nicht sein Grab!" Sie war den Tränen nahe. Wie bestellt klarte die Nacht nun auf und das blasse Licht des Erdtrabanten ermöglichte nun auch ihr, die Inschriften des Mauerwerks zu lesen. Es war tatsächlich ein Mausoleum, jedoch konnte sie sich nicht daran erinnern, dass sich eines auf dem Friedhof befand, der zu ihrem Wohnort gehörte. "Wo sind wir?" Sie begann zu schluchzen.

"An dem Ort, wo du Frieden finden wirst!" Mikaels Griff wurde fester, was sie aufschreien ließ. Dann trat er hinter sie und richtete sie so aus, dass sie die ganze Wand sehen musste. Es standen etliche Namen dort und sowohl Geburts- als auch Sterbejahre erstreckten sich über viele Jahrhunderte. Die jüngsten Verstorbenen kamen aus dem Jahr, das langsam zu Ende ging und bei dem letzten Namen brach sie schluchzend zusammen: Sven Böhme. Datiert wurde sein Ableben auf sieben Tage zuvor.

Es passte nicht zusammen, da sie ihn doch erst noch vor wenigen Stunden gesehen hatte, aber sie verstand nun, was Sebastián damit gemeint hatte, als er sagte, dass es für den Jungen schon schwer genug sei. Er hatte den Weg vom Lebenden zum Vampir beendet und gehörte nun zu ihnen. Unter seinem Namen war das heutige Datum eingemeißelt, welches mit einem Kreuz versehen war. Jedoch fehlte noch der Name und als sie das was sie sah mit Mikaels letzter Aussage verband, wurde ihr klar, dass ihre Befürchtungen wegen des Treffens berechtigt waren: Sie würde sterben, durch seine Hand oder seinem Biss.

Verzweifelt suchte sie in der Dunkelheit nach ihren Begleitern, jedoch schien es so, als würde ihr niemand zur Hilfe eilen. Mikaels Hände umfassten ihren Kopf und sie wusste, dass es nur wenig Energie seinerseits kostete, ihr das Genick zu brechen. Der Gedanke, dass es schnell gehen würde, tröstete sie ein bisschen, dennoch hatte sie Angst vor dem, was dem Leben folgte.

Es ging ihm nicht gut dabei, zu sehen was mit seiner Mutter geschah. Er wusste, wo sie standen und was sie dazu gebracht hatte, in die Knie zu gehen. Sven war froh, dass Sebastián an seiner Seite war und ihn vor unüberlegten Handlungen zurück hielt. Jetzt spürte er dessen Hand auf seinem Kopf: "Sie hat es gerade erfahren, so wie das aussieht. Leider können wir ihr noch nicht helfen."

"Warum nicht?"

"Weil wir immer noch nicht genau wissen, wo er das Schwert hat, mein Junge."

"Er wird sie töten, wenn wir nicht eingreifen!"

"Wir werden rechtzeitig dazwischen gehen, aber er wird noch nicht dazu übergehen, sie zu töten. Das wäre mehr als untypisch für ihn."

"Wie lange kennst du ihn?"

"Sehr lange, Sven. Er war noch vor mir dabei. Ich denke, er wird versuchen, alles aus ihr herauszuquetschen, was sie über uns weiß, damit er es dem Meister mitteilen kann."

"Was wird er dann machen?"

Sebastián lächelte ihn an: "Dazu wird es nicht kommen."

"Wie soll ich mit verhalten?"

"Bleib im Hintergrund und komm weder Mandy, noch deiner Mutter zu nahe. Du hast dich verhältnismäßig gut unter Kontrolle, aber trotzdem musst du vorsichtig sein."

"Und was ist, wenn ich das nicht mehr aushalte?" Er hatte Angst, sich zu verlieren.

"Ich bin bei dir und werde dich dann aufhalten. Sonst hätte ich dich gar nicht mitgenommen."

"Muss ich danach zurück zum Meister? Ich weiß immer noch nicht, was auf mich zu kommt."

"Nein, musst du nicht. Er wird dann das aus dir machen, was du nicht werden willst. Du kannst bei mir bleiben, wenn du willst."

"Danke." Zaghaft umarmte der Junge seinen Begleiter, der sich daraufhin zu ihm beugte: "Ich weiß, wie schwer die erste Zeit ist und jeder, der nicht mit dem Strom schwimmt, den der Meister vorgibt, ist besser. Wir sind zwar auch Vampire, aber wir werden nie so sein, wie es die anderen wollen. Vertrau mir und wir machen das Beste aus deiner Situation."

Es war einer der wenigen Momente, in denen bei Sven der kleine Junge durch kam, aus dessen Leben man ihn gerissen hatte, auch wenn man versucht hatte, genau das aus ihm heraus zu treiben.

Dann wandten beide ihren Blick wieder Esperanza zu. "Wird Mami das verstehen, dass ich nicht bei ihr bleiben kann?"

"Ich denke schon. Es wird ihr schwer fallen, aber sie ist eine starke Frau und außerdem haben wir ja eine Möglichkeit, die du mit den Jahren nutzen kannst, wenn du unbedingt zu ihr willst. Aber meistens hat es sich so verhalten, dass der Kontakt nur schwach gehalten wird, da Mensch und Vampir einfach zu unterschiedlich sind. Auch damit musst du rechnen." Die Worte stimmten den Jungen traurig, aber er wusste jetzt, dass es nie mehr so wie früher war, als alles noch normal war.

Esperanza kniete auf dem kalten Boden und versuchte, sich mit den Händen auf dem Boden abzustützen, während Mikael auf sie starrte und auf Antworten wartete.

"Wo ist Sebastián? Willst du mir weiß machen, dass er dich alleine hier her geschickt hat?"

"Ich weiß es nicht, du wolltest mich treffen, nicht er!" Sie schluchzte.

"Nun gut, für jede Minute, die ich auf eine Antwort warten muss, wird dein Junge leiden. Willst du das?"

"Sven hat damit doch gar nichts zu tun! Er ist ein Kind, er kann doch gar nichts dafür!"

"Er ist ein Bastard, der von einer schwachen Kreatur nicht getötet wurde! Er hätte tot sein und niemals in unsere Reihen treten dürfen."

"Für eure Fehler kann er doch nichts! Er hätte viel lieber ein Junge sein wollen, der noch das ganze Leben vor sich hat."

Mikael lachte laut auf: "Er hat sein ganzes Leben noch vor sich, wird sehen, wie seine Freunde von früher alt, hässlich und zerbrechlich werden und wie sie schließlich sterben. Er wird es genießen, nie zu altern, nur weiser und stärker zu werden, sollte ich ihn am Leben lassen."

"Er kann nicht mehr sterben!"

"Nein, er ist bereits tot. Wo ist nun Sebastián?"

"Ich weiß es doch nicht! Lass mich gehen, ich werde auch niemandem was sagen. Bitte!" Esperanza flehte ihn an.

Daraufhin zog Mikael sie hoch und drückte sie gegen die Mauer. Vor Schmerzen schrie sie auf, als sie spürte, wie sich etwas spitzes in ihren Rücken bohrte.

"Nun, wie fühlt es sich an, aufgehängt und langsam durchbohrt zu werden?"

"Aaahh... was ist das?"

"Lediglich ein angespitzter Holzpflock. Vielleicht hast du da mal was von gehört. Von Augenblick zu Augenblick wird er mehr in dein Inneres dringen, deine Knochen brechen, deine Innereien zerfetzen und das so lange, bis ich die Antworten habe, die ich will! Ich ziehe diese Methode manch anderer aus dem Mittelalter vor, die dich von unten nach oben durchstechen. Man nannte es Pfählen."

"Warum... warum tust du mir das an?" Mit jedem Mal wurde der Schmerz schlimmer.

"Ich hatte nie etwas anderes vor. Oder hast du wirklich gedacht, dass du mir irgendetwas bedeutest? Das ich mich mit einem Menschenweib einlassen würde? Das einzige, zu dem ihr nützt ist, uns zu ernähren und uns zu gehorchen. Das ist eure Bestimmung. Auch du wirst ihr zugeführt." Um seine Worte zu unterstreichen fuhr er ihren Rücken zur Verletzung entlang und zog seine Hand mit ihren Blut vor, um es danach genüsslich abzulecken.

Esperanza wurde bei dem Anblick schlecht und sie versuchte den Kopf abzuwenden, was er jedoch unterband.

"Noch ist es wenig Blut, aber es wird mehr und ich werde es als eine Ehre sehen, dir so dein Leben auszusaugen. Aber keine Sorge, ich werde nicht den Fehler machen und dich beißen. Den Aufwand bist du nicht wert. Du wirst verbluten und bei Anbruch des nächsten Tages wird man deinen Leichnam finden. Vielleicht möchtest du dir noch eine Stelle für dein Grab aussuchen? Schau dich um, vielleicht findest du ein nettes Plätzchen."

"Du widerst mich an. Wie... wie konnte ich nur hoffen, dass du anders bist?" Es fiel ihr immer schwerer, etwas zu sagen.

"Oh, ich bin anders. Aber Anders als die deinesgleichen. Demnach lagst du nicht ganz falsch."

Esperanza erkannte ihn nicht wieder. Er sprach, wie jeder andere auch, nichts mehr von der alten Höflichkeit, nicht mehr so wie früher.

Vor Wut versuchte sie, sich loszumachen, dem aber ein Stoß von vorne folgte, so dass sich die Spitze in ihren Körper fraß und sie erneut aufschrie.

"Na, na. Die Dame hat doch nicht etwa vor, zu entkommen? Das wäre zu Schade, da ich mich auf die gemeinsame Zeit mit dir doch so gefreut habe." Weinend schüttelte sie nur leicht mit dem Kopf. Nicht mehr im Stande, was zu sagen. Sie kämpfte mit der Bewusstlosigkeit, den Schmerzen und dem Gefühl, verlassen worden zu sein. Sehnte sich aber auch nach dieser Stille, die sie alles um sich herum vergessen lassen würde.

"Wirklich Schade, dass du nicht dazu auserwählt worden bist, eine von uns zu werden. Wir könnten soviel Spaß miteinander haben." Mikael strich ihr übers Gesicht und ihren Busen, weiter zu ihrem Schritt.

"So bleibt mir wohl nichts andres über, als mir jetzt das zu nehmen, was ich will, dir das geben, was du begehrst. Deine Nähe, deinen Körper, deinen Schoß." Mit den letzten Worten riss er ihr das Oberteil vom Leib und die Hose runter. Esperanza konnte sich nicht mehr wehren, nur alles Geschehene über sich ergehen lassen. Sie schrie, aber es kam ihr niemand zur Hilfe.

Es war zuviel, was sich da vor ihnen abspielte, so dass Sebastián schließlich beschloss, einzugreifen. "Sven, such Mandy, hol sie her. Sie muss sich um deine Mutter kümmern. Du hältst dich danach aber noch im Hintergrund. Hast du mich verstanden!?"

Es war keine Frage, sondern ein Befehl und der Junge wusste, dass er sich dem fügen musste. Ohne Widerrede erhob er sich und machte sich auf dem Weg zu Mandy. Ihre ungefähre Position spürte er, aber dennoch musste er sie erst suchen und hoffen, dass sie schnell genug war.

Als Sven weg war, machte Sebastián einen Satz und landete in der Nähe der beiden. Mikael hatte ihn noch nicht bemerkt, da er wahrscheinlich so mit Esperanza zu tun hatte, dass er alles weitere ausgeblendet hatte.

"Stopp!", war das Erste, mit dem sich Sebastián zu Wort meldete. Nur widerwillig drehte sich Mikael zu ihm um und sah ihn mit fiebrigen Augen an.

"So, so. Da bist du also. Ich habe auf dich gewartet, Spanier!"

Der Angesprochene schaute kurz zu Esperanza, die schwach ihren Kopf hob und sehr schwer atmete.

"Nun, hier bin ich. Ich glaube, wir haben da etwas zu klären!"

"Haben wir? Das ist mir neu. Mein Auftrag lautet, dich zu töten, da ist nichts mehr zu klären."

"Wie willst du das anstellen, Mikael?"

"Du weißt, dass du nicht der erste wärest. Außerdem missfällt es mir, dass du mich bei meiner Arbeit gestört hast. Es wurde gerade angenehm."

"Arbeit nennst du das? Es ist nichts als Foltern und Töten."

"Ach Sebastián, hast du in den vergangenen hundert Jahren immer noch nicht begriffen, zu was wir erschaffen wurden? Unser Auftrag ist Töten. Wir wollen überleben und dazu müssen wir uns ernähren. Es wundert mich nicht, dass Sven zu dir wollte, was ich ihm aber leider nicht erlauben kann. Du bist eine Schande für uns, ein Verräter ebenso und du verdienst nichts anderes, als eliminiert zu werden."

"Es steht aber nirgends, dass wir uns von Menschenblut ernähren und sie unterdrücken müssen."

"Das ist alles Auslegungssache. Nun, dann werde ich meines Amtes walten und dich vernichten."

Mikael ging ein paar Schritte zur Seite zum Eingang des Mausoleums und zog dann das Schwert. Der Schein des Mondes ließ einen gleißenden Blitz über die Klinge fahren, so dass Sebastián für einen Moment wegschauen musste. Seine Vermutung hatte sich bestätigt, Sven hatte recht gehabt mit der Aussage, dass Mikael die Waffe bei sich trägt und ging nun etwas zurück.

Es war lange her, dass Sebastián gegen seinesgleichen gekämpft hatte und damals war er nur mit viel Glück der Vernichtung entgangen. Von dem Tag an hatte er sich vorgenommen, zu trainieren, um diese Niederlage zu rächen. Auch damals war Mikael sein Gegner gewesen. Es war Jahre nach seiner Verwandlung, in dem er sich dazu hatte hinreißen lassen. Mikael hatte ihn bewusst provoziert um einen Kampf zu beginnen. Damals ging es um Alizé und das Mädchen musste sich dem Stärkeren fügen. Danach hatte sie ihm immer wieder vorgehalten, ihn nicht vor Mikael schützen zu können, was ihm sehr weh getan hatte. Sie kam wie er aus Spanien, während er jedoch zum Adel gehörte, war sie nur eine Bäuerin. Ja, es wäre seine Aufgabe gewesen, sie zu beschützen, aber es gelang ihm damals nicht. Genau das hatte sie ihm in den hunderten Jahren nie verziehen, daher war er umso überraschter, als er festgestellt hatte, dass Alizé ihn unterstützen wollte. Ihr Fehler war es gewesen, dass sie keine Geduld hatte, geschweige denn alleine stark genug war, es mit einem wie Mikael aufzunehmen.

Angespannt beobachtete Sebastián seinen Gegenüber und suchte nach einer verwundbaren Stelle außerhalb der Reichweite des Schwertes. Im Idealfall käme er an die Waffe, aber das war sehr unwahrscheinlich, da Mikael genau wusste, was er brauchte, um ihn zu töten. Es stand ein offener Schlagabtausch vor ihnen, in dem keiner verlieren wollte.

Ein Blitzangriff von Mikael riss ihn aus den Gedanken und mehr als Ausweichen konnte er nicht. Er musste sich darauf konzentrieren, ihn entweder zu beißen, ihn zu entwaffnen, um an das Schwert zu gelangen oder an Feuer oder Holz zu kommen.

Die Klinge fuhr neben ihm durch die Luft, wurde kurz vor dem Eindringen in die Erde gestoppt und wieder hochgerissen: "Du hast schon einmal verloren, Sebastián. Dieses mal wirst du mir nicht entkommen!"

Der Angesprochene erkannte, in welchem Zustand sich sein Gegner befand. Es war der Rausch nach Blut, der sicherlich mit Esperanzas Verletzung und dem Blutaustritt zu tun hatte. Vielleicht war das sein Vorteil, da er inzwischen gut damit klar kam und nicht in den Wahn verfiel, wie Seinesgleichen, wenn sie den Lebenssaft der Menschen rochen.

Dennoch fiel es ihm schwer, sich ganz auf den Kampf zu konzentrieren und viel lieber wäre ihm ein Ort gewesen, der nicht, wie der Friedhof hier geweiht war. Die Seelen der Verstorbenen spürte er und war davon überzeugt, dass diese sie beobachteten und wahrscheinlich ihre Anwesenheit missbilligten. Normalerweise machte er um solche Orte immer Umwege, es sei denn, er wollte die Seelen spüren. Dann kam er aber nicht mit schlechter Absicht sondern hoffte, Antworten zu finden, Rat einzuholen. Nun jedoch war er hier, um zu töten. Er hoffte, dass die Bewohner des Friedhofes ihm das verzeihen würden.

Erneut griff Mikael an, spaltete mit dem Schwert einen Grabstein, woraufhin ein markerschütternder Schrei ertönte. Erschrocken sah Sebastián sich um, entdeckte aber nichts und kam zu dem Schluss, dass der Schrei von einer der verstorbenen Seelen stammen musste.

"Mikael! Du störst die Ruhe der Toten!", schrie er ihn an.

"Das interessiert mich nicht im geringsten! Es sind Menschen und die haben sich zu unterwerfen! Egal, ob lebend oder tot!"

"Lass uns den Ort wechseln!", versuchte Sebastián ihn zu überreden.

"Du hättest mich nicht herausfordern sollen! Dann würde es niemanden stören, das ich hier bin! Es ist deine Schuld, dass sie leiden!"

Verständnislos schüttelte Sebastián den Kopf. Es würde nichts bringen, auf ihn einzureden und wieder blieb ihm nur, auszuweichen.

"Gib doch einfach auf. Du hast keine Chance, Spanier. Wie willst du mich eigentlich zerstören? Ich sehe hier nichts, was dir von Nutzen sein könnte? Ich habe das Schwert und was hast du? Gar nichts!"

Sebastián wusste, dass Mikael Recht hatte, dennoch wollte er nicht klein beigeben. Sein Blick schweifte über die Gräber und alles, was ihm helfen könnte, waren die Grablichter. Überall schimmerten sie rötlich, warfen ihr schwaches Licht zuckend in die Dunkelheit. Aber wie er den Anderen dazu veranlassen konnte, an eines dieser Lichter zu stoßen und so zu verbrennen, wusste er nicht.

Mandy wartete ungeduldig abseits der Friedhofsmauern. Gerne wäre sie Esperanza gefolgt, aber Sebastián hatte sie ausdrücklich davor gewarnt, den beiden zu Nahe zu kommen, da Mikael ihren Geruch zu gut kannte. Ihr war kalt und sie zitterte vom bloßen Herumstehen, jedoch weigerte sie sich, sich irgendwo ins Warme zurückzuziehen. Die Kapelle in Sichtweite hätte sie gerne aufgesucht, aber die Angst, dass weder Sebastián, noch Sven sie dort suchen würden, hielt sie davon ab.

Sie vernahm keine Geräusche, außer dem rascheln der Äste und fragte sich, ob der Kampf bereits begonnen hatte. Wie dieser überhaupt ablaufen sollte, konnte sie sich überhaupt nicht vorstellen. Wäre es wie Menschen, die in eine Schlägerei verwickelt waren oder doch eher wie Tiere, die sich gegenseitig verletzten und durch die Gegend jagten?

"Mandy!" Die Stimme war wie ein Donnerschlag in dieser Stille und erschrocken fuhr sie zusammen.

"Sven! Was ist passiert? Was ist los?"

"Mami braucht dich. Sie ist... ist verletzt."

"Oh mein Gott. Ist es schlimm?"

"Ich weiß es nicht. Sebastián sagt, dass du schnell kommen sollst."

"Wie geht es ihm?"

"Weiß ich nicht. Aber komm... schnell." Der Junge flehte sie an und sofort stimmte sie zu.

"Okay. Wo ist sie?"

Sven ging vorne weg, schaute sich immer wieder nach Mandy um und als sie den Friedhof betraten, stoppte der Junge.

"Dahinten ist ein Mausoleum. Da ist sie. Du musst dich beeilen!"

"Zeig es mir!" Es war eine dringliche Bitte, jedoch schüttelte der Junge den Kopf.

"Geh. Du findest sie alleine. Ich... ich kann nicht." Mit den Worten drehte Sven sich um und war urplötzlich verschwunden. Mandy war irritiert, schlug dann aber die Richtung ein, die er ihr gezeigt hatte.

Keine Sekunde verschenkte sie mit Blicken auf die Gräber, zu groß war die Angst, was mit Esperanza los war und als sie die Umrisse des Grabmals sah, glaubte sie Schreie und Stöhnen zu hören. Ein starker Luftstoß folgte dem nächsten, obwohl weit und breit keine Bäume zu sehen waren, die diese verursacht haben könnten.

Mandy wollte schreien, als sie Esperanza entdeckte und erst im letzten Moment konnte sie sich zusammen reißen. Esperanza lehnte an dem Gemäuer, ihr Kopf war nach vorne gekippt, aber etwas schien sie zu halten, dass sie nicht umfiel. Eilig rannte sie zu ihrer Freundin, sprach sie an und als sie diese erreicht hatte, versuchte Mandy, den Kopf aufzurichten. Tränen schossen ihr in die Augen, sowohl vor Angst, dass Esperanza bereits tot war, aber auch vor Wut auf denjenigen, der dafür verantwortlich war. "Hilf ihr!" schrie Sebastián von irgendwoher, er war aber nicht zu sehen.

Vorsichtig tastete sie Esperanza ab, versuchte den Puls zu erfühlen und erst beim zweiten Anlauf ertastete sie ihn schwach an ihrem Handgelenk. Mandy versuchte die Jüngere zu stützen und in eine bequemere Lage zu bringen, aber es war schwieriger als gedacht. Sie hatte nicht die Kraft, Esperanza zu heben, als sie bemerkte, dass etwas in deren Rücken steckte. Hilfesuchend sah sie sich um, aber natürlich war niemand da. Sie brauchte jemanden, der sie entweder hielt, oder ihr den Gegenstand aus dem Körper zog um sie auf dem Boden zu legen.

 "Mama!", kam es leise aus der Nähe und Mandy erkannte Sven in ihrer Nähe, der sich hinter einem Busch zusammenkauerte. Er hatte Angst, das sah die Journalistin sofort, aber wovor konnte sie nicht sehen: "Sven, du musst mir helfen! Alleine schaffe ich es nicht!"

 Der Junge schüttelt abweisend den Kopf: "Das kann ich nicht!"

 "Doch, du kannst. Warum nicht?"

 "Ich will sie nicht verletzen! Ihr Blut..."

Nach dem Satz verstand Mandy, was Sache war: "Oh Mist! Sie wird sonst sterben!"

"Aber wenn ich sie beiße... dann..."

"Das wirst du nicht! Du bist stark und ein guter Junge. Bitte, hilf mir, sie auf den Boden zu legen. Ich muss sie da runter holen, damit ich die Blutung stoppen kann!"

Vorsichtig kam er aus seinem Versteck hervor. "Aber..."

"Du brauchst keine Angst haben. Wir beide schaffen das, Sven! Etwas hat sich in ihren Rücken gebohrt und wir müssen das da raus holen oder von der Wand lösen. Bitte Sven!" Mandy drängelte, da sie wusste, dass jede weitere Verzögerung Esperanzas Ende sein könnte.

"Lass es uns wenigstens versuchen! Du wirst ihr nichts tun, schließlich ist sie deine Mutter. Ich weiß es. Vertrau mir, Sven!"

Sie redete weiter auf ihn ein und wenig später schien er bereit zu sein, ihr zu helfen.

"Super, Sven. Du machst das gut. Kannst du sie halten, während ich versuche, sie loszubekommen?"

Schweigend nickte der Junge. Als Mandy jedoch feststellte, dass ein Holzpflock in der Wand der Verursacher war, musste sie umdenken.

"Wir brauchen eine Säge oder so."

"Woher und wofür?", fragte er vorsichtig.

"An der Mauer ist ein Holzstück, dass deine Mutter verletzt hat. Wir müssen ihn durchsägen." Sie sah, wie Sven überlegte.

"Du musst sie halten Mandy, ich hab eine Idee."

"Super, dann los. Ich halte sie und du machst das, was du für richtig hältst."

Während Mandy Esperanza mit ihrem Körper stützte, lief Sven um sie herum. Er kämpfte mit sich und für einen Moment glaubte sie, dass das zu viel für ihn werden würde. Mit seinen Armen Griff er hinter seiner Mutter, wandte den Kopf ab, zog kurz an etwas und in dem Augenblick fiel die Jüngere nach vorne in Mandys Arme. Als sie sich bei Sven bedanken wollte, war er nicht mehr zu sehen.

Vorsichtig legte sie Esperanza auf den Boden um nach der Verletzung zu schauen. Das Holz war noch immer in ihrem Rücken, was Mandy allerdings etwas Erleichterung verschaffte, da so noch stärkere Blutungen vorerst verhindert werden konnte. Eigentlich war das ein Fall für den Notarzt aber in Anbetracht der Situation, die niemand verstehen würde, blieb ihr vorerst nichts anderes über, als das Holz zu fixieren und den Bereich drumherum sauber zu halten und die Blutungen zum Stillstand zu bringen. Sie wusste, dass Esperanzas Leben am seidenen Faden hing und sie nur beten konnte, dass sie noch rechtzeitig Hilfe rufen konnte.

Sven war zu einem der Brunnen auf dem Friedhof geeilt, um das Blut seiner Mutter abzuwaschen. Der Geruch hatte ihm schwer zu schaffen gemacht und es war ihm sehr schwer gefallen, sich zu kontrollieren. Er wusste, dass es auch hätte anders kommen können und er womöglich seine Mutter angefallen hätte, daher war er auch etwas Stolz, dass es nicht dazu gekommen war. Dennoch wollte er den Geruch ganz loswerden, aber auch nach mehrmaligen Waschen glaubte er, ihn immer noch in der Nase zu haben.

Hin und wieder ging sein Blick in die Richtung, in der der starke Wind war. Es war der Bereich, in dem Mikael und Sebastián kämpften, nicht zu sehen von den Menschen und auch ihm fiel es schwer, den rasanten Bewegungen zu folgen. Sebastián war angeschlagen und aus der Puste, während Mikael schwebend leicht um ihn herum tanzte. Auch sah er das Schwert, das zum wiederholten Mal auf seinen Mentor Sebastián niederging. Er ahnte, dass er es nicht mehr lange aushalten würde, aber wenn Sebastián nicht mehr war, würden Esperanza, Mandy und er

auch nicht mehr lange existieren. Ihm musste also etwas einfallen, wie er ihnen zu Hilfe kommen konnte. Er dachte an die ganzen Erzählungen, die er zur Zeit seiner Metamorphose hören musste, was alles den Vampir auslöschen konnte. Schwert, Feuer und Holz waren die drei Dinge, die am häufigsten genannt worden waren. An das Schwert konnte er nicht gelangen, blieben Holz und Feuer oder ein Ablenkungsmanöver, damit Sebastián vielleicht an das Schwert kam.
 Sven sah sich um, entdeckte die Kerzen in ihren Gläsern und sein Gesicht hellte sich auf. Ihm kam eine Idee, die vielleicht als Ablenkungsmanöver in Frage kam. Sofort machte er sich auf den Weg, die Utensilien zusammenzusuchen, die er gebrauchen konnte und tatsächlich hatte er nach kurzer Zeit alles zusammen. Oft hatte seine Mutter ihn gescholten, wenn er Stöcke in Feuer hielt, selbst wenn es nur Kerzen waren, die in Frage kamen. Andauernd hatte sie ihn gewarnt, dass er sich verbrennen könnte oder wenn die Kerze umkippte, dass dann das ganze Haus brennen würde, dennoch tat er jetzt genau das. Er hatte einen Ast gefunden, der ihm geeignet schien, jedoch fürchtete er sich davor, dass es so ein Holz war, dass keinem Vampir gut tat. Dennoch überwand er sich und versuchte die in ihn aufsteigen-

den Warnungen zu unterdrücken, als er es berührte. Dann sammelte er mehrere Kerzen zusammen und stellte sie dicht beieinander, immer darauf bedacht, sich nicht weh zu tun. Als er seinen Stock schließlich in die Flammen hielt, musste er warten, bis es anfing zu glühen und sich endlich kleine Flammen entwickelten. Es war nur ein dünner Ast, den er gefunden hatte, aber er wusste, dass ein größerer nicht so schnell Feuer fing. Erst als er glaubte, dass die Flamme und die Glut stabil genug waren, seine Idee umzusetzen, wagte er es, sich von den Kerzen loszumachen. Auf dem Weg zu Mikael musste er immer wieder anhalten und den Stock in eine weitere Kerze halten, damit er nicht erlosch und als er in dessen nähe war, wartete er auf die Gelegenheit. Diese ergab sich, als die großen Vampire kurz Inne hielten und inzwischen auch Mikael schwer zu kämpfen hatte. Der Junge pirschte sich an, als beide am Boden standen, verbarg sich hinter einem Strauch in unmittelbarer Nähe zu Mikael und hielt das glühende Stück Holz an dessen Hosenbein. Aufmerksam beobachtete er jede Bewegung des Vampirs, der seine Anwesenheit offensichtlich nicht bemerkt hatte und langsam begann der Stoff zu brennen.

Plötzlich sah Sebastián den Jungen und das, was er angestellt hatte. Er versuchte, sich nichts anmerken zu lassen, aber als auch Mikael bemerkte, was Sache war, geriet er in Panik und ließ seinen Gegner aus den Augen. Die Gelegenheit nutzte Sebastián aus, stieß sich vom Boden ab und gegen Mikael, der zu Boden ging und das Schwert fallen ließ. Der Spanier war schneller am Heft, nahm die Waffe an sich und hob sie in die Luft. Er ging noch ein paar Schritte von dem Gefallenen weg, sah ihn noch einmal an und stieß die Klinge in das Herz des Vampirs. Dieser zuckte und verkrampfte sich, das Feuer an seiner Kleidung wurde größer und als Mikael ein quälender Schrei entfuhr, fasste Sebastián den Jungen an den Armen und zog ihn fort. Das Feuer nahm rasch Mikael Körper in Besitz und aus der Ferne beobachten Sebastián und Sven das Schauspiel.

"Ist er jetzt wirklich tot?", wollte der Junge wissen.

"Ich denke schon. Ich werde, wenn das Feuer erloschen ist, das Schwert an mich nehmen und dann wissen wir es endgültig."

"Wie lange dauert das?"

"Nicht mehr lange, in wenigen Minuten wird aus dem Feuer nur noch schwarzer Rauch sein. Der

Körper eines Vampirs brennt nicht so, wie der Leichnam eines Menschen."

"Wird das denn keiner sehen?"

"Nein, wer denn auch? Hier ist weit und breit niemand zu sehen und die Büsche und die Mauer schirmen alles ab."

"Bleibt was von ihm über?"

"Nur Staub, das wird. Der nächste Windhauch wird ihn davon tragen. Es war eine gute Idee von dir. Ich bin stolz auf dich!" Sebastián schaute auf den Jungen herunter. "Wie kamst du darauf?"

"Hab ich früher auch immer gemacht. Nur fand Mama das nicht so gut."

Bei dem Satz musste der Spanier lächeln: "Das kann ich verstehen. Jetzt weißt du ja, was passieren kann. Es war aber auch leichtsinnig von dir."

Der Junge senkte den Kopf: "Aber was hätte ich denn sonst tun sollen?"

"Schon in Ordnung. Ich werde nach deiner Mutter sehen."

"Darf ich mit?" Vorsichtig fragte er nach.

"Ja, aber nur solange es bei dir geht. Nun komm."

Zusammen liefen sie auf das Mausoleum hinzu, von dem sie sich während des Kampfes sehr entfernt hatten. Sie sahen, wie Mandy sich besorgt über Esperanza gebeugt hatte, ihren Mantel hatte sie um den Körper der Verletzten gewickelt, die bewusstlos am Boden lag.

"Mami!" Der Ruf den Jungen ließ sie herum fahren und für einen Augenblick schien sie erleichtert zu sein. Als Sebastián ihr zu nickte, griff sie nach dem Handy, um endlich den Notarzt zu rufen.

"Bestell sie zum Eingang, dort sollen sie Esperanza abholen. Wir bringen sie dorthin."

Mandy nickte und wenig später war das Telefonat auch schon wieder beendet.

Mit Sebastiáns Hilfe hatte sie Esperanza vor den Friedhof gebracht. Sie war froh, seine Unterstützung gehabt zu haben, auch wenn es ihm sehr schwer gefallen war. Sven hatte sich dabei immer im Hintergrund gehalten und als sie ankamen und die Martinshörner zu hören waren, machten sich die Vampire aus dem Staub. Mandy blieb alleine bei ihrer Freundin und begleitete sie noch ins Krankenhaus. Sie hatte sich eine Geschichte einfallen lassen müssen, aber mit der Begründung, dass sie erst zu Esperanza gestoßen war, als sie sie vermisst hatte und sie so vorfand, mussten sich die Mediziner zufrieden geben. Sie hoffte, dass alle weiteren Ermittlungen, die anstehenden würden, ins leere liefen und der Fall eingestellt wurde.

Mit dem Ableben von Mikael verschwand auch das Mal, welches er Mandy bei der ersten Begegnung verpasst hatte, wie auch die Narben an Esperanzas Handgelenken von dem vermeintlichen Suizidversuch. Noch einige Wochen verbrachte Esperanza in der Klinik, aber sie war froh, endlich aus dem Alptraum erwachen zu können.

Esperanza hörte weder von Dr. Foxius noch von einer der anderen düsteren Gestalten etwas und wie sie von Sebastián erfuhr, hatte der Meister selber dafür gesorgt, dass es diesen nicht mehr gab und ihn für sein Versagen bestraft.

Sven durfte bei Sebastián bleiben und sobald der Spanier der Meinung war, den Jungen für zumindest wenige Stunden bei seiner Mutter lassen zu können, war er oft bei ihr.

Wenige Tage nach dem Kampf begann für Mandy wieder der Alltag und sie war froh, endlich wieder arbeiten zu können.

Nachwort

Eigentlich bedarf es kein Nachwort, da offensichtlich ist, dass es sich um eine fiktive Geschichte handelt. Dennoch möchte ich ein paar Worte zu der Geschichte sagen.

Das ich mir gerade die Eifel als Handlungsort ausgedacht habe, hat den Grund, da ich selber schon mehrmals da war und von der Landschaft fasziniert bin. Die Nähe zur Burg Drachenfels konnte ich nutzen, um ein Versteck für die bei mir verwendete Waffe zu haben.

Das ich die Klinik, in der Esperanza behandelt wird, ebenfalls in der Eifel platziert habe, hatte für mich einfach den Vorteil der örtlichen Nähe zu der Haupthandlung. Ich habe an keine bestimmte Klinik gedacht, genauso wenig wie an einen bestimmten Arzt.

Danksagung

Ich bedanke mich bei den vielen Leute, die mich zu diesem und anderen Texten inspiriert haben beziehungsweise inspirieren.

Ein großer Dank geht an Cori, die sich meiner Texte annimmt und den Rotstift ansetzt, aber auch Feedback gibt, was ich ändern könnte.

Zu guter Letzt muss ich mich auch bei den Leuten bedanken, die meine Texte lesen. Über Feedback freue ich mich immer. Dieses und auch alle weiteren Fragen können mir über meine Homepage gestellt werden.

http://www.tamara-diekmann.de

Weiteres von der Autorin

Als E-Books sind folgende Kurzgeschichten erschienen:

Der Henker - eine historische Kurzgeschichte

Scharfschütze vom Strich – Ein Krimi als Kurzgeschichte

Die Todesbringerin – Eine vielleicht etwas nachdenkliche Kurzgeschichte mit fantastischen Elementen